手のひらの砂漠

唯川　恵

集英社文庫

目次

手のひらの砂漠

プロローグ

ほとんど反射的に、可穂子《かほこ》は買い物用のトートバッグを摑《つか》んだ。チャンスは今しかない。

逃げる。

頭にあるのはそれだけだった。

しかし、玄関を出るにはトイレの前を通らなければならない。そのドアは半開きになっていて、中から用を足す音が聞こえてくる。

もし気づかれて目の前に立ちはだかられたら――。そのまま押さえつけられたら――。そしたらもう――。

不安が胸を掠《かす》めたが、躊躇《ちゅうちょ》している暇はない。とにかく逃げるしかない。可穂子は玄関ドアに向かって突進した。足先にさっきふたつに折られたばかりの携帯が当たって滑ってゆく。靴など履いている余裕はない。ロックをはずして裸足《はだし》のまま廊下に飛び出した。

「あっ、可穂子！」

背後から罵声《ばせい》のような声が浴びせられる。それを振り切るように、可穂子は廊下を走った。

エレベーターは待っていられない。外付けの螺旋《らせん》階段を駆け下りてゆく。早く早く。今にも後ろから襟首を摑まれそうで、心臓がどくんどくんと音をたてている。脇腹《わきばら》が痛い。膝《ひざ》が痛い。手首が痛い。身体《からだ》のすべてが痛い。それでも、もつれそうな足を前へ前へと押し出して、ひたすら階段を下りてゆく。

六階から一階まで転がるように下り、何とか道路に出たところで「逃がすもんか！」と、頭上から絶叫があった。

「おまえは僕のものだ！」

可穂子は見上げなかった。見上げて、顔を見たらきっと恐怖で足が竦《すく》んでしまう。金縛りに遭ったように身体が硬直してしまう。連れ戻されたらおしまいだ。

可穂子は走った。真夜中の、住宅とマンションが建ち並ぶ人影もない通りを裸足で走った。夏の暑く湿った空気がまとわりつく。足が重い。息が苦しい。口の中から生温かいものが溢《あふ》れている。それが唇の端を伝ってTシャツを赤く染めてゆく。

角を曲がったところで、向こうから歩いてくる人影が見えた。中年のサラリーマンらしき男はぎょっとしたように足を止めたが、可穂子はそのまま横を駆け抜けた。助けを求めるつもりなどない。いったん立ち止まればもう二度と走れない。その間に追いつかれてしまう。

行き先は駅前の交番だ。

駅から徒歩十五分。特急も急行も停まらない駅の住宅街。建物は古かったが、その分、静かで緑も多く、新居を決める時、いい物件に巡り合えたと喜んだ。壁紙を張り替え、照明を付け替え、ベランダにはハーブの鉢を並べた。幸せだった。それは永遠に続くと信じていた。しかし今、可穂子は深夜の道を裸足で、口から血を流しながら走っている。

ようやく商店街が見えてきた。すでにシャッターは下り、街灯がぽつんぽつんと続いている。目的の場所はその先だ。もう少し、あと少し。振り向けない。怖い、怖い。早く、早く。ようやく赤い灯りが目に入った。可穂子は転がるようにその中へと駆け込んだ。

「助けてください、助けてください」

まだ若い警察官が慌てて椅子《いす》から立ち上がった。

「どうされましたか」

「私、殺されます、夫に殺されます」

病院に運び込まれても、可穂子の恐怖は消えなかった。交番には姿を見せなかったが、いつ夫が現れるかわからない。この病院にいるのを知るはずがない、と何度自分に言い聞かせても、廊下で人の気配がすると身体が硬直した。

五十代と思われる女性医師は、可穂子の身体を丹念に診察した。

「顔面打撲、右球結膜下出血、口内裂傷、頸椎捻挫《けいついねんざ》、治りかけているけど、肋骨《ろっこつ》にヒビが入ってますね。痛かったでしょう、よく我慢しましたね」

労《いたわ》りの言葉を聞くと、タガがはずれたように涙が溢れ出た。この一年あまり、恐怖と苦痛の中での生活は絶望という暗闇でしかなかった。あの暮らしからようやく解放されたのだ。

「診断書を書きますね。離婚の時に必要になるでしょう。それでいいのよね？」

念を押すように医師は尋ねた。事情はすでに警察官から耳に入っているのだろう。

「はい、お願いします……」

掠れた声で可穂子は答えた。

「もう大丈夫。明日、配偶者暴力相談支援センターの人が来ます。これからのことを相談するといいわ。それから――」

と、医師はカルテにいったん目を落とし、名前を確認してから、落ち着いた表情で可穂子に向き直った。こういうケースには慣れているのだろう。

「永尾《ながお》さん、失礼だけど、お金はある？」

可穂子は診察台の脇のかごに置いてあるトートバッグに目を向けた。

「少しは」

夕方に買い物に出て、使ったのが三千円と少し。一万円を出しておつりを貰《もら》ったから、少なくとも六千円は残っているはずだ。しかし、病院に来た以上、支払いが必要になるだろう。それだけで足りるだろうか。足りなかったら、追い出されてしまうのだろうか。

可穂子の思いを見透かしたように医師は言った。

「ここの支払いのことを言ってるんじゃないの。あなたのような人のために、行政にはいろんな制度があるから心配しなくていいのよ。でも、今後のことを考えたら、お金はあった方がいいに決まってる。その様子じゃ、何の準備もないまま逃げ出して来たんでしょう？」

可穂子は膝に視線を落とした。

「とことん追い詰められてのことだもの、しょうがないんだけどね」

責められているのではないとわかっていても、自分の手際の悪さを指摘されているようで、顔を上げられなかった。

自分でもそう思う。どうしてもっと計画を立てて行動を起こさなかったのだろう。逃げ出したいという思いは毎日のようにあった。それでも、それを「逃げる」という現実の行動に結びつけられなかった。頭の中はいつも泥水が詰まったようにぼんやりしていて、考えをまとめることができずにいた。いや、何かを考えるということすら怖かったのだ。

「あ……キャッシュカードが」

思い出して、可穂子は顔を上げた。

夫からは月に十万円の生活費を貰っている。それが入金される口座だ。ただ、入金されてからもう半月近くが過ぎていて、五万円も残っているかどうか。

「だったら、待合室の奥にキャッシュディスペンサーがあるから、明日の朝いちばんにお金を下ろしておくといいわ。えっと、それはあなた名義の口座よね」

はっとした。

「ご主人のなの？」

「はい……」

頷《うなず》くと、医師は短く息を吐き出した。

「じゃあ、もう下ろせないかもしれないわね。すでにご主人が口座を凍結している可能性は十分考えられる。口座名義本人がキャッシュカードを紛失したって連絡すれば、銀行は即対応してくれるもの。そうやってまずは経済的に追い詰める。その手の男の常《じょう》套《とう》手段よ」

医師の推測は当たっているだろう。夫はいつも用意周到だ。特に可穂子に関することに対しては、まるですべての情熱を注ぎ込むかのように細かく策略を巡らせている。

「とにかく、今夜はゆっくり休みなさい。ここならご主人は来ないから大丈夫」

夫は警察に捕まったのだろうか、まだ自宅にいるのだろうか。本当にここには来ないのだろうか。

「鎮痛剤を打っておきましょう。たぶん今夜は傷が痛むと思うのよ」

「ありがとうございます。よろしくお願いします」

病室のベッドに横たわり、可穂子は小さく丸まった。薬のおかげで痛みはいくらか薄らいでいる。

疲れきっているのに、目を閉じても眠りは訪れなかった。耳の奥では、夫の罵声と怒声が耳鳴りのように響いている。食器の割れる音、家具が引き倒される音。腫《は》れ上がった目蓋《まぶた》の裏側には、拳《こぶし》を振り上げ、みぞおちを蹴《け》り上げ、髪を摑んで引き摺《ず》り倒し、頭や身体を容赦なく踏み付ける、あの常軌を逸した夫の顔が浮かび上がる。

あの目は人間のものではなかった。動物でもない、生き物ですらない、獰猛《どうもう》を通り越し、感情など何もなく、冷たく凍った、むしろ、冴え冴えと澄み切ったようにさえ見える目。

可穂子はいっそう身体を小さくした。

わからない、わからない。いったいどうしてこんなことになってしまったのか。

私たちは幸せだった。愛し合っていた。贅沢《ぜいたく》を望んだわけじゃない、何か特別なものが欲しかったわけでもない。ごく普通の、朝起きたらおはようと言い、帰ってきたらおかえりと迎えに出て、食卓に笑い声が上がるような、そんな暮らしをしたかっただけだ。

それなのに今、夫の暴力に打ちのめされて、身体をサナギのように丸めている自分がいる。

わからない、わからない。いったい何を間違えてしまったのか。考えても考えても答えは出てこない。どこに戻れば私たちは幸せを取り戻せたのか。どこでやり直せば愛を持続できたのか。この不幸の始まりはいったい何だったのか——。

第一章　シェルター

1

夫、永尾雄二《ゆうじ》と知り合ったのは、二十八歳になったばかりの頃である。二ヶ月前から派遣されたビルメンテナンス会社の新年会だった。

それなりの大学を卒業したものの、正社員としてどこにも採用されず、可穂子は派遣会社に登録して働いていた。この会社は五社目で、場所は品川。営業アシスタントとしてパソコンにデータを打ち込んだり、発注の連絡を受けたり、経費の伝票をまとめたりするのが主な仕事である。

何度か派遣先は変わったが、仕事が途切れるようなことはなかった。それでも、先行きの不安は常にあった。派遣社員という立場上、収入も保険も保証されるものではない。いつ何時、契約を切られるかわからない。若い頃は、誰でも名を知っている大企業に派遣されたが、契約を更新するごとに規模の小さな会社に回されるようになっていて、それも不安に拍車を掛けていた。

もちろん正社員として働きたい願望はある。けれども、その可能性は年を重ねるごとに先細りしていった。可穂子より若くて、美人で、利発な女たちが次から次へと登録してくる。前に派遣されていた会社で、可穂子の後から回されてきた女の子が抜擢《ばってき》され、中途入社が決まった時はショックだった。

山形県の北部にある小さな町で農業をしている両親は、そんな娘を心配して帰って来いと何度も言った。けれども、どうしてもその気になれなかった。高校までいた町だし、友達もいる。しかし、その友達の多くは結婚し、そのうちの何人かはすでに子持ちになっている。地元にいた頃、なまじ成績がよく、それなりの大学に進学したせいもあって、可穂子にも意地があった。今帰ったら負け犬になる。東京に行っても仕事は見つけられず、結婚もできず、結局何にも成し得なかったではないかと、みんなに失笑されるだけだ。

新年会は、会社が入っているビルの地下にあるレストランを借り切って行われた。レストランといっても、メニューには焼き魚定食やカレーがあり、ビル全体の社食のような存在だ。会社は全社員で八十名ほどだが、女性社員は少なく、それも年配や子持ちばかりなので、派遣にも声が掛かったのだ。三千円の会費は少々痛かったが、無下《むげ》に断って居づらくなるのも嫌だった。

しかし、参加したものの、勤め始めてから日が浅く、社員の顔もよくわからず、親しくしている派遣仲間もいなくて、可穂子はひとり会場の隅で気の抜けたシャンパンを飲んでいた。会場の真ん中では社員たちがゲームで盛り上がっている。その相手になっているのは二十代前半のまだ若い派遣の女の子たちだ。

二時間ばかりが過ぎ、さすがに退屈になってきた。そろそろ帰ろうかと思い始めた頃、ひとりの男が前に立った。「よかったら」と、彼は躊躇《ためら》いつつ赤ワインのグラスを差し出した。

「あ、どうもありがとうございます」

受け取って、可穂子は笑みを返した。顔は見たことがある。でも、誰だか思い出せない。あまりセンスがいいとは言えないストライプのシャツ、地味な濃紺のネクタイ。誰だったろう。

「営業に派遣で来てる島田《しまだ》さんだよね」

名前を口にされて、可穂子はますます戸惑った。

「はい」

「島田さんだけだよ、いつも領収書の締めの期限を守って提出してくれるの。それにちゃんと日付順に綴《つづ》ってくれているから、ずいぶん助かってるんだ」

それで気がついた。そうだ、経理部の人だ。確か、永尾という名前だった。

「いえ、そんなの大した手間じゃないですから」

名前を思い出せて、ほっとしながら可穂子は答えた。

「そのちょっとした手間をみんな惜しむんだよね。おかげでこっちは無駄に時間がかかってしょうがない」

彼は笑い、可穂子も曖昧《あいまい》な笑みを浮かべた。自分の立場はよくわかっている。頷けば、誰かを批判したことになるかもしれない。回りまわって、後で面倒の種にならないとも限らない。派遣の立場はそれくらい微妙だ。それでも、自分の仕事を褒められたのは嬉《うれ》しかった。きちんと仕事をしていれば、見ていてくれる人もいるのだと、気持ちが明るくなった。

「そのお礼と言うのも何だけど」と、彼が遠慮がちに言った。

「よかったら、これから飲みに行かないか」

可穂子は目をしばたたいた。

「あ、いや、予定があるならいいんだ」

彼は慌てたように言葉尻を畳んだ。

「いえ、そんなのはありません」

「よかった」と、彼は嬉しそうに口元を緩めると、早口で駅の反対側にあるコーヒースタンドの名を口にした。

「そこに三十分後でいい？」

「はい……」

迷う間もなく可穂子は頷いた。

「誰かに見られると厄介だから別々に出よう。じゃあ、後でね」

彼が離れてゆく。その背を目で追いながら、可穂子は複雑な思いでいた。

派遣社員は結構誘いの声が掛かる。けれども掛けるのは独身男性ばかりとは限らない。社内の女性には既婚者だと知られているので、派遣に手を出すという家庭持ちの男も多い。可穂子自身、前の会社でそうとは知らず付き合った男がいた。独身だとばかり思っていたのに、すでに子供がふたりもいた。知ったのは数度ラブホテルに行ってからで、問い詰めると男は「言ってなかったっけ。そうだよ、俺、子持ちだよ」と開き直った。もう、あんな失敗は二度としたくない。

彼、永尾雄二が独身なのか既婚者なのか、その時はわからなかったが、仕事を褒めてくれたのは嬉しかったし、彼とはこれからも顔を合わせる。一度一緒に飲むくらいどうってことはないと、思い直した。

きっかり三十分後、コーヒースタンドで合流し、すぐに近くのバーラウンジに案内された。雄二はあまり酒が強い方ではないらしく、ウイスキーのコーラ割りを頼んだ。可穂子はジントニックを注文し、ナッツやチョコをつまみながらぽつぽつと話した。彼は話し上手というわけではなかったが、可穂子を楽しませようとしてくれているのは感じられた。

「こんな小さな会社でも、社長派と専務派があってさ」とか「社長は結婚三回目で、今の奥さんは元秘書」などと、会社のちょっとした裏話を聞くのも楽しかった。年は五歳上の三十三歳と知ったのもその時だ。出身地の話題になって「川崎」と言うので、近いから自宅通勤ですか？　と尋ねると「まさか」と首を振った。

「大学進学で家を出てからずっとひとり暮らしだよ。いくら近いと言ったって、この年になって親と同居ってわけにもね」

それでどうやら独身らしいとわかった。

「島田さんはどこ？」

「私は戸越《とごし》銀座です」

「ああ、あの長い商店街のあるところ」

「いろんなお店があって面白いですよ。一日ぶらぶらしていても飽きません」

「へえ、じゃあ今度、案内してもらおうかな」

「ええ」

気軽に答えたのは、言わば社交辞令でしかない。それが会話のエチケットというものだし、大抵の場合、具体的な約束まで至らないまま次の話題に移り、うやむやになってしまう。けれども雄二は違っていた。「次の土曜日でもいい?」と、具体的な提案をした。

可穂子は再び困惑した。これはデートの誘いだろうか。彼は私と付き合いたいのだろうか。

迷いながらも約束したのは、感じのいい人だったこと、土曜日に予定がなかったこと、そしてやはり、心のどこかで結婚を意識していたからに他ならない。もし、恋愛という展開にならなかったとしても、それとは別に「何かのきっかけになるかもしれない」というささやかな野心もあった。たとえば、彼の推薦で正社員の道が拓《ひら》ける、というような。つまりそれだけ、可穂子はこれからの人生に心許なさを感じていたということだ。

その程度の感覚だったが、しかし、雄二との商店街デートは思いの外楽しかった。駅前で夕方四時に待ち合わせて、いろんな店を覗《のぞ》きながら歩いた。古本屋や雑貨屋、小さな画廊、それまで知らなかったアンティークの食器ばかりを扱っている店もあった。商店街はお祭りみたいに大勢の人で溢れ、実際、店の前では金魚すくいや、綿飴《わたあめ》が売られていた。メンチカツが評判の店で一個買い、ふたりで半分ずつ食べた。夕食は、年季の入った洋食屋に入ってビールを頼み、雄二はハヤシライスを、可穂子はオムライスを食べた。それから、腹ごなしのように来た道をぶらぶら戻って、途中のバーでまた少し飲んだ。

会話はそれなりに弾んだが、それでも時間がたつに従って、可穂子は考え始めていた。もし雄二が「部屋に行きたい」と言い出したらどうしよう。雄二に対して嫌悪感はないが、まだ男女を意識するにはほど遠い。部屋に入れるつもりはまったくない。つまり、どうしたら雄二を不快にさせずにうまく断れるかが問題だった。

けれども、気を揉む必要はなかった。十時を過ぎた頃、雄二は「じゃあ、そろそろ」と告げたのだ。えっ、帰るの？　と、警戒していたくせに、可穂子は何だか拍子抜けした。

駅まで送って、そこで別れた。改札口を通り抜けた雄二が、振り向いて手を上げ、それに手を振り返している自分が、ひどく不思議に思えた。

もしあの時、雄二が「部屋に行きたい」と言ったら気持ちを閉ざしてしまったに違いない。でも言わなかった。目的はセックスではなかった。その時から、可穂子の中で、雄二に対する印象は微妙に変化していった。

意識し始めると、彼の社内での評判が気になり、周りにさり気なく探りを入れた。大方は予想通りで、真面目、堅物、仕事熱心、というものだった。可穂子は安堵《あんど》していた。落胆はなかった。むしろ彼らしい、とほほえましく思った。

翌週、再び誘われて、仕事帰りに食事に行った。乃木坂《のぎざか》にあるビストロで、サラダや鶏のロースト、ポトフを食べて、ハウスワインを飲んだ。

「永尾さんって、経理、長いんですか？」

可穂子が尋ねると、ピクルスを口に運びながら雄二は答えた。

「入社した時からだから十一年になるな」

「真面目って評判ですね」

雄二は可穂子に目を向けて、首をすくめながら笑った。

「つまり、面白みのない男ってことだよ」

可穂子は慌てて否定した。

「そんなことないです。そんなつもりで言ったんじゃないんです」

「いいんだよ、それは自分でも自覚してる。だいたい経理なんて、みんなに好かれる仕事じゃないからね。いつも経費にケチばかりつけて、出すものも出してくれない。きっとみんなそう思ってるんだろう」

困ったな、と思った。もしかしたら雄二の気分を害してしまったかもしれない。真面目というのは美点ではあるが、そこには大概、揶揄《やゆ》が含まれる。

可穂子が別の話題を探して頭を巡らせていると、唐突に雄二が言った。

「僕には兄と姉がいてね、僕が言うのも何だけど、ふたりともすごく優秀なんだ」

可穂子はどう答えてよいのかわからず、ワイングラスを口に運んだ。

「家族自慢と思わないで欲しい、そういう話をしたいわけじゃないんだ。とにかく、僕とはぜんぜん違って勉強もスポーツもできるし、見映えもいいし、人望もある。大学も就職先も超一流で、僕なんか足元にも及ばないくらいのエリートなんだ」

「そうですか……」

可穂子は少々鼻白みながら、曖昧な表情で頷いた。

「それに較《くら》べて僕は、子供の頃から落ちこぼれでね、両親にしてみたら期待はずれもいいとこだった。ちゃらんぽらんにやって駄目なら仕方ないけど、一生懸命頑張ってそれなんだから救いようがない。高校も大学も三流、今の会社も、僕はとてもいい会社だと思ってるけど、両親にしたら、従業員が百人にも満たないところなんて、三流としか思えないようだ。僕は永尾家の恥ってわけだ」

可穂子は当惑していた。どう反応していいかわからない。肯定しても否定しても、きっと彼を傷つける。

「そんなだから、昔はちょっと自棄《やけ》になって、気持ちが荒れた時期もあったんだ。でもある時、気がついた。確かに僕は学歴も会社も三流だ。これはもう一生変えられない。でも、こんな僕にもできることがあるはずだって」

雄二はそこで一呼吸置いた。

「真摯《しんし》に生きようと思った」

その言葉に、可穂子は改めて顔を向けた。

「だって、それすらなくしたら、僕は本当に駄目な人間になってしまう。スポットライトを浴びなくてもいい、人から地味で退屈な生き方だと言われてもいい、誰かを羨《うらや》んだり妬《ねた》んだりせず、真面目に働き、ひたむきに人生を生きていこう、と決めたんだ」

ビストロのダウンライトの光を受けて、雄二の目がまっすぐ自分に注がれている。酔いのせいもあったのかもしれない。そのストレートな眼差しと素朴な言葉は、すとんと可穂子の心に落ちていた。

「ごめん、何だか妙な話をしちゃったね」

「いいえ、その通りだと思います」

胸の中に温かいものが広がるのを可穂子は感じていた。

「ほんとに？」

「私、今、すごく感動してます。本当にそう。それなのにどうして私ったら、そのいちばん大切なものを忘れていたんだろう」

有名企業の正社員になりたい、誰もが羨むような結婚相手を見つけたい、田舎の友人たちを見返したい、結局、そんなちっぽけな見栄とプライドにばかり気を取られていた。だから仕事も恋愛も失敗を繰り返してきたのだ。雄二の言う通りだ。そんなものに何の価値がある？　人の幸福を測れるはずがないではないか。生きることの本当の在り方を、今、雄二に気づかされたのだ。

雄二は目を細めた。

「ありがとう。そんなふうに言ってもらえて嬉しいよ」

その日を境に、雄二との距離は一気に縮まった。メールを頻繁に交換し、毎週のように食事に出掛けるようになった。

付き合い始めて二ヶ月ばかりが過ぎた時、可穂子は自分の部屋に招いた。そこで初めてセックスをした。雄二は優しかった。それは愛し合う男と女が交わす性そのものだった。ちゃんと可穂子は達したし、雄二も満足そうだった。

「僕は真剣だよ。出会ってからまだそんなにたってないけど、将来のことを考えてるから」

「それって……」

「もちろんプロポーズのつもりだよ。それでいいよね」

ええ、と答えて、可穂子はふいに涙ぐみそうになった。

幸せは、こんなふうに思いがけない形で目の前に差し出されるものなのかもしれない。二ヶ月前には言葉を交わしたことさえなかった相手と、こうして人生を共に生きる約束をしている。時間なんて問題じゃない、これはきっと運命なのだ。雄二と出会えた幸運を、可穂子は神様に感謝した。雄二の誠実さは何にも勝る宝物であり、条件なんて思い巡らせていた自分が馬鹿に思えた。この人と幸せになろう、この人とならきっと幸せになれる、それは確信と呼べるものだった。

ふたりの気持ちが決まると、すぐに雄二の実家に挨拶《あいさつ》に向かった。緊張して出向いたが、快く迎えられてホッとした。ただ、雄二が両親に向かって、ひどく丁寧な物言いをするのには驚かされた。「今日は時間を取ってもらってすみません」「結婚したいと思っていますので、よろしくお願いします」と、硬い表情で報告した。雄二はきっと、今も子供の頃から持ち続けているコンプレックスから抜け出せないでいるのだろう。両親と心が通じないままなのかと思うと切なかった。けれども、たとえ彼の両親が雄二の本質を理解していないとしても構わない。私は彼の両親と結婚するわけじゃない。私が雄二の良さを知っていればそれでいいのだから。

次の休みには、ふたりで可穂子の実家に向かった。両親はもちろん、近くに住んでいる兄夫婦家族も集まって、心から歓待してくれた。昔気質《かたぎ》の父は、三十間近の可穂子の行く末をよほど案じていたのだろう、結婚の申し出をする雄二に向かって「娘をよろしく頼みます」と、畳に手を付いて深々と頭を下げた。

慌しく式場を予約し、新居を探した。マンションが決まるといくつかの家具や電化製品を揃え、カーテンやシーツやベッドカバーを選んだ。ふたりで使う食器を買い、色違いのスリッパやタオルを用意し、ベランダにはハーブのプランターを並べた。可穂子は幸せだった。

ただ、雄二から「家庭に入って欲しい」と言われたのは意外だった。少なくとも子供ができるまでは働くつもりでいたからだ。

「同じ会社に勤めるって、やっぱり気まずいと思うんだ」

そうかもしれない。同僚にからかわれたりするのは雄二も避けたいだろう。

「じゃあ、派遣会社に頼んで、別の仕事場を探してもらう」

「専業主婦になるのは嫌かい？」

雄二が尋ねた。

「そうじゃないけど、働けばそれだけ収入もあるし、ふたりで旅行なんかも楽しめるじゃない。家のことだけして時間を使うなんてもったいないと思うの」

「まあ、それもそうだけどさ」と、雄二は答えた。

ところが、それからしばらくして、派遣会社から契約打ち切りの連絡を受けた。今の仕事は別の派遣社員と交代になり、これから紹介する企業もないという。つまり解雇ということだった。突然の通告に可穂子は驚き、動揺した。

「どうしてなのか、わからない。私、何かしたかな。仕事はきちんとしていたつもりなのに、まさか解雇されるなんて思ってもいなかった……」

「まあ、それならそれでいいじゃないか」と、雄二は気落ちした可穂子を励ますように笑った。

「家で僕の帰りを待つっていうのを、これからの可穂子の仕事にすればいいんだからさ」

その言葉に、可穂子は胸が熱くなった。もし雄二と結婚することがなかったら、自分はどうなっていただろう。収入の道をなくし、路頭に迷っていたかもしれない。雄二の言う通りだ。何も無理して次の仕事を探さなくても私には雄二がいる。それだけで十分ではないか。考えてみれば、専業主婦になれるなんて、今の時代いちばんの贅沢ではないか。

新居となる1LDKの賃貸マンションに引っ越し、身内だけのささやかな式を挙げた。雄二の兄と姉に会ったのはその時が初めてだった。雄二はふたりに対しても、両親同様、ひどく丁寧な言葉で接していた。その様子は他人から見れば不自然かもしれない。けれども、それが雄二のやり方ならそれで構わない。大切なのは雄二の家族ではなく、私と雄二の関係だ。

新婚旅行はグアムに行った。泳いで食べてセックスして、楽しくて、ふたりで笑ってばかりいた。

幸せはあの時が頂点だった、と、今になってよくわかる。

それから少しずつ、けれど確実に、可穂子は断崖に向かって歩き始めることになる——。

新婚生活は穏やかに始まった。

朝は六時過ぎに起き、朝食の用意をして、七時半には雄二を会社に送り出す。それから掃除や洗濯をして、午後になって買い物に出て、夕食の準備をする。経理部所属の雄二は接待もなく、付き合いも少なく、だいたい七時過ぎには帰宅する。一緒に夕ごはんを食べ、テレビを観て、十一時過ぎにはベッドに入る。雄二の唯一の趣味はゴルフで、寝室の隅にはフルセットのバッグが置いてある。しかし、せいぜい月に一度か二度、打ちっ放しに出掛けるぐらいだ。会社のコンペにも参加しない。前に、どうしてグリーンに出ないのかと聞いたら「結局、スコアの競争になるだろう。争いごとは苦手なんだ」と返ってきて、いかにも雄二らしいとほほえましく思った。週末は少し朝寝をし、昼過ぎまでふたりでのんびり過ごし、夕方に買い物がてら散歩に出て、帰ってから夕食を食べ、そしてセックスをする。

雄二からはキャッシュカードが渡された。口座には生活費として毎月十万円が振り込まれた。水道光熱費もそこから引き落とされるので、家計はぎりぎりだが、マンションの賃貸料や保険、預金などは雄二に任せているので、こんなものなのかもしれないとも思えた。「足りなかったらいつでも言ってくれ」と言われたので安心していたが、最初の月に「ちょっと苦しいの」と頼むと、雄二はあまりいい顔をしなかった。財布からしぶしぶ一万円札を取り出し「無駄遣いするなよ」と、ひと言付け足した。あの時はちょっと意外だった。

　学生時代の友人に電話した時、それとなく話してみると「それはケチなんじゃなくて倹約家って言うんだと思うよ」と、返ってきた。結婚してすでに子供がふたりいる彼女は「うちなんか、ダンナは残業代カットだしボーナスは二割減。なのに子供にお金がかかってもう大変。食費は月に三万で抑えてるんだから。ふたり暮らしで十万なら十分なんじゃないの」と言った。

　そんなものかと思った。贅沢をしているつもりはないが、新婚というせいもあって少し料理に張り切りすぎたかもしれない。確かにスーパーでの食材選びはまだ下手だし、冷蔵庫の中で傷ませてしまうのもたびたびだ。これではやりくりに関して未熟と言われても仕方ない。独身時代の金銭感覚が抜けていないせいもあるかもしれない。自分の努力が足りないのだろう。


　それから三ヶ月ほどが過ぎた頃だった。

　夜、お風呂から上がると、雄二が可穂子の携帯電話を手にしているのが目に入った。

「ちょっと、やだ」

　可穂子は慌てて取り返した。

「履歴にあったの、誰だ」と、雄二は言った。

「学生時代の友達よ」

「何でそんな相手と電話する必要があるんだ」

雄二はひどく不機嫌そうだった。

「だって、たまにはお喋りぐらいしたいじゃない」

「実家の母親ともちょくちょく連絡取ってるんだな」

「いろいろ心配してくれているの。お料理なんかも教えてもらってるから」

「仲がいいんだ」

「そりゃあ、親子だもの」

「ふうん」

雄二は顔をそむけると、ぷいと寝室に入って行った。

可穂子はしばらく携帯電話を見つめていた。友達や母親との電話くらい、何がいけないのか。だいたい夫婦であっても携帯を覗くなんて許されない行為だ。確かに料金は雄二が払ってくれているが、そこまでするのは理不尽だ。

寝る前、ちゃんと抗議しよう、と決心して寝室に行くと、雄二は頭から布団をかぶっていた。

「雄二、話があるんだけど」

返事はない。

「もう、寝たの？」

それにも答えがなくて、仕方なく可穂子は雄二の隣に身体を横たえた。

すると、不意に雄二がこちらに向き直り、可穂子を強く抱き締めた。

「さっきはごめん。やっちゃいけないことだった」

雄二の声はか細かった。

「もう、しないでね」

「うん、二度としない」

可穂子は雄二の背に腕を回した。

「それならいいの」

「僕はただ、可穂子が僕以外の誰かと親しくするのが嫌だったんだ。馬鹿みたいだけど、僕のことだけ見ていて欲しいんだ」

「ちゃんと雄二だけ見てるって」

「ほんとだね」

「決まってる」

「僕には友達も家族もいない、可穂子だけだ。本当に僕には可穂子しかいないんだ」

「雄二……」

「好きだ、愛してる」

なしくずしのような形でセックスしながら、雄二の底知れぬ孤独を可穂子は思った。両親から大切にされなかった分、愛情に飢えている。それを私に求めている。言葉通り、この人には私しかいない、とても可哀《かわい》そうな人なのだ。

雄二が可穂子に向かって初めてものを投げ付けたのは、結婚して半年ばかりが過ぎた頃だった。

「仕事で疲れて帰って来た僕に、こんなものを食べさせるのか」

怒りで頰《ほお》を細かく痙攣《けいれん》させながら、雄二は言った。

その日、午後にマンションの合同清掃があり、買い物に行くのが遅くなった。料理を作る時間もなくて、スーパーで買ったアジフライを食卓に出したのだ。

「今日、合同清掃があって、それで……」

「言い訳するな！」

雄二は叫んで、そばにあった新聞紙をダイニングテーブルに叩き付けた。そのあまりの剣幕に、可穂子は息を吞《の》んだ。その可穂子に向かって、雄二は皿の上のアジフライを鷲摑《わしづか》みにして投げたのだ。

「気分が悪い。僕は外で食べる」

雄二はぷいとマンションを出て行った。ひとり残った可穂子はしばらく椅子に座り込み、気持ちを落ち着かせようと何度も深呼吸を繰り返した。そんなに怒るとは思ってもいなかった。そんなに怒られるほどのことかとも思った。でも、やはり非があるのは自分なのだろう。出来合いのおかずを食卓に並べるなんて妻として失格だ。アジフライが問題なのではない。雄二は自分がないがしろにされたことに傷ついたのだ。

あの人は孤独なだけ、寂しいだけ、私しかいないのだから……。

雄二が突然感情を爆発させるようになったのは、それからである。

原因は大概が些細なことだった。「テレビのリモコンが見当たらない」「お茶が熱い」「返事が遅い」。腹立ちに任せて、目の前にある雑誌やクッションを床や壁、時には可穂子に投げ付けた。

「そんなに怒らなくても」と宥《なだ》めると、怒りはますますエスカレートする。「おまえのせいだ」と、怒りを可穂子に向ける。

そんな状況がしばらく続いて、雄二の感情がどんな流れになるかわかってくると、やがて可穂子は何も言わなくなった。ただ黙って、雄二の怒りが鎮まるのを待った。気持ちさえ落ち着けば「ごめん」と雄二は泣きそうな顔をして謝る。いつもの雄二に戻ってくれる。

普段の雄二はとても優しい。時には、可穂子のために花を買って来てくれたり、率先して掃除を手伝ってくれたりした。「たまには外でデートしよう」と、レストランに連れて行ってくれることもあった。

機嫌さえよければ何の問題もない。可穂子は毎日、雄二が不機嫌にならないよう気を遣った。けれども、今まで何でもなかったことにその時だけひどく反応することもあって、何がきっかけになるのか、可穂子もよくわからなかった。

かつて登録していた派遣会社の事務局から連絡が入ったのはそんな時である。再登録しないかとの誘いだった。

そっちから解雇しておいて何を今更、と不審な思いで対応すると、事務局の人が言った。

「ああ、前の件ですよね。あれは申し訳なかったと思ってるんですよ。実はあの時、あなたが派遣されていたビルメンテナンス会社からクレームが入ったんです。仕事はできない、無断欠勤も多い、そんな人材を登録させておくような派遣会社は信用できない、とまあ、かなりの抗議があったものですから仕方なかったんです」

可穂子は返す言葉に詰まった。自慢できるほど有能ではないかもしれないが、営業アシスタントは経験も積んでいたし、ミスの覚えはない。ましてや無断欠勤などしたこともない。

「それで仕方なく、あんな形で辞めていただくことになったんです。でも後で確認したら、あちらの会社の人事課はまったく関知していなかったらしくて、いったい誰がそんなクレームを入れたのかわからないって言われました」

「そんな……」

「こういうケースって時々あるんですよ。妬みとか嫌がらせとか、まあ腹いせのようなものなんでしょうね。世の中にはいろんな人がいますから」

雄二かもしれない——。

可穂子は漠然と考えていた。結婚前、雄二は可穂子に家庭に入って欲しいと言った。それでも仕事を続けたいと答えた可穂子に対して、そんな手段に出たのではないか。まさかそこまで、と、かつてなら笑い飛ばしただろう。でも今は、そうできない自分がいる。

働きに出るなど、雄二が許すとは思えなかった。結局その話は断ったが、可穂子の胸の中には雄二への懐疑の念が色濃く残った。

初めて殴られたのは、一緒にテレビを観ていた時だった。その夜の雄二はとても機嫌がよくて、ふたりでソファに座り、可穂子もリラックスしていた。たまたまニュースでボランティアの話題が取り上げられた。

「でもさ、ボランティアっていうのも、ある意味考えものだよな。ほら、情けは人の為ならずって言うだろ。相手の為にならない時だってある」

雄二の言葉に、可穂子は答えた。

「それは諺《ことわざ》の意味が違うよ。情けは人の為でなく自分の為になるってこと」

言ってから、可穂子ははっとした。隣に座る雄二の身体から、燃え上がるような怒りの気配が感じられた。

「お茶でも淹《い》れようか」

殊更明るく言って、立ち上がろうとすると、雄二は可穂子の腕を摑み、力ずくでソファに引き戻した。それから強張《こわば》った表情で前に立ちはだかった。

「おまえ、僕を馬鹿にしてるんだろう。僕を三流だって思ってるんだろう」

「まさか」

「今、僕を笑ったじゃないか」

「笑ってない」

「おまえ、いったい何様だ」

雄二は思い切り可穂子の頬を張った。その目は暗く、凶暴さを湛《たた》えていた。続けざまに頬を三発はたかれた。やめて、やめてと叫びながら、可穂子は両手で頭を抱え込んだ。頭上で雄二の荒い息が続いている。更に数発、叩かれた。信じられなかった。自分がされていることが現実とは思えなかった。痛みより、動揺の方が激しくて可穂子はほとんど我を失いそうになった。その可穂子に追い討ちをかけるように、更に雄二の手が振り下ろされる。

「もう、いや！」可穂子は叫んだ。

「なんでこんなことされなきゃいけないの。私、家を出る。もうこんなところにいたくない」

　言ってしまった、と、可穂子は思った。もっと殴られると思い、頭を抱え込んだまま身体を硬直させた。しかし手は出なかった。そろそろと顔を覗かすと、驚いたことに雄二はフローリングの床に土下座していた。

「ごめん、許してくれ。可穂子に手を上げるなんて、僕、どうかしてた。もう二度とこんなことはしない。約束する。だからお願いだ。出てゆくなんて言わないでくれ、ずっとそばにいてくれ……」

　雄二は泣いていた。泣きながら額を床に押し当て、懇願した。その姿はまるで棄てられた犬のように悲しく、切なく、情けなかった。

「僕には可穂子しかいない、可穂子だけなんだ」

「雄二、ほんとね、本当にもうしないって約束してくれるね」

「命を懸けて約束する。絶対にしない、二度としない。だからここにいてくれ」

　きっとあの時、家を出てしまえばよかったのだろう。雄二の謝罪など振り切って離婚すればよかったのだ。そうすれば、その後に待つ、恐怖と苦痛の日々を経験せずに済んだはずだ。

約束はすぐに覆された。その日以来、雄二は突然、まるで何かに取り憑《つ》かれたように怒りの矛先を可穂子に向けた。殴る、蹴る、髪を摑んで床に叩きつける。それはエネルギーが尽きるまで続いた。そして燃え尽きたようにふと我に返り、今度は激しく狼狽《ろうばい》し、泣きながら床に手をついて謝るのだった。今度こそ許さない、家を出る、別れる、と決心しているのに、その打ちひしがれた雄二の姿を見ていると、可穂子はつい言葉を呑み込んでしまう。怒りより悲しみが先に湧《わ》いてしまう。殴る雄二と泣いて謝る雄二、そのギャップのあまりの大きさに、自分の身体の痛みより、雄二の心の痛みの方がもっと辛いのではないかと思えてしまうのだ。

可穂子は雄二を見棄てられなかった。優しい雄二が本来の姿で、暴力をふるう雄二は別の人間に思えた。両親や兄姉との軋轢《あつれき》が雄二の心に暗い影を落とし、それが雄二を病ませている。その病さえ治れば、本来の優しい雄二に戻ってくれる。私たちは夫婦だ。健やかな時も病んだ時も愛し続けると、神様の前で誓ったではないか。病に苦しむ夫をどうして見棄てられるだろう。暴力はあっても、雄二の心の根底にあるのは私への愛だ。それは間違いない。私が雄二を治してみせる。ふたりの絆が、きっとこの困難を乗り越えさせてくれるに違いない。

そう思いながらも、気がつくと可穂子は、雄二の機嫌ばかりを窺《うかが》うようになっていた。

可穂子、と呼ばれるだけで身体がびくりと反応した。雄二がちょっと強い音をたててドアを閉めるだけで飛び上がりそうになった。雄二の帰宅する時間が近づくと頭痛や動悸《どうき》が激しくなった。どうか今日は機嫌がいいように、と毎日祈った。

しかし、安定した日々が訪れることはなかった。緊張と恐怖。突然の怒りと激しい暴力。嵐が去ると雄二は謝り、泣きながら懇願する。「許してくれ、僕が悪かった。もう二度としない」。そして、埋め合わせのようなセックス。この繰り返しは、やがて可穂子を麻痺《まひ》させていった。

苦しんでいるのは雄二。いけないのは雄二を苛立《いらだ》たせる私。本当は優しい人。きっと明日は大丈夫。もう少しの辛抱。ここで諦めたら今までの我慢が無駄になる。

見棄てる、という罪悪感を持ちたくなかったのかもしれない。この結婚を失敗だと思いたくなかったのかもしれない。別れれば、自らそれを認めてしまうことになる。雄二には私しかいないのだ。私たちは夫婦なのだ。

追い詰められるに従って、可穂子はむしろ、両親や友人に対して幸せそうに振る舞った。近所の人に顔の痣《あざ》を訝《いぶか》しがられれば「私、慌て者だから柱にぶつけちゃって」と肩をすくめ、夜中の大きな物音を尋ねられると「最近、部屋の模様替えに凝ってて」と、笑って答えた。夫婦間の秘密を外に漏らしてはいけない、これは私と雄二ふたりの問題である。それを頑《かたく》なに守り続けた。

妊娠がわかったのは、結婚して、一年を迎えようとする頃だった。

意外なことに、雄二はひどく喜んだ。僕もついに父親か、これからもっと頑張らなきゃなと、満面に笑みを浮かべた。その姿を見て、今度こそ雄二は立ち直れると可穂子は確信した。自分が子供を持つことで、雄二はようやく両親や兄姉に対するコンプレックスから抜け出せるのだろう。雄二に必要だったのは、きっと自分が守らなければならない存在を持つことだったのだ。

けれども、その幸福も長くは続かなかった。悪阻《つわり》に苦しむ可穂子を「甘えるな」と怒り、時にセックスを強要した。拒否すると「だったらベッドで寝るな」と、可穂子を足で床に蹴落とした。流産したのは四ヶ月目に入ってすぐだった。

病院に現れた雄二は「大丈夫か」と可穂子への気遣いを見せたが、医師や看護師がいなくなると「おまえは僕の子供を殺した」と、激しい口調で詰《なじ》った。

「おまえの不注意だ、おまえの責任だ」

流産のショックと雄二からの非難に、可穂子は混乱するばかりだった。ごめんなさい、ごめんなさい、と、ベッドの中で泣きじゃくりながら謝った。悲しみと不安に押しつぶされ、体調は戻らない。可穂子は「母を呼んで欲しい」と懇願した。しかし、雄二は許さなかった。

「駄目だ。絶対におまえの家族なんか呼ばない。あんな田舎者たち、会った時から大嫌いだった。うちの家族に較べたら、おまえのとこなんか、みんなクズだ」

雄二は自分の家族を心から憎悪しながら、同時に、矜持《きょうじ》を捨て去ることができずにいるのだった。

「じゃあ帰らせて。お願い、実家に帰りたい……」

可穂子はうわ言のように呟《つぶや》く。

「帰らせるもんか。おまえは僕の妻だ。もう実家とは関係ない。もし、こっそり連絡したり黙って帰ったりしたら、実家に火をつけてやるからな。僕は絶対やるからな。いいか、これからおまえは一生をかけて僕に償うんだ」

その目がひどく冷静で、可穂子は身震いした。今の雄二なら本気でやりかねないと思えた。連絡したと知られるのが怖くて電話さえできなかった。

二週間後に退院してマンションに戻ったが、可穂子は肉体も精神も疲れきっていた。

雄二は何の前触れもなく、突然「おまえは僕の子供を殺した」と詰り始め、怒りに任せて可穂子に手を上げた。腕を捻《ひね》り上げ、壁に身体を押し付け、腹に蹴りを入れた。蹲《うずくま》る身体に容赦なく拳を振り下ろし、足で踏み付けた。身体には内出血や裂傷が残ったが、可穂子はされるがままだった。

悪いのは私。私が赤ちゃんを殺したのだから。これは罰なのだ、これは当然の報いなのだ——。

どうして逃げなかったのか、と訝しがる人もいるだろう。雄二は日中会社に行っている。何も鎖で繋がれているわけじゃない。監禁されているわけでもない。けれども、可穂子は牢獄《ろうごく》に閉じ込められていた。心が、囚われていた。

考える能力は失われ、可穂子は毎日、機械的に過ごした。朝起きて朝食を作り、雄二を送り出して掃除と洗濯をする。買い物を終えて、夕食の準備をし、雄二の帰りを待つ。頭の中はからっぽだった。殴られることに対してさえ、すでに無感覚になっていた。

その夜も、雄二は荒れていた。

帰宅してからずっと文句を言い、それは夜中になっても続いた。

「あいつが主任だなんて、いったい上は何を考えているんだ。僕より後から入社したくせに、どうして先に主任なんだ。僕の方がずっと仕事ができる。それをなんで認めないんだ。ちくしょう、ちくしょう、僕を馬鹿にしやがって」

雄二はゆっくりと可穂子に目を向けた。その目に見据えられても、もう何も感じない。

「おまえのせいだ」と、雄二は言った。「みんなおまえのせいだ。おまえみたいな女と結婚したばっかりに、僕はこんなになってしまった」

可穂子はただ黙って聞いている。

トートバッグの中で、メール音が鳴った。雄二は中から携帯電話を取り出すと、躊躇なく、ばきりとふたつに折って床に投げ捨てた。

「これでもう誰とも連絡は取れないからな」

いびつな笑みを浮かべる雄二を見ながら、可穂子はぼんやり考える。「誰かを羨んだり妬んだりせず、真面目に働き、ひたむきに人生を生きていこう、そう決めたんだ」と言った雄二を思い出している。

「何で僕を見る。僕を見るな」

頬を張られた。床に倒れると、雄二は馬乗りになって、更に殴り続けた。もう抵抗する気力もない。可穂子にあるのは諦めだけだ。

殴りながら、雄二の声に絶望が混ざってゆく。

「何でこうなるんだ。僕がいったい何をしたって言うんだ」

それから不意に手を止めて、ゆっくりと可穂子を見下ろした。

「おまえだって同じだろ。こんな生活なんかうんざりだろ。狂ってる、もうめちゃくちゃだよ。終わらせよう、何もかもみんな終わりにしよう」

雄二の手が首にかかった。指先が肉に食い込んでくる。死ぬんだな、と可穂子は思った。別に構わない。いっそ死んでしまった方がどれほど楽だろう。顔が鬱血《うっけつ》してくる。意識が遠のいてゆく。これでいい、雄二の言う通り、死ねばすべてが終わる。

どれくらいの時間がたったのか、可穂子はふと暗闇の中に光を感じた。その瞬間、肺の中に一気に空気が流れ込んできた。可穂子は目を開け、激しく咳《せ》き込んだ。生きている、と思った。同時に正気が戻った。

死にたくない。

その衝動は生きている唯一の証のように思えた。

ほとんど反射的に、可穂子はトートバッグを摑んだ。チャンスは今しかない。

逃げる。

頭にあるのはそれだけだった。

2

人の気配がして、可穂子は目を覚ました。

その瞬間、身体を丸め、防御の姿勢を取った。殴られる、蹴られる、首を絞められる。お願い、殺さないで。恐怖と緊張で身体が硬直した。

「永尾さん、検温ですよ」

その声でようやく思い出した。ここは病院だ。そう、私は昨夜、やっとの思いで雄二から逃げ出したのだ。

そろそろと布団から顔を覗かせると、女性看護師の姿があった。

「具合はいかがですか？」

若い看護師がつやつやした笑顔で尋ねた。

「はい、大丈夫です……」

看護師が体温と血圧と脈を測り、手にしたファイルに書き込んでゆく。

「痛みはどうですか？」

「ないです……」

本当はあちらこちらが痛んだが、誰かに何かを訴える、という行為を長く忘れていたせいか、何も言えなかった。

「もうすぐ朝食ですからね」

看護師が病室を出て行くと、可穂子は身体を起こし、部屋を眺めた。六人部屋の廊下側。ベッドはすべてが埋まり、それぞれ朝の支度をしている。

雄二の暴力から逃げられた、という安堵に包まれながらも、可穂子は落ち着かなかった。これから自分はいったいどうなるのか、その心許なさでいっぱいだった。

病室の外にあるトイレに立ち、洗面台の鏡に映る自分の顔と向き合った。思わず「これは誰？」と、言葉を失った。それほど面変わりしていた。腫れた目、切れた唇、髪はぐしゃぐしゃに絡み、幾筋か額にぺたりと張り付いていた。痣だらけで生気のない顔はまるで死人のようだった。無意識に頬に手を当てると、ふと、左手薬指の指輪が目に入った。こんなもの、と、抜こうとした。しかし、指すら腫れ上がっているのか、食い込んで取れない。洗面台に置いてあった石鹼《せつけん》を泡立て、必死に揉み込んだ。それでも抜けない指輪は、まるで雄二にまとわりつかれているようで身震いした。ようやく指輪が関節を通り抜けた。指輪はその勢いのままタイル張りの床に落ち、からんからんと金属音をたてて排水溝の中に消えて行った。

ベッドに戻って少し落ち着いた。昨夜着ていたTシャツが血に汚れているのを思い出し、ロッカーから取り出してつまみ洗いをし、ベッドの柵《さく》に掛けておいた。それから、唯一持ち出したトートバッグを手にして病室を出た。ナースステーションで公衆電話のある場所を聞き、病室がある三階からエレベーターで一階ロビーに降りて行った。頼れる先はもう山形の実家しかなかった。とにかく母や父の声を聞きたかった。それだけで安心できるように思えた。

朝七時前のロビーはまだ人影もなく、かすかに消毒のにおいを含んだ空気がひんやりと漂っていた。番号を押すと、コール二回で母親が出た。

「もしもし、島田ですけど」

母の声を聞いたとたん、タガがはずれたように涙が溢れた。

「もしもし?」

可穂子は病衣の袖《そで》で涙を拭《ぬぐ》った。

「かあさん、私」

「可穂子か？」

「うん」

母が興奮気味に言った。

「あんた、ゆんべ、家ば飛び出したんだって？」

「え……」

可穂子は言葉に詰まった。

「昨日《きんな》の真夜中、雄二さんから電話があったんだ。夫婦喧嘩《げんか》して、可穂子が家を飛び出したって。こっちに連絡ないがって、雄二さん、ものすごく心配してたよ。携帯に何度かけても繋がらないがら、とうさんも私も、一晩中眠れねがったんだよ」

雄二が実家に連絡を入れていたとは驚きだった。

「とにかく、無事でよかった」と、母は電話口で大きく息を吐《つ》いた。

「今、どごさいる？」

「うん……」

すぐには答えられない。

「あんたもまるっきしおぼこじゃあるまいし、なんぼ喧嘩したがらって、なあんにも家ば飛び出すごとはないじゃないの。一晩たってさすがに頭も冷えただろ、早ぐ帰りなさい。雄二さんも待っていらっしゃる」

「私、帰らない」

短く告げると、母は呆《あき》れたように返した。

「まだそんな我儘《わがまま》言って。帰らねでどういうごとだ。格好がつがねんなら、雄二さんに迎えに行くよう、かあさんから頼んであげようか」

「そんなことしないで、何があっても私は絶対に帰らないから」

「ほだな意地張らねえでも」

「私、今、病院さいるんだ」

いつか可穂子も故郷の言葉に戻っていた。

「え、病院？　どうかしたのが、交通事故とか、そんなのが？」

慌てた声が耳に届く。

「私が病院にいるのは雄二のせい、暴力ばふるわれたんだ」

母はしばらく沈黙した。しかし、その後に返ってきたのは、予想していた反応とはまったく違ったものだった。

「ああ、それもゆんべ、雄二さんがら聞いだよ。口論して、思わず手上げてしまったって。そのごと、雄二さんすごく後悔しとらしたわ。そりゃあ、可穂子にしたらショックだったがもしれないけど、夫婦ばやっていれば、そんなごともあるもんだ。かあさんだって、若い頃はとうさんに叩かれたごとがあったもの。喧嘩の原因は何か知らんけど、あんただって我慢が足りなかったごとはないの？　あの優しい雄二さんが手を上げるなんて、よっぽどのごとだ。雄二さんも心から反省しとりなさるんだから、事ば大げさにしねで、今回は大目に見てあげなさい」

可穂子は思わず声を荒らげた。

「手ば上げたなんて生易しいもんじゃない。殴られて、蹴られて、突き飛ばされて……それも初めてじゃない。もうずっと前から雄二に暴力ばふるわれてたんだ」

受話器の向こうで、息を呑む気配があった。

「私だって我慢した、ずっとずっと我慢した。自分にもいけないところさあるんだって必死に耐えてきた。そんでも、ゆんべはただの暴力じゃなかった、首を絞められたんだ。雄二は本気だった、本気の目をしてた。このままじゃ殺されるって、やっとの思いで逃げ出したんだ。もう無理、絶対無理、やっていけない」

母の困惑した声が耳に届く。

「可穂子、あんた、いったいどうしちまったんだ。ゆんべ、雄二さんから話ば聞いだけど、そごまでおがしぐなってるなんて……」

可穂子は問い返した。

「おがしい？」

「やっぱり、流産のショックが大きかったんかねえ。最初の子だったし、それもわがらねくはないけど、まさがそごまで気持ちが不安定になるとはかあさんも思ってねがったわ。ゆんべ、雄二さんも言ってた。あれからノイローゼっていうのかい？　とにかく可穂子が心のバランスば崩してひどい状態になってるって。時々興奮して壁に頭ば打ち付けだり、自分で自分のごと傷つけたり、悪い人間に追い掛けられる妄想に囚われだりって」

「何言ってるの、何で私がそんなごとをするの。私は正常だ、異常なのは雄二の方だ」

「しっかり治療すれば治るんだろ？　雄二さんも、そのためにこれからふたりで頑張りますって言ってらしたわ。ほんてん優しい人。それば聞いて、かあさん、思わず泣きそうになった」

「違う、そうじゃない。暴力をふるったのは雄二なんだ。今の私の姿ば見ればわかる。どんなに顔がひどく腫れてるか、目の周りが痣になってるか、肋骨にもヒビが入った痕《あと》があるんだ。お医者さんにもちゃんと診断書を書いてもらったんだから」

「診断書だって？」

「離婚のために必要なの。雄二から暴力受けてたごとを証明しないと、離婚が成立しないかもしんねんだ」

母は声を高めた。

「可穂子、あんた、まさか離婚ばするつもりなんが」

「もうそれしかないの。雄二は頭がおかしいの。かあさんだって家庭内暴力って言葉ぐらい知ってるでしょ。雄二はそれなの、そういう男だったの」

「でも、ほだなごと、あんた今までひと言も言わなかったじゃないの。いっつも雄二さんに優しくしてもらってるって、幸せに暮らしてるって」

「かあさんやとうさんを心配させたくなかったから……」

「んだげども、急にほだなごと言われても、かあさんだって混乱するばかりで……」

しばらく間をおいて「とにかく」と、母は言った。

「雄二さんと話し合いなさい」

「いやだ、絶対にいや。もう二度と会いたくない」

「きちんと話し合いさえすれば、互いに納得できる。いろんな誤解も解けて、収まるどごさ収まるがら」

「雄二とふたりになったら、今度こそ殺される」

「可穂子ったら、ほだな物騒なごと言って……雄二さんが、そんなごとするはずねえでねえの」

これだけ説明しても、母には何も伝わっていないのだった。今まで可穂子が何をされてきたか。そして、戻れば何をされるか。確かに、雄二は両親の前では完璧な夫だった。

そして、可穂子もそれをアピールし続けてきた。理解して欲しいと言う方が無理なのだろうか。幸福なふりを続けてきた自分の自業自得なのだろうか。

「とにかく、結論ば急ぐ前に話し合いの機会だけは持ちなさい。な、お願いだ。かあさん、とうさんとそっちに行ぐがら。四人で話し合おう。それならいいべ？　可穂子、はやまった真似だけはすねでな」

最後、母は涙声だった。


午前十時過ぎ、看護師から区の職員の来訪を知らされた。

緊張しながら面談室に向かうと、四十代前半と思われる女性が待っていた。

「配偶者暴力相談支援センターの加藤《かとう》と申します」

職員は淡々とした表情で名刺を差し出した。

「永尾可穂子です。よろしくお願いします」

可穂子は名刺を受け取り、頭を下げて、椅子に腰を下ろした。

「では、最初に私どもの機関の説明をさせていただきますね。配偶者暴力相談支援センターは、ドメスティックバイオレンスの被害に遭われた方の救済を目的とした公的機関となっています。被害者からの相談をお受けし、助言、カウンセリング、身柄の安全確保及び一時保護、自立して生活ができるようになるための情報提供や支援など、必要な対応措置を行っています」

事務的な口調だった。同情を期待していたわけではないが、ひんやりしたものが胸に広がった。

「病院から、ご主人から暴力を受けて逃げて来られたと連絡を受けましたが、それでよろしいですか？」

「はい」

「では、まずこちらの書類に住所、氏名、年齢のご記入をお願いします」

可穂子は渡された書類を前にしてためらった。

「大丈夫ですよ、こちらから相手側に連絡を取るようなことは決してありませんのでご安心ください」。ホッとしながら記入を終え、職員に手渡す。

「お預かりします。それで、まずお聞きしますが、今後、永尾さんが安全に身を寄せられる場所はありますか？」

「場所ですか……」

真っ先に思い浮かんだのはやはり山形の実家だった。母はまだ可穂子の言葉を信用していないようだが、身を寄せる先と言ったらそこしかない。ただ、雄二は実家の場所を知っている。いつだって訪ねて来られる。それに流産した時、雄二は言った。「実家に帰ったら火をつけてやる」。まさかと思う。まさかと思うが、今の雄二ならやりかねないとも思う。あの常軌を逸した目は、何をしでかしても不思議でない凶暴さに満ちていた。それを考えると、とても帰る気にはなれない。かといってこんな時に頼れるほど深い付き合いをしている友人もいない。誰かに迷惑を掛けるようなことにもなりたくない。

「病院側からは入院の必要はないとの診断が下りています。ベッドの空きもないので、できれば本日中に退院して欲しいとのことです」

可穂子は黙った。

「決して追い出そうとしているわけではありません。そこは誤解なさらないでくださいね。病院は治療のための機関であって保護施設ではありません。その後を引き受けるのが、私どもの機関の役割です。もし永尾さんに身を寄せる当てがないようでしたら、一時保護施設、またはシェルターをご紹介できますが、どうしますか？」

咄嗟《とっさ》にどう答えていいかわからない。

「どうしますか、入りますか？」

急《せ》かすように職員は答えを促した。もしかしたら他に方法があるのかもしれない。けれども今は何ひとつ思いつかなかった。自分はどこへ行けばいいのか。いったい誰を頼ればいいのか。まだ混乱は続いていて、じっくり考える余裕もなかった。

「はい、お願いします」と、可穂子は答えた。

「わかりました。では、すぐに手配しましょう。それで、失礼ですけど所持金はありますか？」

職員の質問に、可穂子は首を横に振った。

「何も持たずに飛び出して来てしまいました。今あるのは六千円ぐらいです」

今朝、九時にキャッシュディスペンサーが開くのを待ってカードを入れてみた。しかし、昨夜医師に言われた通り、すでに口座は凍結されていた。

「そうですか。まあ、それは仕方ないですね」

「すみません」

「謝ることはないんですよ。もし、これからも収入の道がないようでしたら、生活保護の申請をすることもできます」

生活保護。その単語は知っている。けれども、今、それが自分に向けられている言葉であるという実感がなかった。黙っていると、職員は書類をファイルにしまいながら言った。

「そういう制度はちゃんとあるのですし、受け取る権利もあります。希望されるようでしたら手続きを取りましょう。ただ、その場合もすぐに給付されるというわけではありません。審査がありますから一ヶ月ほどの期間がかかります。余計なことですが、そのお金は税金によって支払われるということはご承知おきください」

可穂子は唇を噛《か》み締めた。当然のことを言われただけだろうが、職員の言葉に傷ついれていた。個人的な結婚の失敗に、公的な資金を使わせるつもりかと、遠まわしに非難されているように感じた。自分は人生の落伍者《らくごしゃ》になったのだと、その時、痛感した。暴力的な男を選んだ浅はかな女。世の中の当たり前の結婚すらできなかった非常識な女。馬鹿な女。愚かな女。

可穂子はゆっくりと顔を上げた。

「さっき、実家の母に電話を入れました」

「ご実家に戻られるおつもりですか？」

「いえ、もしかしたら夫が押し掛けてくるかもしれないので、それは無理だと思います……ただ、お金は何とかしてもらえると思います」

「そうですか、それはよかった」

穿《うが》った見方かもしれないが、職員の声が和らいだ気がした。

「では病院の支払いもできるということですね」

「はい」

「それを聞いて安心しました。正直なところ、区の財政も大変厳しい状況です。できる限りの支援はしたいと思っていますが、それにも限度があります。では、経済的な問題がないようなら、避難先として区が委託している民間のシェルターをご紹介しましょう。利用料が一日二千円ほどかかりますけれど、構いませんか？」

他に選択肢はない。「お願いします」と、可穂子は頭を下げた。

午後になって、同じ職員が迎えに来た。入所するシェルターが決まったとのことだった。

病衣からTシャツに着替えたが、つまみ洗いしたところはまだ湿っていて、シミも残っていた。穿《は》いていたジーンズはポケットの端が破れ、だらんと下がっている。その部分を内側に折り込んで穿き、トートバッグを手にした。しかし、中には大したものは入っていない。財布とミニタオルとティッシュぐらいで、役に立ちそうなものなど何ひとつなかった。朝の検温に来てくれた看護師が、顔の腫れと痣を隠すためのマスクと、裸足だった可穂子のために古いスリッパを用意してくれたのが有難かった。

車で一時間あまりも走っただろうか。辿り着いたシェルターは、北区と埼玉県との境の町にある住宅街だった。小部屋が連なるカプセルホテルのような建物を想像していたが、意外にもごく普通の、言ってみれば単身者用のワンルームマンションといった外見だった。

そして、そこで待っていたのは、DV被害者を救済するNPO法人「リベルテ」を主宰する、浅井国子《あさいくにこ》という女性だった。

職員が、可穂子を紹介した。

「こちらが先ほど連絡しました永尾さんです。書類と診断書はこちらのファイルに入っていますので、後はよろしくお願いします」

「わかりました」

職員はファイルを国子に渡すと、長居する気はないというように、すぐに車に戻って行った。

「ご迷惑をお掛けします。よろしくお願いします」

玄関に立ったまま、可穂子は頭を下げた。

「迷惑だなんて、そんなことはぜんぜんないのよ。さあ、上がってください。大丈夫、相手側にここを知られることは絶対にありませんから安心してください」

国子は穏やかな笑みを浮かべた。化粧っ気はないが肌は瑞々《みずみず》しい。髪は白髪交じりで、母と同じぐらいの年齢だと思われるが、表情にはどこか素朴な少女っぽさが感じられた。

部屋はフローリングの六畳に、小さなキッチンとバストイレ。部屋の真ん中にこたつを兼ねたテーブルが置かれ、壁際に背の低い箪笥《たんす》とプラスチックの衣装箱が四つ積まれていた。洗濯機や冷蔵庫もある。まるで今まで人が住んでいたような生活感に満ちていた。

「コーヒーを淹れましょう」

国子がキッチンに立ち、やかんに水を入れ、ガスレンジに載せた。食器棚からカップをふたつ取り出し、インスタントコーヒーの粉を入れる。

「大変でしたね。怪我《けが》の具合はどう？　痛んだりはしてない？」

優しい言葉を掛けられて、胸が熱くなった。

「はい、何とか……」

「このリベルテは、配偶者暴力相談支援センターから委託された民間のシェルターなの。あなたのように辛い思いをされた方の役に立つための施設なんだから、どうぞ遠慮しないでね」

カップを手にして、国子が可穂子の前に座った。

「さあ、どうぞ」

「ありがとうございます。いただきます」

コーヒーの温かさが身に沁《し》みる。

「とにかく、今日はゆっくり身体を休めるといいわ。ずっと寝ていないんでしょう。そうよね、眠れるわけがないわよね。ここに来る女性たちはみんなそう。ぎりぎりまで追い詰められて、やっとの思いで逃げ出して来た人ばかりだもの。まずは眠って、気持ちを落ち着かせて、すべてはそれからにしましょう。必要なものはほとんど揃っているから、生活に不便はないと思うのよ。簞笥の中には服もパジャマもタオルも入ってるし、下着も用意してあります。下着はもちろん洗濯してあるけど、人が使ったものが嫌なようなら、自費で買ってもらうことになるの。近くのコンビニやショッピングセンターで買えますから」

「いえ、使わせていただきます」

「それと、冷蔵庫にお弁当とサンドイッチが入っているから、おなかがすいたらそれを食べてね。棚にはカップラーメンもあります。明日のお昼頃、また来ます。細かいことは、その時に聞かせてもらうわね。それでいい？」

可穂子は頷く。

「じゃあ明日ね。ドアには忘れずにチェーンをかけてください。チャイムが鳴っても、すぐに出ないで必ずドアスコープで相手を確認すること。あと、火の始末をよろしくお願いします」

そう言って、国子は長居することなく、あっさりと帰っていった。

ひとりになると、可穂子は途方もなく疲れている自分に気づいた。しばらくの間、そのまま惚《ほう》けたように座っていた。こうしている自分に現実感がなかった。知らない場所、知らない部屋、知らない家具やカーテン。その中にひとり座っている自分が、ひどくあやふやな存在になったように感じた。それでも、ここに雄二は現れない、もうびくびくしなくていい、ドアの開く音にさえいちいち怯《おび》える必要もない、それだけは確かだった。

いつの間にか窓から差し込む光は西に傾き、外は夕暮れの気配に満ちていた。風呂を使うために、可穂子はバスルームに入った。熱いシャワーを浴びると、傷に沁みた。身体のあちこちには青黒い痣が色濃く残っている。それでも、強張ったままだった身体がほぐれてゆくようだった。バスルームから出て、箪笥に入っていた下着と服に着替え、押入れから布団を出した。ドアの鍵とチェーンを確認し、布団に潜り込む。そして、あの眠っているのかいないのかわからなかった日々を取り戻すかのように、深い眠りに包まれていった。


翌日の昼前、国子がやって来た。

可穂子の顔を見ると「よかった、少し元気になったようね」と、目を細めた。

「こんなにゆっくり眠れたのは久しぶりです」

今日は可穂子がコーヒーを淹れ、昨日と同じくこたつテーブルを間に向き合った。居心地はどう？　いいです。足りないものはない？　ないです。といったやり取りを交わしてから、国子はようやく切り出した。

「じゃあ、経緯《いきさつ》をお聞きしようと思うんだけど、大丈夫かしら。気持ちがまだ落ち着かないようなら、もっと後にしても構わないのよ」

「いえ、大丈夫です」

「そう、だったらそうしましょう。言いにくいこともあるでしょうけど、これは後々の救済申し立てや離婚裁判などで役に立ちますから、なるべく詳しく聞かせてくださいね。録音とメモを取らせてもらうけど、いい？」

はい、と頷く。しかし、いったいどこから話せばいいのか、すぐには言葉が見つからなかった。

派遣先での出会い、幸せだった恋愛、そして結婚。雄二の豹変《ひょうへん》。初めてものを投げ付けられた時の驚き、あの冷ややかな目。エスカレートしてゆく暴力。痛みと恐怖に打ち震えていた日々。首を絞められ死を覚悟したあの瞬間……時折、頭が混乱して話が前後したり、息が苦しくなって声が途切れたりした。

そんな可穂子の思いを察するように、国子は柔らかい言葉で促した。

「ゆっくりで構わないのよ。みんなそう、こんな時に筋道たてて話せる人なんかいないんだから、思うがままに話してくれていいの」

「はい……」

訥々《とつとつ》とながらも、可穂子は心のうちを吐露していった。窓の外では切羽詰まったように蟬《せみ》が鳴いている。夏はもう終わろうとしていた。

二時間はゆうにかかった。国子は録音機をオフにし、ノートを閉じて傍らにペンを置くと、ゆっくりと視線を向けた。

「ドメスティックバイオレンスは許されない行為よ。永尾さん、話の途中で、何度も

『自分も悪かったのかもしれない』と言ったわね。相手だけを責めることに抵抗感があるのね。でも、それこそがまさにDVの典型的なパターンなの。あなたにそんなふうに思い込ませる、罪悪感を持たせる、そうすることで自分の支配下に置いておこうとする、それが相手の手口なのよ。DVを受けた自分も悪いなんて思う必要はないの。これは犯罪で、あなたは被害者。加害者である夫の非を堂々と主張していいのよ」

その言葉がどれほど安堵を与えてくれただろう。今までどうにも払拭《ふっしょく》できなかった自責の念が、ようやく軽くなったような気がした。

「ありがとうございます。そう言っていただけると、少し気持ちが楽になります」

「それで、これからのことだけど、あなたはどうしたいの？」

可穂子は改めて顔を向けた。

「離婚するつもりでいるの？」

「もちろんです」

「その決心は固い？」

「はい」

「シェルターに来た時は、みんな何が何でも絶対に離婚するって言うのよ。でも、しばらくして落ち着くと、やっぱり夫の許に帰りますって言う人も結構いるの。経済的な問題とか、子供のこととか、いろいろあるのはわかるんだけど」

「いいえ、私の気持ちは変わりません。あの人ともう一度一緒に暮らすなんて考えられません。離婚します。絶対にします」

「そう、だったら今後は離婚に向けて話を進めていきましょう。ただ、あなたが離婚を望んでも、相手がすぐに応じるかどうかは難しいと思うのよ。特にＤＶが絡むケースでは、離婚を受け入れるということは自分の非を認めることになると思って、拒否する傾向が強いの」

「そうなんですか……」

不安が広がってゆく。

「あなたの相手の場合はどうかしら。夫婦での話し合いによる協議離婚を受け入れてくれそう？」

「それは、わかりません……」

「もし、それが無理なようなら調停離婚になるかもしれないわね。まあそれも含めて、これからゆっくり相談してゆきましょう。うちには専属の弁護士がいるの。ボランティア価格で引き受けてもらってるし、相談は無料だから気軽に声を掛けてちょうだい」

「ありがとうございます、よろしくお願いします」

頭の中はまとまらなくても、実感しているのは、やはりお金だった。入院費にしろシェルターにしろ弁護士を頼むにしろ、何にしてもすべてにお金が掛かる。金銭的な援助を頼めるのは、やはり実家の両親しかいなかった。この年になって迷惑を掛けるのは心苦しいが、今はそれしか方法が思いつかない。

「あの、実家に連絡を取りたいんです。手持ちのお金がないので、両親に少し融通してもらおうと思っています」

「そう」

「ただ、通帳も印鑑も持ってなくて、どうしていいかわからなくて」

「だったら、私の口座にいったん振り込んでもらって、それをあなたに渡すという形でどうかしら。よくあることなの。もちろん私を信用してもらえれば、だけど」

「そうしていただけると助かります」

「ただ、ご両親に連絡した時、今いる場所だけは教えないでね。リベルテという名前もね。つい相手にほだされて、身を寄せている場所を洩《も》らしてしまうことがあるの。それも親心なんでしょうけど、このシェルターはあなただけじゃなく、これからもあなたと同じ境遇の人がたくさん利用する場所だから、突き止められたらとても困るのよ。だから、それだけは守ってください」

「絶対に言いません」

「お願いするわ」

国子が帰り、可穂子は近くのコンビニに行って、母に連絡を入れた。

電話に出た母の声は、昨日より更に興奮していた。

「可穂子、どごさいるの？　何度も雄二さんがら連絡来てるんだよ」

「かあさん、申し訳ないけどお金を貸して欲しいの」

「お金？　なしてお金なんかいるの。だったら雄二さんのどごさ帰ったら」

「お願い、どうしても必要なの。十万、ううん五万でもいい。必ず返すから、だから、お願い」

しばらくやり取りがあったが、最終的に母は了承した。国子の口座番号を告げると、明日には入金すると約束してくれた。

「ありがとう、助かる」

しかし、まるで引き換えのように、母はひとつ条件を出した。

「その代わり、ちゃんと雄二さんと話し合ってちょうだい。かあさんととうさんも行ぐがら。んだがら、このまんま離婚するなんてごとだけは言わねでの」

翌日、母が振り込んでくれた十万円を国子から手渡された。これで治療費とシェルターの入所料金が払えると思うと、ホッとした。しかし、だからといってここに長居できるわけではない。頼み込めば一、二週間は置いてもらえるかもしれないが、いずれは出て、部屋を探さなくてはならない。仕事だって見つけなければならない。気力があろうがなかろうが、こうなった以上、生きるためにやらなければならないことが山のように待っている。

まず目の前にある問題は、雄二と会うことだった。会いたくない。怖い。恐怖は今も生々しく記憶に張り付いている。雄二の顔を思い浮かべただけで、心臓が鼓動を速め、指先が冷たくなってゆく。できるなら、このまま会わずに離婚してしまいたい。しかし、両親は納得しないだろう。

相談できるのは国子しかいなかった。

「困ったわね。それで、あなたはどうしたいの？」

国子は静かな口調で尋ねた。

「もう二度と顔を見たくないというのが本音です。怖いし、何をされるかわからないし、私ひとりでは絶対に無理です。でも、両親が上京すると言っているので、それなら大丈夫かもしれないとも思うんです」

国子はわずかに眉根《まゆね》を寄せた。

「それはどうかしらね。たとえご両親が同伴されたとしても、ご主人との接触はなるべく避けた方がいいと思うのよ。突如感情が爆発して暴れだすってこともあるから。経験上、そういうケースをよく見聞きしてるの」

「でも、そうしないと、きっと両親は納得してくれません。両親は、優しい夫しか見たことがなくて、離婚は私の我儘だと思っているんです」

「そう」

「それでも、やっぱりやめた方がいいですか」

「できるなら会わない方がいいと思うけど、あなたがそうしたいなら、それもひとつの方法だと思います。ただ、その時はあなたのご両親だけじゃなく、いざという時のために、ご主人をきちんと抑制できる人にも同席してもらうようにした方がいいわね。これはとても大切よ。そういう人を知ってる？」

「抑制できる人ですか……」

可穂子は考えた。誰がいるだろう。誰に頼めばいいだろう。


その週末、土曜昼過ぎ、可穂子は東京駅八重洲《やえす》中央口に向かった。シェルターに入ってから、近所のコンビニ以外、外に出掛けるのは初めてだった。人混みの中は落ち着かず、つい視線を泳がせてしまう。雄二がいるはずがないとわかっていても、似た影を見ただけで足が竦んだ。

可穂子は少し離れたコインロッカーの前に立ち、改札口から出てくる両親を待った。やがてその姿を見つけ、手を上げた。しかし、両親は気づかないらしい。きょろきょろと辺りを見回している。可穂子はふたりに近づいた。

「とうさん、かあさん」

可穂子を認めて、両親は同時に何度か瞬《まばた》きした。今の季節にはまだ暑い長袖パーカーと色の抜けたジーンズ、足元はサイズの合っていないスニーカー、帽子に大きなマスクとサングラスをしている。両親が気づかないのも当然だった。

「可穂子……」

母が口を開きかけたが、次の言葉を見つけられなかったらしく、続く言葉を濁した。

「わざわざ東京までごめん」

「そんなごとはいいんだ……」

「電車、混んでた？　ちょっとどこかで一休みしようか？」

父はむっつりした表情のまま答えた。

「いいや、早ぐ話を済ませるべ。タクシー乗り場はどごだ」

「あっち」

駅前からタクシーに乗り、マンションに向かった。父、母、可穂子と後部シートに並んで座り、無言のまま窓の向こうに広がる風景に目をやった。週末のせいで道はさほど混んでいない。

「そのサングラスとマスクだけど」と、母が意を決したように尋ねた。

「そんなに隠さねえど駄目なくらい、顔がどうにかなっとるのか？」

顔の腫れはずいぶん引いたが、口と目の周りの青痣はまだ色濃い。両親が見たらどれほど驚くだろう。しかし、どんな言葉で訴えるより、これがしるしになってくれるように思えた。

可穂子はサングラスとマスクをはずした。両親が息を呑むのがわかった。

「それ、本当に雄二さんが……?」

可穂子は頷く。

「そうか……」

「驚かせてごめん。できたら、見せたくなかったんだけど」

「まだ信じられん……あの雄二さんがほだなごとを……」

その後、打ちのめされたように両親は口を噤《つぐ》んだままだった。

午後二時に行く、と、両親から雄二に伝えてあるという。今頃、どんな気持ちで雄二は待っているだろう。逃げ出していればいいのに、そうすれば会わずに済む、と、望んでいる自分がいる。

マンションに到着したのは二時五分ほど前だった。可穂子は大きく息を吸い込んだ。背中が痛くなるほど緊張している。大丈夫、と何度も自分に言い聞かせた。今日はひとりじゃない。両親が一緒だ。決して殴られはしない。

オートロックのないエントランスを抜け、エレベーターで六階まで上がり、部屋の前に立った。父がチャイムのボタンを押す。すぐにドアが開かれ、雄二が現れた。

「遠いところをわざわざすみません」

雄二が言った。いつもの、いやいつも以上の礼儀正しさだった。可穂子は顔を上げられなかった。落とした目線の先に雄二の素足が見え、吐きそうになった。

「可穂子、大丈夫かい？　心配してたんだよ」

雄二が可穂子に声を掛ける。可穂子は目を伏せたまま黙っている。

「上がらせてもらうの」

硬い口調で父が言い、玄関で靴を脱いだ。次に母が、そして可穂子と続いた。部屋はすっきりと整えられていた。割れた食器も、倒された家具も、折られた携帯も、あの夜の痕跡《こんせき》は何ひとつ残されていない。

フローリングの床にはすでに座布団が用意されていて、雄二に促されるまま両親は腰を下ろした。その背後に可穂子も座ったが、やはり顔は上げられない。指先が冷たく硬直している。

いきなり雄二が床に手をついた。

「おとうさん、おかあさん、このたびはご迷惑をお掛けして本当に申し訳ありませんでした」

その様子に両親が戸惑っている。

「今回のことは、すべて僕の責任です。流産のショックで苦しんでいた可穂子を、ちゃんとフォローしてやれませんでした。僕も子供を失った悲しみでいっぱいで、自分のことだけで精一杯だったんです。でも僕なんかより、可穂子の方がずっとずっと辛かったって、わかってやれなかった。僕は夫として失格でした。可穂子が飛び出して行った後、どんなに後悔したかわかりません。これからは心を入れ替えて、可穂子を大切にします。約束します。ですから、どうか許してください」

可穂子は母の肩ごしに、そっと雄二に目をやった。いったいどんな顔でそんな言葉を口にできるのか。しかし、顔を伏せた雄二の表情は見えない。

「雄二くん、顔ば上げてくれ。気持ちはわがった。けれど、まず、聞かせて欲しいごとがあるんだ」

「はい」

雄二が顔を上げる。可穂子はまた慌てて目を伏せる。

「さっき、可穂子の顔ば見て驚いた。これは雄二くんにひどい暴力ばふるわれたからだと可穂子は言ってるんだけども、それは本当だが？」

雄二はしばらく言葉を途切らせ、やがて「申し訳ありません……」と、言葉を濁した。

「つまり、本当だというごとが」

「手を上げたのは事実です。でも、そうでもしなければ可穂子を止めることができなかったんです」

「それはどういうことだ？」

「流産して以来、可穂子は時々自分を見失って、泣き叫んだり、家の中のものを壊したり、ものを投げ付けたりするようになりました。その時は、気が昂《たかぶ》っているから仕方ない、そのうち落ち着いてくれるだろうと見守っていたんですが、だんだんエスカレートして、いつか自分自身を傷つけたりするようになりました。自分で壁に頭を打ち付けたり、拳で顔を殴ったり……。わかっています、それは可穂子のせいじゃない、みんな心の病のせいなんです。それでも、あの時は、力ずくで止めるしかありませんでした」

「暴力じゃなく、止めただけだと？」

「はい」

「可穂子の顔がこんなになるまでか？」

「いえ、すべて僕がやったわけじゃありません。可穂子が自分で付けたものもあります」

「嘘《うそ》よ！」と、可穂子は叫んだ。

「私は心の病なんかじゃないし、自分を傷つけたりもしていない。雄二は嘘をついてる。自分のやった暴力を全部私のせいにするつもりなのよ」

雄二がゆっくりと可穂子に目を向けた。

「いいよ、可穂子がそう言うならそれでもいい。そんなことより、今いちばん大切なのは病を治すことだ。そのためにも早く家に帰って来て欲しい。治療に専念して、昔の可穂子を取り戻して、ふたりでもう一度やり直そう。僕も頑張る。精一杯努力する。きっとまた、子供にだって恵まれるさ」

「やめて」可穂子は両耳を塞《ふさ》いだ。

「雄二の言ってることはみんな嘘。とうさんもかあさんも信じないで」

そんな可穂子を、父が制した。

「可穂子、落ち着け」

「そうだよ、雄二さんは冷静に話そうとしてるんだから、あんたもちゃんと聞く耳ば持ちなさい」

両親の気持ちは自分ではなく雄二に向いていると感じた。両親は雄二の言葉を信じるつもりなのか。私を雄二の許に帰すつもりなのか。

「ありがとうございます。おとうさんとおかあさんにそう言ってもらえて僕も嬉しいです」

雄二の顔には余裕の表情が広がっていた。しゃあしゃあと表と裏の顔を使い分ける雄二は、とっくに人の心を失っている。

その時、チャイムが鳴った。雄二は怪訝《けげん》な表情を浮かべ「ちょっとすみません」と、玄関に立って行った。ドアの開く音がして、すぐに雄二の狼狽した声が聞こえてきた。

「えっ、どうしたんですか」

「上がるぞ」

リビングに現れたのは雄二の両親である。可穂子は雄二の両親に連絡を入れていた。どう考えても雄二を抑制できるのはこのふたりしかいないと思えた。電話で事情を話し、同席してもらえないかと頼んだのだ。

「このたびは、雄二が大変ご迷惑をお掛けしました」

雄二の両親が、硬い表情で床に手をついた。父と母が慌てて居住まいを正している。

「いや、こっちこそ、娘がとんでもないことば言い出しまして。何か、まだ、話がよっくわがらんというか」

「可穂子さんから雄二に暴力を受けたと聞いて、本当に驚きました。それもずいぶん前からだというではありませんか。親として申し訳ない気持ちでいっぱいです」

「いや、あの、何がどうなってるのか、そこは私どもにもまだ……」

雄二が声を震わせた。

「僕は暴力なんかふるっていません。可穂子が自分でやったんです。今、そのこと、可穂子のご両親に説明してたところなんです」

「雄二、おまえは黙っていなさい」

自分の両親が現れたのは計算外だったのだろう。雄二は蒼白《そうはく》な顔のまま立ち尽くしている。奥歯を噛み締めているのか、頰が不自然な動きをしている。

雄二が今、何を思っているのか、可穂子は手に取るようにわかっていた。両親の前で恥をかかされることにどれだけ怯え、屈辱を感じているか。そして、連絡を入れた可穂子にどれほど憤っているか。両親を激しく憎みながらも、心の奥では焦がれるように認められたがっている雄二にとって、それは何よりも大きい打撃のはずである。

「可穂子さんの顔を見ればわかるだろう。どうして自分でこんな傷を付けられるんだ。男らしく自分の非を認めなさい」

「違う、僕じゃない、僕は決してそんな……」

雄二が可穂子に懇願した。

「可穂子、お願いだから違うと言ってくれ。僕じゃないって、自分でやったんだって。でないと、おとうさんとおかあさんに誤解されてしまう」

可穂子は震える声で答えた。

「いいえ、この傷はすべて雄二さんに殴られたものです。暴力は一年以上も前からありました。でも怖くて、ずっと言えなかったんです。お義父《とう》さんお義母《かあ》さん、お願いです、どうか雄二さんと離婚させてください。お願いします」

「何を言ってるんだ！」雄二の声が裏返った。

「離婚だなんて間違ってる。可穂子は何か勘違いしてるんだ。もっとふたりでじっくり話し合おう。そうすれば誤解も解けるし、いろんな問題も解決できる」

「いいえ、無理です。もう雄二さんとは暮らしてゆけません。離婚させてください」

「いや、やり直せます。今度こそ可穂子を幸せにします。僕を信じてください」

話はなかなか進まなかった。可穂子の離婚の申し出に、雄二はやり直したいの一点張りだった。どうにも埒《らち》はあかず、二組の両親の途方に暮れたため息が部屋を重く埋めていった。特に雄二の母親はひどく動揺しているようで、強張った表情のまま膝に目を落としている。

「あの、すみません、少し荷物をまとめさせてもらってもいいでしょうか。何も持たずに飛び出してしまったものですから」

可穂子は雄二の父親に許しを乞《こ》うた。

「えっ、ああ、そうしてください。どちらにしてもしばらく距離を置いた方がいいでしょうから」

可穂子は寝室に入った。あれもこれもというつもりはない。持ち出すのは、これからの生活に必要なほんの少しのものでいい。

ダブルベッドは見ないようにした。ここで繰り返された行為は今となればおぞましい記憶でしかない。目を背けるようにクローゼットを開け、ボストンバッグを取り出して、下着と数枚の服を詰め込んだ。引き出しの中から自分名義の通帳と印鑑、運転免許証や年金手帳など身分を証明できるものを手にした。

その時ふと、ベランダに並ぶハーブのプランターに目が行った。可穂子はサッシの戸を開けて外に出た。瑞々しかったハーブはすっかり枯れ、触れると茎も葉もぼろぼろと崩れ落ちた。可穂子はしゃがんだまま、しばらくじっとしていた。嬉々《きき》としてここにハーブのプランターを並べたあの日々は何だったのだろう。遠く、あまりにも遠く、今はもう、自分の記憶ではないようにさえ感じられる。ごめんね、と、可穂子は無残な姿となったハーブに声を掛けた。結局、あなたたちまで殺してしまった。

「何でだ」

その声に振り向くと、ベランダの前に雄二が立っていた。

「何で僕の両親まで呼んだりしたんだ。関係ないだろ、僕たちの問題だろ、どうして勝手な真似をするんだ」

雄二の顔は強張り、唇が歪《ゆが》んでいた。それは雄二の狂気をそのまま映し出していた。可穂子は立ち上がった。ベランダのフェンスが背に当たった。

寝室のドアは閉じられている。ドアに鍵はないが、いつの間にそうしたのか、雄二はドアとベッドの間にゴルフバッグを置き、つっかいにしていた。

「おとうさんにもおかあさんにも、僕はまた永尾家の恥だって思われたじゃないか。兄さんにも姉さんにも、三流だって、落ちこぼれだって、見下されるじゃないか」

雄二が近づいてくる。後じさろうとしたが、フェンスがそれを阻んでいる。その先にあるのは、六階分の空間だけだ。

瞬きすら忘れたように、雄二は可穂子を見据えている。

「こんなことになるなら、あの時、終わりにしておけばよかった。そうしたら、こんな恥を晒《さら》すことはなかったんだ」

雄二が今、何を考えているか、可穂子にははっきりと感じ取れた。今度こそ、今度こそ雄二はやるつもりなのだ。

「どうして僕を追い詰めるんだ。こんなに愛しているのに、どうしてわかってくれないんだ」

雄二が突進してきた。叫ぼうとしたが、恐怖のあまり声が喉《のど》に張り付いている。手が首に掛かり、可穂子は雄二の顔を掻《か》き毟《むし》るように抵抗した。それでも力は緩まず、可穂子をフェンスの向こうに押し出そうとする。背が反って、足が宙に浮いた。このままでは突き落とされる。六階下に落下させられる。

可穂子は叫んだ。身体の奥から、残っているすべての力を絞り出して叫んだ。

「助けて！」

寝室のドアが叩かれた。「雄二、どうした、何をやってるんだ」と、雄二の父親の興奮した声が聞こえてきた。がちゃがちゃとノブが回されている。

「もう終わりだ。みんな終わりだ」

ようやく、つっかいのゴルフバッグが外れたようだ。ドアが開いて、雄二の父親が飛び込んで来るのが見えた。可穂子の父の顔もあった。その後ろに、母親たちが立ち竦んでいた。雄二が駆け寄ってきたふたりの父親の手ではがいじめにされ、寝室へと引き戻されてゆく。

「違うんだ、そうじゃないんだ、僕は可穂子を愛しているんだ」

身体を押さえ付けられながら、雄二は子供のように泣きじゃくっている。

全身から力が抜けて、可穂子はずるずるとベランダの床に崩れ落ちた。

3

『でも、夫がそこまで追い詰められるなんて、やっぱり妻にも至らないところがあったからじゃない？』

『そうよ、夫婦のトラブルでどちらかが百パーセント悪いなんてあるわけないもの』

『何のかの言ったって、夫の稼ぎで養ってもらってるんでしょう。感謝しなくちゃ、我慢しなくちゃ、尽くさなきゃ』

『ダンナ様も可哀想。奥さんが違う人だったら、幸せだったかもしれないのにね』

『あなた、本当に努力した？　いい夫婦になるために頑張った？　胸張って言える？』

『すべて自分で蒔《ま》いた種でしょ』

否定しようとするのだが、可穂子は何も答えられないでいる。どころか、だんだんその言葉の方が正しいような気になってくる。

本当に雄二だけが悪かったのか。すべて雄二の責任なのか。自分は妻として完璧だったか。もし完璧なら、雄二を暴力に走らせるようなことにはならなかったのではないか。

「私が悪いっていうの？　私が雄二をそうさせたっていうの？」

言い返す自分の声で目が覚めた。

壁際の箪笥とプラスチックの衣装箱が見えて、ここがシェルターだと思い出した。

今は、朝の六時半を少し過ぎたところだ。可穂子はしばらく気持ちを落ち着けた。それから布団を押入れにしまい、湯を沸かして、インスタントコーヒーを淹れた。

昨日、転がり出るように父と母とともにマンションを飛び出し、タクシーに乗り込んだ。可穂子同様、ふたりとも緊張と動転で顔が強張っていた。目の前で起きた現実が受け入れられなかったのだろう。両親にとって雄二は文句の付けようのない娘婿だった。

「帰ろう」と、父は言った。「明日、一緒に山形さ帰ろう」

両親は東京駅近くのビジネスホテルを取っていて、一緒に泊まるよう勧めてくれた。

けれども、娘の不幸を嘆くふたりと過ごすのは辛くて、結局ひとりでシェルターに戻った。

それからずっと考えている。これから自分がしなければならないことを考えている。

離婚する。仕事を探す。住居を見つける。

それをしなければ前に進めない。しかし、雄二は離婚に応じてくれるだろうか。新しい仕事は見つかるだろうか。部屋を借りるためのお金は用意できるだろうか。

考える分だけ、不安が増してゆく。両親の言う通り、このまま実家に帰った方が賢明かもしれない。何より、可穂子自身が疲れ果てていた。しかし、両親にこれ以上迷惑を掛けたくないという気持ちもある。実家に帰れば、雄二が本当に家に火をつけるのではないか、その危惧《きぐ》も消えてはいない。

七時を過ぎて、可穂子はコンビニに向かった。通りはすでに通勤や通学の人が行き来している。帽子を目深にかぶり、俯《うつむ》き加減に道の端を歩く。何度自分に言い聞かせても、雄二の呪縛《じゅばく》から逃れられない。コンビニ前の公衆電話から、母の携帯に連絡を入れた。

「ああ、可穂子か。ずっと連絡待ってたんだ。あんた、何時頃こっちさ来る？　東京駅で待ち合わせでもいいよ。かあさんたちはいつでも出られっから」

眠れなかったのだろう、母の声は掠れていた。

「私、やっぱりこっちに残る」

「えっ、残るって、あんた、残ってどうするの」

母が慌てている。

「それはこれから考えるつもり」

「ちょっと待ってて」

母が父を呼び、電話を代わった。

「いいがら帰るぞ」と、父は怒ったように言った。

「住むどごも仕事もなくて、ひとりでどうすんだ」

「昨日、マンションから必要なものは持ち出したし、何とかなると思うの」

「何とかって何だ。雄二くんさに見つかったらどうすんだ。あだな男が住む東京さ、おめどごひとりで置いておくわけにはいがね」

「でも、実家の場所は知られてるし」

「おらだちがいるがら、手出しはさせねえ」

可穂子は短く呼吸を整えた。

「おとうさん、雄二を見たでしょ。だったら雄二がまともじゃないことがわかったでしょう。今度は実家まで押しかけて来るかもしれない。もっとひどいことをするかもしれない」

「いくら何でもそごまで」

「ううん、雄二ならやりかねない。だから場所が知られている実家より、東京で身を隠していた方が安全だと思う。東京は広いし、顔を合わせる偶然なんてまずないもの。それに、私みたいな境遇の人間を支援してくれる機関があって、いろいろ助けてもらってるの」

「親がいるんだ。ほだなどごに頼るごとはねえ」

「お願い、そうさせて」

父は黙った。

「私はひとりで大丈夫だから」

「今、どごさいる？　連絡先もわがらねまま、帰るなんてできるわげねえ」

「それは言えない」

「何でだ」

「そういう決まりなの。言うと他の人に迷惑が掛かるから、誰にも言っちゃいけないことになってるの」

「親にもか」

「ごめん、連絡は私からする」

背後から母の声が聞こえてくる。「可穂子は何て言ってるんだ」と、おろおろと繰り返している。

「本当にそうするしかねえのが。娘がこんなにひどい目さ遭ってんのに、うちらさできることは何もねえのか」

「きっとまた助けて欲しいって頼むことがあると思う、その時はお願いするから」

「当たり前だ。遠慮なんかすねで、いつでも何でも言ってこいの。そういう時のために親っていうのはいるんだがら」

「うん……」

鼻の奥が痛くなった。

「おとうさん、親不孝してごめんの……」

「謝んな、謝んのはおれの方だ。可穂子、悪がった。おめの辛さに何にも気づいでやれねくて。親として失格だ。勘弁してくれの」

父は泣いていた。


とにかく離婚しなければ——。

一刻も早く籍を抜いて、他人になってしまいたい。

しかし、それを望む気持ちはあっても、雄二に連絡を取ることができない。会いたくない。怖い。心と身体のすべてが雄二を拒絶している。

その日の午後、可穂子はリベルテの事務所を訪ねた。

事務所はバス停で三つめの住宅街のワンルームマンションにある。狭い部屋に机や椅子、キャビネットやコピー機などが押し込まれ、ファイルや本が堆《うずたか》く積まれていた。隅に小さな二脚の椅子とテーブルが置いてあり、そこが面談の場所になっていた。

向き合って、昨日の件も含めて事情を話すと、国子は眉を顰《ひそ》めて湿った息を吐き出した。

「そう、大変だったのね」

「国子さんから注意するよう言われてたのに、つい油断してしまいました」

「実のご両親の前では神妙になるって聞いてたから、私も無茶はしないだろうって思ってたんだけど」

「あの人、いつもすごく緊張しているんです。両親によく見られたいって必死なんです。だから、私もまさか、あんなことをするなんて思ってもいませんでした」

「もう感情をコントロールできなくなっているのかもしれないわね」

これ以上雄二が暴走したら、と想像すると身が竦んだ。これから先も雄二の影に怯えながら生きて行かなければならないのだろうか。私を殺すまで追いかけてくるのだろうか。

「そういう男ってね、妻をいつまでも怯えさせておきたいの。怯えさせておきさえすれば、自分に従うと信じ込んでいるのよ。それが唯一の武器になると勘違いしてるんでしょうね。でも、逆に言えば、妻がもう自分に怯えないとわかると、急に諦めが付くってケースもあるの。一概には言えないけど、相手を怖がっているばかりでは、ＤＶってなかなか解決しないものなのよ」

「わかるような気がします」

それから可穂子は顔を上げた。

「私は、雄二のために人生を棒に振りたくありません」

国子が頷く。

「そうね、その通りよ」

「そのためにも早く離婚を成立させたいんです」

「それが賢明ね。私も賛成です」

しかし、離婚して欲しいと言えば離婚が成立する、そんな簡単にはいかないことは覚悟している。雄二の執念深さは、一年半の結婚生活で身に沁みている。

そんな可穂子の逡巡《しゅんじゅん》を国子は察したようだった。

「前に言っていた弁護士さんだけど、一度相談してみたらどうかしら」

もうそれしかないと思えた。

「はい、そうさせてください」

紹介された弁護士は、伏見玲子《ふしみれいこ》といった。

翌日、午後七時半、可穂子は待ち合わせた王子《おうじ》と駒込《こまごめ》の中ほどにある商店街の「しなの」という店に向かった。

店先に立って戸惑った。名前を聞いた時から感じてはいたが、ここはどう考えても居酒屋だ。まさかこんなところで相談するのだろうか。もしかしたら店の名前を間違えたのだろうか。そんな懸念を抱きながら、とりあえず顔を覗かせると「いらっしゃい」と、女将《おかみ》の明るい声があがった。

「あの、こちらで伏見さんという方と待ち合わせをしているんですけど」

「ああ、玲ちゃんならもう来てるわよ。奥の小部屋へどうぞ」

やはりここのようだ。六、七人が座れるカウンターはすでに満席だった。椅子の背後を身体を斜めにして通り過ぎ、小部屋に向かった。

「失礼します」

「はあい、どうぞ」との返事があって、可穂子は障子を開けた。

四畳半ほどの小さな座敷である。目の前に座る玲子が、想像していたよりずっと若くて驚いた。可穂子より四、五歳上、三十代半ばといったところだ。ウェーブのかかった長い髪を後ろでひとつにひっつめている。化粧っ気はほとんどないが、知性と愛嬌《あいきょう》を兼ね備えた奥二重の目が印象的だった。

「国子さんの紹介で来ました。永尾と申します」

「はいはい、どうぞ上がって」

玲子がざっくばらんな口調で言う。

向かい側に腰を下ろすと、玲子が大きなバッグの中をかき回して、名刺入れを手にした。

「弁護士の伏見玲子です。どうぞ、よろしく」

可穂子は緊張しながら頭を下げた。

「永尾可穂子と言います。こちらこそよろしくお願いします」

「それって、嫌よね」

唐突に、玲子が言った。

「え？」

「こうなった今も、まだ加害者の苗字を名乗らなくちゃならないなんて、気分が悪いでしょう。これから名前の可穂子さんで呼ばせてもらってもいい？」

玲子の言葉は単刀直入だ。

「はい、私もその方が気が楽です。そうしてください」

「私のことも先生なんて呼ばないでね。じゃあ可穂子さん、とりあえずビールで乾杯しましょうか」

可穂子は面食らってしまう。

「飲めない？」

「そういうわけじゃないですけど……」

「だったら」と、玲子は可穂子のグラスにビールを注いだ。

「おつまみだけど、ここは煮込みがおいしいの。好き？」

「えっ、ええ……」

「よかった。あとは鮪《まぐろ》のブツにだし巻き卵、それから自家製漬物の盛り合わせ。まずはそんなところかな。他に何か食べたいものはない？」

「私は別に……」

「ママ、お願いしまーす」

大声で呼ぶと、すぐに女将が顔を出した。玲子が注文している。状況がよくわからない。とても弁護士に離婚の相談をしに来たという雰囲気ではない。

「じゃ、まずは乾杯」

促されて可穂子はビールのグラスを手にし、玲子のそれと触れ合わせた。

「いきなりこれじゃ、驚くよね」

玲子が口の周りについたビールの泡を指先で拭って、小さく笑った。

「ごめんなさいね。私、仕事を終えて、ここで食べて飲んで一息つくっていうのが唯一の楽しみなの。申し訳ないけど、相談の料金はなしだから付き合ってもらうことにした。もちろん、話は真剣に聞くから大丈夫。あ、ここの支払いも気にしないでね」

面食らってはいたが、悪い気分というわけでもなかった。小気味よい口調は緊張を和らげてくれたし、ざっくばらんな接し方は玲子独特の気遣いのように感じられた。

「国子さんから事情は聞きました」

玲子がまっすぐな視線を向けた。

「大変だったね。逃げ出せて本当によかった。ＤＶ被害の認知件数は増加の一途を辿ってる。年間三万件を超えたという警察の発表もあるの。その数字だってあくまで認知された数で、水面下ではそれと同じくらいの人たちが被害に遭っていると言われてるのよ。一説では、夫婦の六組に一組がそうだとも」

まさかと思う。六組に一組なんて本当だろうか。スーパーや近所で見ていた幸せそうな妻たちも、六人にひとりが可穂子と同じような境遇にいるのだろうか。

「ひとつだけ確認させてもらっていい？」

玲子が改めて顔を向けた。

「はい」

「可穂子さん、自分を責めてない？」

可穂子は思わず視線を膝に落とした。言い当てられたことに戸惑っていた。罪悪感というわけではない。しかし、限りなくそれに似たものが、こうなった今も心の底にぴたりと張り付いていた。あの夢の中で聞いた言葉は、すべて自分の内から発せられたものなのだ。

「確かに、あります」

「やっぱりね。DVの被害者って、そういう人が多いのよね」

「そうなんですか？」

「そうよ、びっくりするぐらいいる」

可穂子はしばらく言葉を途切らせた。カウンター席から賑やかな笑い声が流れてくる。

「うまく言えないんですけど……」

「なに？」

「もし、私がただ道を歩いていて、突然見知らぬ相手に殴られたのなら、完全に被害者だと言えると思うんです。でも、私たちは夫婦だった。誰かに強制されたわけじゃなくて、自分の意思で結婚したんです。そんな夫を選んだという責任が私にはあるんじゃないかって思えるんです」

自分の言葉をひとつひとつ確認するように、可穂子は言った。

「なるほど」

「それに、初めて暴力をふるわれた時、私は毅然《きぜん》とした態度を取ることができませんでした。二度目も三度目も、いえ、正直に言えばずっとです。だったら他の誰かに助けを求めればいいのに、それもしませんでした。見栄があったからです。不幸な結婚をしていると思われるのが嫌だったんです。そんな私を見て、夫はきっと、私が暴力を受け入れたと思い込んだんだと思います。夫にそう思わせてしまった私にも、やはり責任があるんじゃないかって気がするんです」

「ふうん」

「それに、暴力も毎日あったわけじゃなくて、時には笑って過ごした日もありました。その時、暴力をふるわれたことなどまるでなかったように、一緒に笑っていた自分を思い出すたび、いたたまれなくなるんです。私、夫に媚《こ》びていました。必死にご機嫌を取ってました。そんな自分が情けなくてならないんです」

過ぎ去った日々が生々しく蘇り、やりきれなさが込み上げた。

「DV被害者の心理って、ものすごく複雑に絡み合っているからね」

玲子はテーブルに右肘《みぎひじ》をつき、ため息混じりに顎《あご》を乗せた。

「第三者には想像できない、ううん、本人さえも気づいてない、心の在り方っていうのがあるの」

玲子の声のトーンがわずかに落ちる。

「私ね、一度、苦い経験をしたことがあるの。もう三年ほど前の話なんだけど、国子さんから頼まれて代理人を引き受けたのね。被害者の奥さんは四十過ぎの女性で、結婚十七年。夫の暴力は結婚当初からで、耐え切れずに警察に駆け込んで保護を求めたって話だった。あ、いい？　こんな話しても」

「はい」

頷いてから、玲子はビールをひと口飲んだ。

「三人の子供がいるって聞いた時はちょっと驚いたな。だって、結婚当初から暴力をふるわれていたのに、どうして三人も子供を産んだりするんだろうって。私だったらピルを飲んだりしてでも避妊する。子供なんて絶対に産まないのにと思ったわけよ。まあ、それは私の個人的な感情で、人にはいろんな事情や状況があるんだからとやかく言う権利はないんだけどね。とにかく、奥さんに危害が及ぶ恐れがあるということで、裁判所から保護命令を取り付けられたし、裁判も有利に進んだの。それが、あともう少しで離婚成立ってところで、奥さんが急に『訴えは取り下げる、夫の許に帰る』って言い出したの。もう何が何だか訳がわからなかった」

可穂子は尋ねた。

「いったい何があったんですか」

「理由を聞いたら『希望がない』って言われた」

「希望がない……？」

「そう。それを聞いて、ますますわからなくなった。だって、離婚したら自由になれるのよ、もう暴力から解放されるのよ。暴力夫の許に戻る方がよっぽど希望がないじゃない。でしょ？」

可穂子は頷く。

「ええ、私もそう思います」

「だから、私にも理解できるように説明して欲しいって頼んだの。でも駄目だった。聞けば聞くほど頑なになって、『私を見下してる』とか『あなたみたいな小娘に私の気持ちがわかるはずない』って言われるばかり。完全に私を拒絶してるの」

玲子が再びビールを口にした。ため息が小部屋を満たしてゆく。

「そりゃあ、その女性からすれば、私なんかうんと年下だし、独身で子供もいない、人生経験も積んでない、ただの小娘って思われてもしょうがないよね。それを言われたら返す言葉もなかったな。それに、見下すなんてつもりはなかったけど、口調とか態度とかで相手にそう思わせてしまうところがあったのかもしれない。どちらにしても、相手の信頼を失ってしまった時点で弁護士失格よね」

「じゃあ、その奥さんは夫の許に帰ったんですか？」

「そう」

「信じられない」

可穂子は小さく身震いする。

「私も信じられなかった。弁護士としての自信もなくしそうになった。でもね、それから資料やレポートで調べてゆくうちに、それこそがDV被害者の心理の難しさなんだって気がついたのよ」

「どういうことですか？」

「奥さんは、夫の暴力に虐げられている間、いつか誰かが助けてくれる、きっと子供たちと幸せに暮らせる日が来る、そんな希望を胸に秘めてずっと生きていたのね。その希望だけが生きがいで、心の支えだった。離婚が成立し、夫と別れられたら、その希望は叶えられる。でもね、叶えられるってことは、希望を失ってしまうことでもあるの。つまり、今までと同じように希望を持ち続けるためには、暴力夫から離れるわけにはいかないのよ」

「まさか、そんなこと……」

信じられない。とても理解できない。

「私だって驚いた。DVというのはそこまで人の心を歪めてしまうものなんだって痛感した」

「怖い……」

「本当に怖いよね」

精神が壊れているのは暴力をふるう方だ。しかし、被害者も壊れてゆく。混乱と苦痛の中で、自らすすんで地獄へと向かってゆく。時に、認識のないまま被害者自身が自分を傷つける。

「その奥さん、どうなったんでしょうか……」

尋ねる自分の声が掠れていた。

「後のことはわからない。結局、三人の子供は施設に預けられたんだけど、その後は夫婦で姿を消しちゃった。今もね、DV夫に妻が殺されたって新聞の記事を見るたび、どきっとするの。まさか、あの奥さんじゃないだろうなって」

澱《よど》んだ気配が小部屋を満たした。玲子の虚無感が伝わってくる。救いたい、その思いだけでは救えない。人の心はあまりにも深い矛盾に満ちている。

「私は違います」

可穂子は顔を上げ、自分に言い聞かせるように言った。

「確かに責任を感じているところはあります。でも、私は自分の人生を取り戻したいんです。夫の許に帰るなんて、考えてもいません」

玲子はホッとしたように笑みを浮かべた。

「聞きたかったのは、それ。あなたの強い意思。決心は揺るがないのね」

「はい」

「私に任せるつもりはある?」

「はい、お願いします」

「わかった、任せておいて。必ず、可穂子さんの人生を取り戻してあげる」


シェルターに入所してから十日がたっていた。

国子の助言もあり、DV被害者の一時保護を目的としたこの部屋から、長期自立支援施設のステップハウスに移ることになった。ステップハウスは、よりいっそうの自立を目指して滞在するための施設であり、シェルターよりも日常生活に近い暮らしとなる。通勤や通学も可能となっている。

国子の車に乗せられて、可穂子はステップハウスに向かった。それはシェルターから四十分ほど離れた、昔ながらの住宅街の中に建っていた。住宅街といっても、ところどころに畑も見えるのどかな場所だ。二階建てのハウスは、かつて企業の寮として使われていたらしい。

庭にはコスモスが咲いていた。花壇の隣で、まだ年端もいかないふたりの子供が泥遊びをしていた。姉弟だろうか。無邪気な笑顔を向けられて、思わず気持ちが和んだが、ここにいる以上、この子たちもDVの被害者であるのは間違いない。

玄関は、靴を脱いで下駄箱に入れるようになっている。玄関を上がると小さなホールがあり、公衆電話が一台置いてあった。その隣にワゴンがあり、女の子が胡瓜《きゅうり》や茄子《なす》といった野菜を並べていた。

「あら、真美《まみ》ちゃん、いつもありがとう」

国子が声をかけると、女の子が振り返ってぺこりと頭を下げた。

「あ、国子さん、お久しぶりです」

髪を両側で三つ編みにしている女の子は、まだ高校生ぐらいにしか見えない若さだ。ジーンズにチェックの綿シャツ、大きなエプロンをしている。

彼女は可穂子にも「こんにちは」と明るく声を掛けてきた。可穂子は会釈を返した。

「この野菜は好きに持って行っていいのよ。真美ちゃんたちが作っているのを、厚意で提供してくれているの」と、国子が説明した。

「よかったら食べてください。無農薬、有機野菜なんです」

「ありがとうございます」

「じゃあ、私はこれで帰ります」

彼女は空になった段ボール箱を手にした。

「みんなによろしく伝えてね」

「はあい」

女の子が玄関から出て行く。その向こうで、夏の終わりの日差しが陽炎《かげろう》のように揺れていた。

ステップハウスは一階が家族用の2DK、二階は単身用の六畳程度の洋室ワンルームで、部屋数は二十ある。可穂子は二階の部屋を与えられた。シェルター同様、キッチンとバストイレが付き、生活に必要なものも大概揃っている。費用はシェルターと同額だ。

「運営団体によって異なるのだけど、ここは一年の滞在が可能だから、シェルターより落ち着けると思うのよ。自立に向けて、これからの暮らしをゆっくり考えてください」

「一日でも早くそうなれるよう頑張ります」

答える声が少し力んでいたのかもしれない。国子は苦笑を浮かべた。

「でも、あんまり頑張りすぎないこと。そう簡単に心の傷は癒《い》えないと思うの。ゆっくりでいいんだから、焦らないで、少しずつね」

国子が帰った後、可穂子は窓の前に立ち、深く息を吸い込んだ。少し先には畑が広がっていて、青々とした葉が太陽の日差しを浴びて光っていた。どこか故郷の風景に似ていた。

ずいぶんと気持ちが安定している自分を感じた。弁護士の玲子と会って、力強い言葉を貰えたのも気持ちを前向きにしてくれたようだった。

あの一年あまりに及ぶ、絶望と背中合わせだった日々は過去のものとなった。もう怯える必要はない。暴力やセックスの強要もない。笑いたい時に笑い、眠りたい時に眠れる。自分のために生きていい。それを思うと、ようやく笑みがこぼれた。

ステップハウスで暮らす女性たちはさまざまだった。新たな人生を手に入れようと必死に模索している女性もいれば、まだ過去から立ち直れず、疲れきった表情でぼんやり過ごす人もいた。廊下や玄関で顔を合わせれば互いに会釈はするが、大半の女性たちはここが仮の住処《すみか》であると強く認識していて、関わりは淡々としていた。

国子は一年間の滞在が可能と言ったが、そんなに長くいるつもりはなかった。早く仕事を見つけて、お金を貯めて、部屋を探し、自分の暮らしを始めるつもりだ。

以前のように派遣会社に登録できたらいいが、離婚も成立しておらず、住所も確定していない今の状況では難しいだろう。しかし、ステップハウスは一日二千円、月に六万円ほどの家賃がかかる。アルバイトでもパートでも構わない。目標はまずは収入を得ること。そして、自分の足で歩き始めるのだ。

三日がたった。

ハウスから十五分ほど歩いたところに商店街があると聞き、可穂子は出向いてみた。小規模のスーパーや美容院やクリーニング店が並んでいた。その中にコンビニを見つけて、中に入り、アルバイト情報誌を手にした。ハウスに戻って、可穂子は丹念に情報誌のページをめくった。コンビニ、弁当屋、ファミレス、スーパーのレジ打ち、すぐさま働けそうなのはそれくらいだ。それらが悪いというわけではないが、人前に顔を晒すにはまだ抵抗があった。まさかとは思うが、知った人間に出くわす可能性がないとも言えない。

そんな中、運送会社の事務アルバイト募集を見つけた。条件はパソコンが使えること、帳簿が付けられること。それなら慣れている。時給は八百五十円。勤務時間は朝の八時から夕方五時までで土日は休み、昼食時の一時間が引かれ実働八時間。一日六千八百円。ひと月働いて約十三万六千円。

それだけなんだ……。

と、ため息を洩らしそうになって、思わず自分を叱咤《しった》した。贅沢なんて言っていられない。お金がかかるのは家賃ばかりではない。玲子に対してもそうだ。弁護料は実費だけでいい、支払いは余裕ができてからで構わないと言ってくれているが、甘えてばかりもいられない。次の住まいも探さなければならない。両親にこれ以上迷惑は掛けられない。たとえ少しでも、生活の足しになるならありがたい限りではないか。

運送会社に連絡を入れると、すぐに面接の話がまとまり、明日の午後に出向く約束をした。

その夜、ホールの公衆電話から玲子に連絡を入れた。

携帯電話に慣れた身としては、ないのはひどく不便だが、身分証明書となる運転免許証は持ち出したものの、住所は雄二と暮らしていたマンションのままだ。それを使って購入できないこともないが、もし、請求書や問い合わせなどで、雄二に居所を知られてしまったら、と考えると、怖くて買う気になれなかった。

玲子に連絡したのは、住まいがステップハウスに変わったことを伝えるのと、もちろん離婚に向けての進捗状況も聞きたかったからである。

「あれからどうでしょうか？」

「電話で、あちらに可穂子さんの意向を伝えたわ」

「それで、何て？」

「離婚するつもりはないって返事だった」

「そうですか……」

簡単にいかないことはわかっている。それでも気落ちする。

「最初はだいたいみんなそう答えるのよ。すぐに受け入れるなんてケースはほとんどないの。特にDVが原因の場合、ただの離婚じゃ済まないってわかってるんでしょうね。慰謝料とか損害賠償とか、お金の問題が絡んでくるんじゃないかって、どうしても慎重になるのよ」

そうだろうか、雄二はお金の問題で返事を濁したのだろうか。むしろそうであって欲しいと可穂子は思う。お金とは違う何かのためとは考えたくない。

「今回は電話だったけど、近いうちに直接会うつもり。そうなれば、もう少し具体的に話を進められると思うのよ」

「私は、お金より一刻も早く別れたいんです」

「その気持ちはわかる。でもね、弁護士としてそれだけで済ませていいのかって気持ちもあるの。つまり私としては、可穂子さんが被った被害に相当する金額を引き出したいの。当然の権利だし、早い話、それを引き出すことが弁護士の仕事だもの。可穂子さんだって人生をやり直すためにもお金は必要でしょう。お金なんかいらないって言うのは簡単だけど、でもね、それによって逆に、相手が自分を正当化してしまう可能性もあるのよ」

「どういうことですか?」

「慰謝料はいらないから離婚したい、という申し出を逆手に取って、裁判に持ち込んでから証拠にするの。つまり、暴力なんかなかった、だから慰謝料を請求しなかった、となるわけ。それが通れば、離婚訴訟が長引くかもしれないし、下手をしたら、成立しないかもしれない」

これも駆け引きなのか。可穂子はため息を繰り返すばかりだ。

翌日、アルバイトの面接に向かった。

二十分ほどバスに乗り、降りて少し道に迷い、ようやく辿り着いた会社は三階建ての古いビルだった。いかにも地元に密着した仕事をしているという雰囲気だ。

呼吸を整えて、玄関を入ってゆく。ドアのすぐ前にカウンターがあり、可穂子は奥で仕事をしていた女性事務員に声を掛けた。

「あの、昨日面接の件でお電話しました永尾と申しますが」

永尾という苗字を使うたび、唇が強張る。

「ああ、アルバイトの」

「はい、よろしくお願いします」

女性事務員は愛想のいい笑顔で「こちらにどうぞ」と、応接室に案内してくれた。部屋には鉢植えや招き猫の置物が置いてあり、どことなく家庭的な雰囲気があった。ここで働けるなら悪くない、と素直に思えた。

応接室で待っていると、五分ほどして社長が現れた。少し太って、顔がよく日に焼けている。六十歳くらいだろうか。可穂子はソファから立ち上がった。

「永尾と申します。よろしくお願いします」

少し息が苦しい。動悸もする。やはり緊張しているようだ。大丈夫、面接なんて慣れてるじゃない、と、自分に言い聞かせる。

「おう、ご苦労さん」

社長が向かいのソファにどかりと座った。

「履歴書です」

可穂子は持参した封筒を差し出した。

「見せてもらうよ。どうぞ座ってくれ」

言われるままに可穂子は腰を下ろした。目の前で社長が履歴書に目を通し始める。住所はステップハウスになっている。何か気づくだろうか。DV被害者で保護されている身だとわかれば採用されないのだろうか。職務経歴の欄は詳しく書いていない。ずいぶん前に派遣された家電メーカーひとつだけを載せた。携帯電話同様、何らかのきっかけで雄二に情報が伝わるようなことになっては困る。その辺りはひどく慎重になっている。

「あんた、独身かい？」

唐突に質問された。

「はい」

可穂子は頷いた。

「ふうん」

露骨な視線を向けられた、ような気がした。訝しがられている、ように感じた。可穂子は膝に視線を落とした。まだ見られているような気がした。じろじろと、身体中を眺め回されているような気がした。気がするだけだ、と自分に言い聞かせたが、顔を上げられない。

可穂子は膝の上で手を固く握り締めた。背中が熱くなっている。額に汗が滲《にじ》んでいる。口の中がひどく乾いている。

ノックがあって、さっきの女性事務員がお茶を運んで来た。「どうぞ」と、社長と可穂子の前に茶碗を置いた。

「ありがとうございます」

可穂子は礼を言う。声が少し震えている。女性事務員が応接室から出ようとした時だった。お茶を口にした社長が言った。

「何だ、この茶は。ぬるいじゃないか」

少し口調は強かったかもしれない。けれども怒鳴ったわけじゃない。女性事務員も「あら、そうでしたぁ」などと、気楽に答えている。

しかし、たったそれだけのことで可穂子の身体は震え出していた。指先が冷たくなり、顔から血の気が引いてゆく。こめかみの辺りがぎゅっと収縮し、頭の中でぐわんぐわんと音が鳴り始める。

雄二の怒声、茶碗の割れる音、新聞がテーブルに叩き付けられ、頬を張られる。ごめんなさい、ごめんなさい。悪いのは私、みんな私のせい、だから、お願い、殴らないで——。

気がつくと、泣いていた。溢れる涙が頬を伝い、ブラウスの胸元に落ちていった。

「えっ、あんた、どうしたんだ……」

社長と女性事務員が呆気に取られたように可穂子を見つめている。

雄二の冷ややかな目。振り下ろされる拳。蹴り上げる足。お願い、殴らないで。何でも言うことを聞くから。だから、殺さないで——。

可穂子は泣きながら頭を両手で抱え込み、身体を丸めた。

そして、無意識のまま、うわ言のように「ごめんなさい」を繰り返した。

雄二から逃れさえすれば元の自分に戻れる。

そう信じていただけに、面接時に起こった自分の反応に、可穂子は衝撃を受けていた。心的外傷後ストレス障害、ＰＴＳＤと呼ばれる症状が、まさか自分に起こるとは思ってもいなかった。

いったん経験すると、それは堰《せき》を切ったように現れ始めた。コンビニやスーパーに出掛けても、男の店員がそばに近づいて来たり、男の買い物客が大きな声を上げたりしているだけで、緊張と不安で息が苦しくなった。あの人たちは私を殴らない、殴るはずがない、雄二じゃない、そう言い聞かせるのだが、理性とは別のところで身体が容赦なく反応する。男という存在そのものが、可穂子には脅威としか映らなくなっていた。

今、可穂子は毎日を虚《うつ》ろに過ごしている。

働かなければならないとわかっている。自立するためにも、まずはお金を稼がなければならない。それでも、すっかり自信を失っていた。そんなことが今の自分にできるのか。心が薄皮のように頼りなく不安定で、ほんの少しの刺激にも感情が乱れ、パニックを引き起こしてしまう。

いつになったら、かつての自分を取り戻せるのか。そんな日が本当に来るのか。今の可穂子に、自信を裏付けるものは何もない。ただ不安と頼りなさに包まれるばかりだ。

そんな状況に追い討ちをかけるように、玲子から交渉が難航しているとの連絡が入った。

「会ってみたら予想以上に狡猾《こうかつ》で驚いた。診断書を提示しても、可穂子さんの自傷行為による怪我だとあくまで言い張るの。この間、ご両親と一緒に会った時にベランダから落とそうとした件を追及しても、それも可穂子さんが飛び降りそうになったのを止めただけで、両親たちは誤解しているって言うのよ」

「そんな……」

「それでね、とりあえずマンションに行って近隣の方を訪ねてみたの。みなさん、可穂子さんが怪我をしているのはわかっていたみたい。だけどいつも、自分でやったという答えだったから、何か変だなとは感じていても、何も言えなかったし、本当のところはわからないってことだった。残念ながら、DVを裏付けできるような証言は得られなかったの」

可穂子は唇を噛んで「すみません」と、小さく謝った。

「私のせいです。DVに遭っていることを近所に知られるのは、恥を晒すように思えて、誰にも言えなかったんです」

同情や憐憫《れんびん》を受けたくなかった。周りに幸せな結婚をアピールすることでしか、自分を繕えなかった。雄二を庇《かば》うつもりなどまったくなく、ただ、自分を守ろうと必死だったのだ。

「可穂子さんを責めてるわけじゃないのよ。DV被害者にそういった心理が働いてしまうのは、よくわかってるつもり。私ね、ますます腹が立ってるの。絶対に許さない。あんなひどいことをしておいて、知らんぷりを通そうなんて虫がよすぎる。必ずその分の報いは受けさせてやるわ。戦いは始まったばかりよ。これからもいろいろと戦略はたててゆくつもりだから、任せておいて」

4

ステップハウスで暮らし始めてから、ひと月あまりが過ぎようとしていた。

可穂子は毎日ほとんどの時間をハウスで過ごした。週に一、二度は食料や日用品などの買い物に出掛けるが、手早く済ませ、いちはやく戻ってくる。町に出れば、どうしても男の存在を意識してしまう。

それに較べハウスは女と子供だけの世界だ。男の子もいるが、年端もいかない子供なら可穂子も笑みを向けられる。互いに交流を持つわけではなく、関係は相変わらず薄いものだが、女たちだけの場所というだけで、心から安堵できる。

それでも、孤独と向き合うしかない今の暮らしが、ふと、耐え難く感じられる時もあった。誰とも言葉を交わさない一日。ひとりの食事は食欲という感覚さえ奪ってゆく。テレビを観ても少しも笑えない。空や雲を見ても何も感じない。こんな毎日が繰り返されてゆくのか。永遠に続くのか。

私さえ我慢すれば……。

ふと、思った。

そうすれば、すべてが丸く収まる。両親に迷惑を掛けなくて済む。仕事を探す必要もなくなる。そう、私さえ我慢すれば……。

そして、一瞬たりともそんなことを考えた自分に可穂子は身震いした。あれだけ強く決心したのに、ふとしたことで綻《ほころ》びそうになる。弱さを、弱さで補おうとする。

これもまたDVがもたらす負の心理なのだろうか。こうやって感覚が麻痺し、判断能力が失われ、自分自身を破滅へと追いやってゆくのだろうか。

怖い、と、可穂子は思う。

自分の中に、今も深く雄二が棲《す》みついている。

秋の日差しが柔らかく降り注ぐ午後、可穂子はステップハウスの庭にある古びたベンチに座り、広がる田んぼの景色を眺めていた。いつの間にか収穫期を迎え、稲穂が黄金色に輝いている。

「こんにちは」

声を掛けられ、振り向くと、いつも野菜を届けてくれる真美が立っていた。これまでもちょくちょく顔を合わせていたが、会釈を交わす程度だった。

「よかったら、ハーブティ、どうですか？」と、真美が魔法瓶を差し出した。

「うちの畑で採れたカモミールで淹れたんです。すごく香りがいいんですよ」

無垢《むく》な笑顔を向けられて、可穂子は気持ちが和らいだ。

「じゃあお言葉に甘えて、いただこうかな」

真美がベンチに腰を下ろし、魔法瓶の蓋にハーブティを注ぐ。

「どうぞ」

「ありがとう」

青りんごに似た爽やかな香りが鼻先をかすめ、口にするとさっぱりした風味が広がった。

「どうですか？」

「おいしい」

真美は満足そうに目を細めた。

「私、いろんなハーブを作ってるんです。ミントでしょ、ローズマリーにラベンダー、ジャスミン、ベルガモット」

「すごいのね」

「失敗も多いけど、作るのが楽しくて。種を蒔いて、芽が出て、それが少しずつ大きくなってゆくのを見ていると、自然の力のすごさに圧倒されるっていうか、嬉しくなっちゃうんです」

「野菜もいつもありがとう。ありがたくいただいてる」

その時になって、互いにきちんと名乗り合っていないことに気づき、簡単な自己紹介をした。

「私のことは可穂子って呼んで」

「福井《ふくい》真美って言います。真美って呼んでください」

「じゃあ真美ちゃん、おうちは農家なの？」

改めて、可穂子は尋ねた。

「うちっていうんじゃないんですけど、みんなで共同生活をしながら野菜や果物を育てているんです」

「私も実家は農家なのよ」

「へえ、そうなんですか」

「山形の海側の方。でも、私があなたの年の頃は農業が嫌で仕方なかったな。朝早くから雑草取りや水撒きを手伝わされて、夏は暑いし冬は寒いし、泥だらけになるし。だから、高校を卒業したら東京に出て、お洒落な暮らしをしようって決めてたの」

真美が首をすくめた。

「私も、国子さんに紹介されて初めて農園に行った時は、嫌いな虫はたくさんいるし、汗だくになるし、嫌でたまらなかったなぁ」

国子に紹介されたということは、たぶん何らかの形で、真美もＤＶ被害に遭ったひとりなのだろう。まだこんなに若い真美の身に、いったい何が起こったのだろう。

そんな可穂子の思いを、真美は敏感に感じ取ったようだった。

「実は、私の父親がひどい酒飲みで、酔うと暴力をふるう人で、母親と妹と弟と四人で逃げ出したんです。それでリベルテの国子さんにお世話になったんです」

「そうだったの。ごめんね、嫌なこと思い出させて」

「ううん、だって可穂子さんも、このハウスに来たってことは、同じような経験をしたからでしょう。DVのことをぜんぜん知らない人に話すのは抵抗があるけど、ここの人たちは、みんな同じ辛さを知ってるから、話すのも平気」

「じゃあ、真美ちゃんは、今はおかあさんときょうだいとその農園で暮らしているのね」

「いいえ、妹と弟はまだ小さいから施設に入っていて、農園にいるのは私だけ」

DVから逃れられたとしても、小さな子供を養いながらの生活は、やはり母親ひとりの力では困難なのだろう。

「みんな離ればなれっていうのも寂しいね」

「妹と弟のことは気になるけれど、母親のことはぜんぜん」

真美はその時だけ表情と口調を硬くした。

「だって、母親は父親のところに戻って行ったんだから」

「え……」

可穂子は思わず真美の顔を見直した。

「あれだけ毎日、早く家から逃げ出そう、私たちだけで暮らそうって言ってたのに、国子さんのところのシェルターに駆け込んで、弁護士の玲子先生を紹介してもらって、やっと離婚が成立しそうになったら、急に家に帰るって言い出して」

「そんな……どうして？」

「さあ、私にもさっぱりわからない。希望がないとか、わけのわからないことを言ってたけど、とにかく、私たちがどんなに嫌がっても、帰るの一点張り」

可穂子は玲子から聞いた話を思い出していた。あれは真美の母親だったのか。

「それで仕方なく、私たちもいったん家に帰ったんだけど、結局は同じ。父親は相変わらずお酒を飲んで、母親や私たちを殴るばっかり。だから私、母親に内緒で、シェルターの国子さんに連絡を入れたんです。それで国子さんが児童相談所に行って、所員の人が家に来てくれて、やっと父親から離れて施設に入ることになったんです」

「じゃあ、おかあさん、今は？」

尋ねる自分の声に不安が混ざる。

「知らない。しばらくして、父親とどこかに行ってしまったから。行方もわからないし、あれから何の連絡もないし」

そこで、真美はいったん言葉を途切らせた。

「もしかしたら、もう父親に殺されてるかもしれない」

可穂子は息を呑んだ。

「私もしばらくは、母親がどうなったか心配だったんだけど、今は好きにすればばって気持ちです。だって、自分で選んで戻ったんだし、子供も棄てて行ったんだから。今はもう、私たちには母親も父親もいないんだって思うようにしてるんです」

「そう……」

陽が少し翳《かげ》ってきて、湿り気を帯びた秋の風が足元を揺らした。真美が腕時計に目をやって、いけない、と、慌てて立ち上がった。

「すっかり話し込んじゃった。もう、帰らなきゃ。今度はジャスミンティを持って来ますね。じゃあ、また」

魔法瓶を手にし、ぺこりと頭を下げると、真美は軽トラックへと走って行った。


両親から三度目の入金を受け取った時、可穂子は心苦しさでいっぱいになった。このままでは両親に経済的負担を掛けるばかりだ。早く働きに出なければと思う。けれども、まだその自信がない。

真美と話したせいもあったのかもしれない。やけに鮮やかに故郷の土の感触や匂いが蘇り、父と母との暮らしが懐かしく思い出された。

ステップハウスを出るのはしばらく無理にしても、ほんの数日でもいい、一度帰省してみようか――。

そんな気持ちが湧いた。もし状況が整うようなら、実家に戻り、両親の農作業の手伝いをしながら暮らすのも悪くない。そうすれば気持ちも落ち着くし、お金も掛からない。

実家に帰れば雄二の報復に遭うのではないか、との不安をずっと拭えずにいた。しかし、もし今、家が火事にでもなれば、真っ先に疑われるのは雄二だ。雄二は歪んだ精神を持っているが、馬鹿ではない。可穂子側に玲子という弁護士も付いた今、より慎重になっているに違いない。もし裁判になった時、自分が不利になるようなことをするはずがないではないか。

考えるうちに、次第にそれがいちばんよい方法のように思えてきた。

その夜、可穂子は実家に連絡を入れた。

「かあさん、お金、ありがとう。また迷惑掛けてごめんね」

「いいがら、そんなごと気にしねで。そっちの暮らしはどうだ。元気にしてるが。風邪なんかひいでねえべな」

母の言葉はいつも胸に沁みる。

「うん、元気にしてるから大丈夫。それでね、かあさん、私――」と、言い掛けたところで、母のため息が耳に届いた。

「何かあった?」

瞬く間に不安が胸を覆ってゆく。

「実はの、一週間ほど前がら、しょっちゅう電話が鳴るようになったんだ。朝も昼も真夜中も構わねの。あんたがらの連絡かもしれないがら、出ねわげにもいがねし、毎晩そんなだから、とうさんも私も寝不足での」

　真っ先に思い浮かんだのは雄二だ。嫌がらせの電話なのか。

「雄二なの？」

「かあさんも最初はそう思ったんだけど、声が違うなよ。それに、掛げでくるのはひとりじゃねえのよ、いろんな人がらだし」

「いろんな人？」

「んだ、あんたの名前ば出して、呼んでくれって。いないって言うと、何かの、変なことばっかり言うんだ……」

　母は言葉を濁した。

「変なことって？」

「何て言うか、いやらしいごとだの」

　可穂子は黙り込んだ。

「うちだけでねぐで、お兄ちゃんの会社のコンピューターさも、何やかやと送られで来たんだって」

「何やかやって……」

　尋ねる声が震えた。

「さあ、お兄ちゃん、それ以上は何も言わねがら、詳しいごとは、かあさんもよぐわがらね……。それにこの間、あんたの高校時代の友達がら連絡きての、あんたが変なサイドだかサイトだか、そごさ登録されてるどが言って心配したっけ。他にも何人か、携帯電話に送りつけられてきたんだど」

全身が総毛立った。それがどういうことか、可穂子にはだいたいの想像がつく。どくんどくんと、心臓が鼓動を繰り返している。実際の意味を、母がよく理解していないことだけが救いだった。

翌日、可穂子は国子の事務所に向かった。そこにならパソコンがある。とにかく、どんなサイトに何が登録されているのか、この目で確かめなければ不安でならなかった。自分の名前を打ち込むなどして、ようやく捜し当て、画面を見た可穂子は凍りついた。そこはマゾヒズム専門のアダルトサイトで、可穂子の名前と、実家の住所、電話番号が晒されていた。「いたぶられるのが好き。殴られるのが好き。生まれた時から変態のM女です。連絡、待ってます」。メッセージの下には、目こそ黒いラインで隠されているが、可穂子の裸の写真も貼り付けられていた。脚を広げ、あられもない格好をしている。雄二は時折、可穂子を全裸にして写真を撮った。拒むと殴られるので言いなりになるしかなかった。

実家への電話は、これを見た男たちからだったのか。兄の会社や友人に送り付けられたのもきっとこのサイトに違いない。

ああ……。

可穂子は顔を両手で覆った。雄二はこんなことまでするのか。こんな手段まで取るのか。

「ひどいわね」

傍らに立っていた国子が、嫌悪感を濃く滲ませながら呟いた。

「最近、こういう形での嫌がらせが多くなってるのよ。本当に何て卑劣な男なのかしら」

もう実家に帰れるはずがなかった。こんな写真を晒されて、両親にも兄にも友人にも合わせる顔がない。

「サイトの管理者に連絡して、すぐに削除してもらいましょう。玲子さんに頼めばきちんと処理してくれるから大丈夫」

よろしくお願いします、と、頭を下げたものの、可穂子はわかっている。サイトから削除されたとしても、転載があれば、それを追いかけるのは不可能だ。何より、それを目にした人間の記憶から、すべてを拭い去ることはできない。

いったい雄二は、どこまで私を追い詰めれば気が済むのか。

殺すまで――。

きっとそうだ。雄二は私が生きているのが許せないのだ。自分を裏切り、自分から去って行った私を、この世から抹殺することでしか自分を納得させられないのだ。

二日後、ステップハウスに玲子が訪ねて来た。

「わざわざすみません」

可穂子は恐縮しながら部屋に通した。外に出るのが苦痛だと、昨夜の電話で告げると「じゃあ、そっちに行くわ」と、言ってくれ、その言葉に甘えることにした。

お茶を用意し、ふたりで向き合った。

「サイトの記事は削除してもらったから、もう大丈夫」

「ありがとうございます。お手数をお掛けしました」

それ以上、玲子はその件に触れなかった。削除だけですべてが解決したわけではないということは、もちろんわかっているだろう。雄二が、同じようなことを別のサイトに掲載する可能性だってある。

「可穂子さんが落ち込んでるのはよくわかってる。こんな時に、あまりいい話じゃなくて心苦しいんだけど」

「何でしょう」

可穂子はすでに不安でいっぱいになった。

「協議離婚は難しいかもしれない」

「え……」

「相手、なかなかしぶとくてね。交渉は続けているんだけど、相変わらず合意は絶対にしないと言ってるの」

「そうですか……」

「もちろん、交渉は続けるわ。それでも成立しないようなら、家庭裁判所に調停を申し立てるつもりでいるから」

「調停だとどうなりますか？」

「今日はそのことを説明しておきたかったの。今はまだ先はわからないけど、離婚にもいろいろと段階があるのね。今言った調停っていうのは、調停委員と家庭裁判所の書記官が間に入って、お互いの言い分を聞き、それで判断してもらうやり方。離婚全体の一割弱ぐらいがその方法を取っている。調停成立までは、問題にもよるけど、半年から一年くらいかかるかな。ただね、互いの意見が対立したままだったり、相手が調停に出席しなかったりすれば、合意に至らないこともある。つまり調停不成立になるの」

「不成立だったら、離婚できないということですか？」

「そういうことになるわね。実は成立するのはせいぜい五割といったところなの。調停も、あくまで話し合いの場でしかなく、意外と成立の確率は低いのよ」

「じゃあ……」

「ううん、もしそれで駄目だったとしても審判離婚がある。これは調停が成立する見込みがなくても、理由が妥当な場合、家庭裁判所が調停委員の意見と当事者の言い分を聞いた上で離婚が認められるの。でもこれも二週間以内に異議申し立てがされると審判効力は失われるのよ。正直なところ、離婚成立の例はそう多くない」

可穂子は膝に目を落とした。玲子の話を聞いていると、どんな方法も無駄に思えてしまう。

「最終手段として裁判離婚がある」

「裁判……」

「そう。訴状を提出し、口頭弁論を経て、判決が下される。控訴されなければ裁判は確定する。でも、これも控訴されれば高裁、さらに最高裁までも争うことになる」

高裁、最高裁、その単語だけで気が遠くなってゆく。

「相手に罪を償ってもらいたいと思うなら、刑事告訴も民事訴訟も起こせるわ」

生きてきた三十年間、耳にしたこともなかった言葉や、ドラマや小説でしか知らなかった用語が次々と耳に飛び込んでくる。

玲子がふっと表情を緩めた。

「いきなりこんなこと言われて面食らうのは当然よね。私も、言わない方がいいかなって思ったんだけど、でも、可穂子さんにもそれなりの覚悟を持っておいて欲しいの。だから話すことにした。私、ますます腹が立ってるんだ。絶対に許さない。相手の思い通りになんかさせてやるもんですか。私、頑張るからね。必ず離婚を成立させるからね」

玲子の心意気と言葉は心強い。よろしくお願いします、と答えたものの、これから向き合っていかなければならない現実の容赦なさに、可穂子の声は震えていた。

「はい、今日はジャスミンティ」

庭のベンチに腰掛けていると、真美が差し出した。

「ありがとう」

魔法瓶の蓋に注がれたそれを受け取ったが、ため息が邪魔をして、すぐに口にすることができなかった。

「ジャスミンティ、嫌い？」

「そうじゃないの、ごめん、いただくね」

口にしても、味も香りもよくわからない。

「大丈夫？」

不安そうな真美の言葉に、可穂子は薄く笑顔を返した。

「ハウスで暮らしている人を見ると、みんな少しずつ元気になってゆくのに、可穂子さんはその逆。何だか見てて心配になってくる」

可穂子は足元に視線を落とした。確かに今の自分は、すべてがどうでもいいような、何もかも無駄でしかないような、生きていることさえ無意味なような、茫々《ぼうぼう》たる砂漠に立ち尽くしているようだった。

「それに、可穂子さん、ハウスの敷地内からほとんど出てないんじゃない？」

「……私ね、外が怖いんだ」

真美が目をしばたたいた。

「怖い？」

「外っていうか、男の人が怖いの。外に出ると、どうしても男の人を目にするでしょう。男の人といっても夫とは別人だし、私にひどいことをするわけがないって頭ではわかっているんだけど、やっぱり駄目なの」

「それ、わかる。私も同じだったもん」

真美の言葉に、可穂子は顔を向けた。

「私もずっと男の人が怖かった。あの父親と同じ男っていうだけで、拒否反応を起こしちゃうの。今も、前ほどひどくはないけど、やっぱり男は苦手。できるなら半径十メートル以内には存在して欲しくない。キモイし、コワイし、うざったいだけ。私、一生、男なんていらないんだ。恋愛も結婚もする気はないいんだ」

可穂子は少し困っていた。

「でもね、真美ちゃんは若くてこれからなんだし、世の中には優しくて、真美ちゃんを心から大切にしてくれる男の人がいると思うよ」

真美を慮《おもんぱか》っての発言のつもりだったが、不満そうに唇を尖らせた表情で「可穂子さんは、男がいないと女って幸せになれないと思う？」と、逆に切り返された。

「そんなことはないけど」

「でしょ。私は、男なんかいなくても幸せはあると思う。でも、私みたいな小娘が言うと、まだ若くて世の中を知らないだけだとか、そんなこと言ってもいつかは好きな男ができるはずとか言う人もいるのよね。でも、それって単なる思い込み。女の人たちだけの幸せって絶対にあると思う」

真美は断言した。同い年くらいの女の子なら、彼氏に夢中になって、デートで忙しくしている頃である。それだけ真美が父親に傷つけられたという証なのだろう。

「ね、可穂子さん、突然だけどこれから何か予定ある？」

真美が尋ねた。

「ううん、別に」

「だったら、今からうちの農園に遊びに来ない？」

「え？」

「そうしたら、私の言っていることがわかるから」

魔法瓶の蓋を閉めてベンチから立ち上がると、真美は可穂子を促した。

「ね、来て」

真美は強引に言った。


戸惑いつつも、可穂子は軽トラに乗り込んだ。

一時間半近くも走っただろうか。熊谷の少し手前、幹線道路を折れて、舗装されていない通りに入ってゆく。すぐに雑木林が現れ、里山が迫ってきた。さらに進んでゆくと、古びた農家が見えてきた。可穂子の祖父母が住んでいたような、昔ながらの茅葺《かやぶ》き屋根の建物だ。

農家の前の素朴な板看板には「えるあみファーム」と書かれてあった。真美は家と納屋の間のスペースに軽トラを停め、家の中に走って行った。

「裕《ゆう》ママ、ただいまぁ。お客さんも一緒だからーっ」

少し遅れて、可穂子も玄関先に立つと、土間の奥の台所から女性がエプロンで手を拭きながら現れた。

「あら、いらっしゃい」

「あ、どうも、突然すみません」

可穂子は慌てて頭を下げた。実家の母より少し上といった年だろうか。短くカットされた髪はほとんどが白髪だったが、表情は明るく、化粧っ気のない肌がよく日に焼けてつやを帯びている。

「こちら、ステップハウスの可穂子さん」

真美が紹介する。

「はじめまして。永尾可穂子と申します」

「浅井裕子《あさいゆうこ》です。ここではみんなに裕ママと呼ばれてるの。さあ、どうぞ。遠慮しないで上がってちょうだい。みんなもうすぐ帰って来るから、お夕飯にしましょう」

「いえ、あの、そんなつもりでは……」

裕ママは振り向いて、真美に声を掛けた。

「真美、畑から葱《ねぎ》を取ってきて。けんちん汁に入れるから」

はぁい、と、真美が表に飛び出してゆく。

かつての農家らしく、玄関はそのまま土間と繋がっていて、奥が台所になっている。左手に囲炉裏のある部屋と十畳ばかりの部屋が並び、更にふたつの座敷が繋がっている。襖《ふすま》を開ければ四つの部屋がひとつの大広間になるという造りだ。

「さあ、上がって」

「はい、失礼します」

可穂子は勧められるまま靴を脱いで、囲炉裏の部屋に上がった。囲炉裏には火が入り、自在鉤《じざいかぎ》に吊るされた鉄鍋から、香ばしい味噌の匂いが立ち上っていた。可穂子は囲炉裏の前に腰を下ろして、戸が開け放たれた縁側の向こうの景色に目をやった。夕暮れの、少し色づいた日差しが里山を照らしていた。

しばらくすると、複数の人の声が聞こえてきた。賑やかな笑い声をたてながら、それはだんだん近づいてくる。可穂子は少し緊張した。

縁側にひょっこりと顔を覗かせたのは、頭にバンダナを巻き、デニムの大きなエプロンをした女性だった。可穂子を見ると、裕ママと同じようによく日に焼けた顔で笑顔を浮かべた。

「あら、お客さま？　いらっしゃい」

年齢は、四十代半ばといったところだ。

「こんにちは。お邪魔してます」

可穂子は慌てて挨拶を返した。次に現れたのは、もう少し若い女性だった。つばの広い帽子をかぶり、同じエプロンをしている。それから次々と四人が現れたが、みな女性だった。可穂子より年上らしき人も、年下らしき人もいた。彼女たちは次々と可穂子に

「いらっしゃい」と笑顔を向けた。そうして賑やかにお喋りしながら、土間に向かい、裕ママに声を掛けている。

「おなか、すいたなぁ」

「今夜のおかずはなに？」

「けんちん汁と、豚肉ときのこのソテー、その他いろいろ。手を洗ったら運んで」

真美が洗って刻まれた葱をざるに入れて持って来た。鉄鍋の蓋をあけて、ざっと放り込む。

「ねえ、真美ちゃん」

可穂子はこっそりと声を掛けた。

「なに？」

「この農園って……」

ふふ、と、可穂子の戸惑いを面白がっているかのように、真美は笑った。

「私がどうして誘ったか、わかった？」

「ここ、女性だけの農園なの？」

「そういうこと」

女性たちはお喋りを続けながら、囲炉裏の周りに取り皿や箸《はし》を運んで来る。

「さあさあ、お客さま、上座にどうぞ」

奥まった席の座布団を勧められ、恐縮しながらも、可穂子はそこに移った。

やがて、賑やかに食事が始まった。大皿に盛られた料理が、順番に手渡され、それぞれ自分の皿に取り分けてゆく。サラダはボウルに山盛りだ。ごはんとけんちん汁がよそわれ、漬物や佃煮と一緒に手渡しで回って来る。

「可穂子さん、たくさん食べてね」

裕ママが言った。

「あのね、サラダに入ってるラディッシュは私が作ったの。もう、むちゃくちゃおいしいからぜひ食べてね」

斜め向かいに座っていた女性が声を掛けてきた。

「はい、ありがとうございます」

左隣の女性がすかさず言い添えた。

「キャベツは私。柔らかいでしょう。甘みが違うの、これも自信作」

すると、今度は右側の女性から声が掛かる。

「あのね、ふたりとも土を作ったのは私だってこと忘れないでね。そのために、りっぱなミミズをたっぷり放したんだから」

裕ママが呆れたように言った。

「つまり、いちばん頑張ったのはミミズってことね」

みんながどっと笑った。つられて、可穂子も笑っていた。

夕食はおいしかった。新鮮な野菜がふんだんに使われ、味は豊かで力強い。こんなに大人数で食べるなど何年ぶりだろう。最近では空腹すら感じなくなっていたが、彼女たちのエネルギッシュな食欲につられて、可穂子もついごはんをおかわりした。

食事が終わると、後片付けが始まった。それぞれにてきぱきと食器を台所に運んでゆく。役割分担が決まっているらしく、洗う人、拭く人、片付ける人がいて、その間もお喋りと笑い声が絶えない。

気がつくと、午後八時になろうとしていた。可穂子は真美に、タクシーを呼んでもらえないかと頼んだ。

「どうして？」

真美が不思議そうな顔をした。

「そろそろおいとましようと思うの。近くの駅まで行けばそこから電車で」

「泊まっていけばいいじゃない」

なんでもないように真美は言った。

「でも……」

そんなつもりで来たわけではないので準備は何もしていない。それに、初めての訪問で泊まるなんて図々しすぎる。

「そうしなさいよ」と、声を掛けてきたのは、ラディッシュを作った女性だった。

「これから電車で帰ったら、乗り継ぎなんかでハウスに着くのは十時過ぎになってしまう。明日、何か予定があるの？」

「いえ、そんなものは……」

「だったら、泊まっていけばいいじゃない。ね、裕ママ」

「そうよ、そうしなさいな」

囲炉裏の前で裕ママが当然のように頷いた。

可穂子が泊まるとわかると、あちこちから声が掛かった。「タオルと歯ブラシあるよ」「よかったら私のパジャマを使って、ちゃんと洗ってあるから」「布団、ちょっと湿っぽいかな。でもシーツは洗いたてだから」「お風呂、沸いてるよ」「新しいパンツがあるから今出すね」「上がったら、化粧水と美容液もどうぞ」。すみません、ありがとうございます、じゃあお言葉に甘えて、と答えてゆくうちに、可穂子は自分がいつしか、とてもリラックスしているのを感じた。初めて来た家、初めて顔を合わせる相手という気がしなかった。

その夜は十時半頃、囲炉裏部屋の隣の、ふた間続きの座敷でみな揃って床に就いた。聞こえるのは、風が木々を揺らす音、虫の声、囲炉裏の残り火のぱちぱちと小さく弾ける音。そして、安らかな寝息。

幼い頃、母と父に挟まれて寝ていたような穏やかさが満ちていった。夜のとばりが真綿のように可穂子を包み込んでいった。

名前を呼ばれて目を覚ました時、一瞬、ここがどこだかわからなかった。

「おはよう」

真美の言葉に、可穂子は慌てて身体を起こした。可穂子以外の布団はすでに片付けられ、囲炉裏部屋ではすでに朝食の用意が始まっていた。

「やだ、私ったらすっかり寝坊しちゃって」

壁に掛けられた時計は、六時十五分を指している。

「よく眠れた？」

「とても」

夜中に目覚めることもなく、こんなによく眠ったのは久しぶりだ。夢さえ見た覚えはない。

慌てて洗面を済ませ、着替えて、食事の席に着いた。「いただきます」と、全員が手を合わせ、昨夜《ゆうべ》と同じように賑やかに朝食が始まる。そして、食事を終えた七時前には、みな畑の作業にかかっていった。

何もしないでいるのも心苦しく、可穂子は裕ママに申し出た。

「あの、私にできること、ありませんか」

「いいのよ、のんびりしてらっしゃい」

「でも、何かさせてください」

言うと、「そうねえ」と裕ママは少し考え、「じゃあ、鶏小屋の掃除をお願いしようかしら」と、言った。

「できる？」

「大丈夫です。実家でも飼ってたことがあるんです」

「じゃあ、よろしくね」

長靴とエプロンを借り、箒《ほうき》を手にして、納屋の裏にある鶏小屋へと行った。そこには三十羽ほどの鶏がいて、卵が十個ばかり産み落とされていた。まずは卵を拾ってから、掃除に取り掛かる。糞《ふん》を掃き出し、きれいになったところで籾殻《もみがら》を敷く。餌台《えさだい》に新しい草を入れる。その間中、鶏はせわしなく可穂子の周りを動き回っている。

昼食には、採れたての卵を茹《ゆ》でて、胡瓜やハムと和えた卵サラダを作った。

「この混ざってる黒いつぶつぶ、もしかして、とんぶり？」

「そうなんです。冷蔵庫にあったの、使っていいって言われたので。実家の母がよくそうしてたから」

「すごくおいしい」

「ぷちぷち感がたまらないね」

褒められて素直に嬉しかった。

昼食後、真美に軽トラで近くの駅まで送ってもらうことになった。みなはもう畑仕事に出ている。裕ママが玄関先まで見送りに出て来た。

「すっかりお世話になりました」

可穂子は頭を下げた。

「いいのよ。鶏小屋の掃除なんてさせちゃって、却《かえ》って申し訳なかったわ」

「そんなことないです、楽しかったです」

不意に胸が熱くなった。

「こんなに気持ちよく過ごせたのは久しぶりです。何だか実家に帰ったみたいにホッとして、心が軽くなりました。みなさんに優しくしてもらって、すごく嬉しかったです」

裕ママが穏やかに頷いた。

「この農園は、みんな似たような経験をした女性たちばかりでやってるの。明るく笑っているけれど、誰もが心の底に苦しい記憶を抱えているのよ。あなたがどんなに辛い思いをしてきたかも、みんなわかってるから」

言葉が胸に満ちてゆく。みなの温かさは、やはり同じ痛みを共有していたからなのだ。

軽トラに乗り込もうとして、可穂子は再び裕ママの許へと駆け寄った。

「あの、また伺ってもいいですか」

裕ママは目を細めた。

「もちろんよ、いつでもいらっしゃい」


それから週に一度、可穂子は「えるあみファーム」を訪ねるようになった。ハウスに野菜を届けに来る真美の軽トラに同乗して、連れて行ってもらうのだ。一泊して、翌日の昼過ぎに電車で帰る。電車には男の乗客もいるが、農園で過ごした後は、気持ちが落ち着いている分、緊張も和らいだ。

農園に行くと、草むしりをしたり、収穫を手伝ったり、料理を作ったり、掃除をしたり、と、自分にできることは何でもやった。

楽しかった。広々とした農園で汗をかきながら身体を動かすことも、囲炉裏端に集まってみなでわいわいと食事を摂《と》ることも、布団を並べて眠りにつくことも、すべてが楽しくてならなかった。

農家と、三千坪ほどある農地は、裕ママが東京の自宅を売って手に入れたものらしい。裏手の里山の一画を安く借りていて、そこでは季節ごとに山菜や筍《たけのこ》、山栗、きのこなどが採れるそうだ。「えるあみファーム」で収穫した野菜は、バイパス近くの農産物直売所に卸したり、レストランや食堂に提供したりしている。いちばんの仕事は野菜の宅配で、契約は月に百件ほどあり、それが収入の大半を占めている。その他にも、ジャムやマーマレードを作って、インターネットで販売している。そんなことも知るようになった。

「でもね、結構、大変なんだ」と、今日も農園に向かう軽トラに同乗した可穂子に、真美が言った。

「生活してゆくのがやっとっていう感じかな。それでも月に三万円ぐらいはお金が貰えるのね。食べるのには困らないし、住むところもあるから、それだけあれば十分だし、みんなここで一生暮らすつもりだから、誰も文句なんか言わないけど」

「でしょうね」

「でも、前に半年ぐらいいて、出て行った人がいるの。将来のことを考えると、やっぱり不安になったみたい。その人、前のダンナの家に子供を置いて来てて、いずれは引き取りたいし、進学のこともあったりするし、そうなるとお金もかかるし、ここにいてもお金は貯まらないからって、結局、そうなっちゃった」

「そう……」

「私も施設に妹と弟がいるでしょう、時々お金を送っているんだけど、正直、ちょっと辛いなって思うこともあるもん」

「じゃあ、真美ちゃんもいつかは出て行くの？」

「ううん」

真美は髪を揺らして、強く首を振った。

「私は一生、『えるあみファーム』にいるの。どこにも行かない。ここで畑を耕しながら、ずーっとずーっとみんなで笑って暮らすの」

季節は冬を迎えようとしていた。

乾燥した空気が町を包み、空がよく澄んでいる。クリスマスも年末も関係ない暮らしだが、ステップハウス内にもどことなく華やかな雰囲気が満ちていた。可穂子のようなひとり者はともかく、子供のいる母親は、やはり小さいながらもツリーを飾り、ケーキも用意するのだろう。元旦には、可愛らしい鏡餅の前で雑煮を食べるのだろう。

あと四日で年を越そうという夜、可穂子は居酒屋『しなの』で、玲子と国子と同席していた。

「本当ですか」

可穂子は思わずテーブルに身を乗り出した。

「ええ、本当よ。やっと離婚に合意してくれた」

玲子が落ち着いた表情で頷く。

「よかったわね、可穂子さん」

国子もほっと胸を撫で下ろしている。

「本当に雄二が離婚に合意を？」

すぐには信じられなかった。実感が湧かなかった。

そんな可穂子に、玲子が苦笑している。

「間違いないって、ちゃんと離婚届にサインと判子を貰って来たんだから」

玲子はバッグから離婚届を取り出し、テーブルに置いた。そこには確かに雄二の名前が記され、印が押されていた。

「おめでとう。これで可穂子さんは自由よ」

可穂子は離婚届を見下ろしている。こんなに薄い、たった紙切れ一枚の手続き。けれども、今の可穂子にはとてつもなく重く感じられた。

「でも、どうして急に？」

前に聞いた経過報告では、あくまで拒否の姿勢だった。

「例の、インターネットのサイトに可穂子さんが登録された件があったでしょう。お兄さんの会社や、可穂子さんの友人にまで、サイトのアドレスを添付したメールを送るなんて、彼にしかできない。そんなの調べればすぐわかることなのに、まあ、それだけ彼も我を失ったってことなんでしょうね。サイバー犯罪として警察に被害届を提出するつもりだって言ったの。さすがに彼、すごく慌ててた。調べられれば自分に行き着くのがわかったんでしょう。急にデータを盗まれたとか、ウイルスに感染して写真が流出したとか言い訳してたけど、そんなもの通じるはずがないじゃない」

「でも、携帯は折られたんです」

「メモリデータの復活はできるのよ」

「そうなんですね……」

「それと、もうひとつ、決定的な事実がわかったの」

「何ですか？」

可穂子だけでなく、国子も真剣な表情で玲子を見つめている。

「前科があった。まあ、結果的に示談になったから、法律上は前科とは言わないんだけど、つまり、前にも女性に暴力をふるって書類送検されていたのがわかったの」

可穂子は息を呑んだ。

「暴力をふるう男っていうのは、過去に同じ経緯を持つケースが多いの。それでデータを調べてみたのよ。相手は学生時代に付き合っていた彼女よ。もう十年以上も前のことだから、資料を探すのに手間取ったんだけど、何とか見つけたわ。それで、離婚に応じないなら、こちらは刑事事件として告訴する用意もあると通知したの。民事と刑事じゃ意味がぜんぜん違うからね。通知は、彼だけでなく、彼の両親にもした。かつての書類送検のことがあるから、刑事事件の裁判となれば、今度は実刑判決が出るかもしれない。さすがに彼の両親も慌てて彼を説得したみたい。刑務所に行くぐらいなら離婚してくれって言い出すのは当然よね。というか、彼の両親も最初から息子の暴力だとわかってたのよ。まあ、彼もそれでようやく諦めがついて、離婚に合意したってわけ。両親に頭が上がらないと聞いてたけど、本当にそうだったんで驚いた」

可穂子は息を吐く。雄二にそんな過去があったなんて何ひとつ知らなかった。

「それから慰謝料だけど、二百六十万で決着しそうなの、本当は三百万取りたかったんだけど、判例があってなかなかね。力が足りなくてごめんなさい。それで我慢してくれる?」

「我慢だなんてとんでもないです。正直言って、慰謝料まで受け取れるとは思ってもいませんでした。玲子さんのおかげです。本当にありがとうございました」

これで両親にお金を返せる、玲子にも弁護料が払える。負担に感じていた思いが少し軽くなる。

「じゃ、これで一件落着ね」

言ってから、乾杯しよう、と玲子は女将にビールを注文した。

ビールを飲みながらも、可穂子はまだぼんやりしていた。解放感に包まれながらも、虚無感も強かった。いったいあの結婚は何だったのだろう。あの一年半という時間は無駄と呼ぶしかないのだろうか。

国子が顔を向けた。

「さあ、今度はこれからのことを考えなくちゃね。でも焦ることはないのよ。ステップハウスにはまだいられるんだし、ゆっくりとね」

可穂子は頷く。もう後ろを振り向く必要はない。自分の人生を取り戻したのだ。今度こそ、自分のために生きてゆく。

私が望む未来、私が求める生き方。私が、いちばん私でいられる場所――。

「国子さん」

「なに？」

「私、できたらえるあみファームで暮らしたいと思っているんです」

国子はビールのグラスをテーブルに戻した。

「もちろん、受け入れてもらえたらの話ですけど」

「本気なの？」

「もしあの農園がなかったら、私、どうなっていたか……」

私さえ我慢すれば、と、雄二の許に帰ろうと思ったこともあった。いっそ死んでしまいたいと考えた時もあった。

「農園に何度も通って、みんなと一緒に農作業をしたり、ごはんを食べたりしていると、とても気持ちが落ち着くんです。あの農園で暮らせたらどんなに毎日が楽しいだろうって、ずっと考えていました」

「話は聞いていたわ。ここのところ、毎週のように行ってたんですってね。あのね、裕ママって、私の姉なの」

「え、そうだったんですか」

そう言えば、裕ママの苗字も浅井だった。

「姉も、たぶん可穂子さんはそう言い出すんじゃないかって言ってた。もう受け入れる準備はできてるって」

「じゃあ、暮らせるんですか。暮らしてもいいんですか」

「可穂子さんの人生だもの、あなたがそうしたいならそうすればいいの。今のあなたは、何だって選べるの。自由なのよ。あなたが苦労して取り戻したのは、そういうことなのよ」

国子の言葉を嚙み締めるように、可穂子は大きく頷いた。

翌日、離婚届を提出した。永尾可穂子はこの世から消え、そして、可穂子は島田可穂子に戻った。

第二章　ファーム

1

朝五時半、可穂子は目を覚ました。

もう何人かが起きだして、布団を片付けている。おはよう、と声を掛けると、おはよう、と返ってくる。それだけで嬉しくなる。カーテンの向こうはまだ暗い。仕切りの襖が開けられて、ひんやりした風が流れ込んでくる。冷たさに思わず身が竦んだが、それも嫌というわけではない。パジャマ代わりのジャージから、コットンパンツとセーターに着替える。布団を片付けながら、可穂子は隣の布団に声を掛けた。

「真美ちゃん、朝だよ」

「うーん、まだ眠いよぉ」

真美のくぐもった声が聞こえてくる。若い真美は朝が苦手だ。

この時期、さすがに囲炉裏だけでは暖が取れず、土間で大型石油ストーブを使っている。火を入れているのは、えるあみファームでは裕ママに次いで年長の佳世《かよ》だ。佳世はここに来てすでに十年以上たつと聞いている。

「ほらほら、起きるの最後だよ」

「ふぁーい」

真美が大きく背伸びをして、布団から出てくる。「寒いよぉ」と、情けない声を出しながら着替え始める。

台所では、すでに朝食の準備が始まっている。そこを仕切っているのは裕ママで、手伝っているのは四十四歳の史恵《ふみえ》だ。史恵はかつて大家族の農家で暮らしていたこともあり、いつも手際よく大人数の料理をこなす。えるあみファームの中ではいちばんの働き者だ。裁縫や編み物も得意で、時間があれば漬物を漬けたり干し柿を作ったりと、じっとしているところを見たことがない。そんな史恵は、嫁ぎ先にとって労働力と子供を産む存在でしかなかったらしい。暴力は夫だけでなく、時には義父母からもふるわれたという。耐えかねて逃げ出したが、裁判の末、ふたりの幼い子供は相手側に取られてしまった。史恵の枕の下には、いつも子供たちの写真が忍ばせてある。史恵も、佳世と同じくファームに来て十年以上たっている。

土鍋で炊きあげた玄米の香ばしい匂いが漂ってくる。朝からきちんと空腹を感じていて、それも嬉しい。真沙子《まさこ》が囲炉裏の火を熾《おこ》している。口数は少ないが、いつも笑顔を絶やさない人だ。三十九歳。やはり夫の暴力から逃げてきた。元夫は名門大学の教授だそうだ。

「できたわよー、運んでちょうだーい」

台所から裕ママの声がする。仕度を整えた者が台所に向かい、朝食を運んで来る。可穂子も盆に茶碗や箸を載せて運ぶ。具だくさんの味噌汁が入った大鍋が自在鉤にかけられる。卵焼きに納豆、たっぷりとチーズの載った茹でじゃがいも、色とりどりの野菜のピクルス。囲炉裏を囲み、全員が揃ったところで「いただきます」と手を合わせ、朝食が始まる。「マヨネーズ回して」「あ、このピクルス、おいしい」「最後のじゃがいも、いただき」などと、朝からみんな賑やかだ。

朝食が終わると、掃除や洗濯といった家事の当番が決まっていて、それ以外の者は畑に出る。今は大根、蕪《かぶ》、小松菜、白菜、カリフラワーが収穫期で、いっせいに取り掛かる。

可穂子は納屋の前の洗い場で、採れたばかりの大根の泥をタワシで落とした。少し曲がっているものもあり、見た目はスーパーで売っているような規格品には劣るが、艶《つや》があり、瑞々しく、ずっしりと重い。何より、有機無農薬だ。

こうして洗ったり土を払ったりした後は、それぞれに出荷の準備をする。

「カリフラワー、成功してよかったぁ」

と、しみじみ言ったのは、可穂子より三歳年下の梢《こずえ》だ。同棲《どうせい》していた相手から手酷《てひど》い暴力を受け、シェルターに駆け込み、国子の紹介でここに来たと聞いている。

「そうそう、去年は大失敗だったんだよね。背だけびよーんって伸びて、私たち毎日、茎ばっかり食べさせられたんだよね」

真美がからかうように言う。

「どうしてあんなことになっちゃったのか、今もわかんないのよ。堆肥《たいひ》が足りなかったのかな」

「愛が足りなかったんじゃないの、愛が」

みちるが言う。三十六歳のみちるは左足をいつも引き摺っている。別れた夫の暴力で膝の骨を砕かれ、こうなったと聞いている。しかしファームの中では飛びぬけて明るく、いつもみんなを笑わせてくれる。

梢が言い返した。

「あのね、今、私の愛のすべてはカリフラワーに向けられてるの」

「わかった、愛が重すぎたのよ。梢ちゃんの愛のすべてなんて、そりゃあカリフラワーもビビるわ」

みちるの反応にいっせいに笑い声が上がる。えるあみファームはいつもこんな調子だった。

住み始めて二ヶ月半がたった。引っ越しは年末の慌しさの中だったが、荷物など大してあるわけではない。個々に与えられている一間の押入れの半分のスペースで十分だった。入りきらないものがあれば二階の納戸に置いておけばいい。二階は一階とほぼ同じ広さがあり、それぞれに持ち込まれた箪笥や衣装箱が置かれている。昔はここで蚕《かいこ》を育てていたそうだ。

受け取った慰謝料で、両親に借りたお金を返した。ステップハウスの家賃も、玲子の弁護費用も支払えた。残りは新しく作った銀行口座に入れてある。ここの暮らしでお金の使いみちはほとんどなく、月に貰える三万円ばかりの給金で十分賄《まかな》えた。服はそれなりにみなお洒落を楽しんでいるが、基本的に流行とは関係のない、作業がしやすくて、洗濯の利くものが第一条件だ。有難いことに、古株の佳世や史恵からお下がりを貰えるし、もし外出するなど改まった服の必要があれば、持っている誰かが貸してくれる。靴もバッグも同様で、二階の納戸に行けばいろいろと揃っている。化粧品はスーパーで売っている安価なもので十分だ。日中は日焼け止めクリームを塗る程度だ。携帯電話も新たに購入したが、両親と時折話す程度しか使っていない。

毎日の農作業は楽しく、活気に満ちていた。規則正しい生活は身体だけでなく心の健康をも取り戻してくれた。作業はだいたい夕方五時前に終わり、みなで夕食を囲み、後はそれぞれ、風呂に入ったりテレビを観たり、音楽を聴いたり他愛《たわい》ないお喋りをしたりと、みな寛《くつろ》いでいる。就寝時間は決められているわけではないが、十時半頃には床に就く。朝が早い分、夜も早い。やがて安らかな寝息が重なり、夜が静かに深まってゆく。

　そんな暮らしに、可穂子はしみじみと安らぎを感じている。ここに来てよかったと、つくづく思う。

　出荷の準備が整った野菜は、軽トラに積み、直売所や契約しているレストラン、食堂に納入する。それは大概真美の役目だが、最近は可穂子も同行するようになった。なるべく外に出たくない、というのが本音だが、「だからこそ、少しずつ慣れなくてはね」と裕ママに言われていた。

　裕ママの基本的な考えに、えるあみファームでしか生きられない人間にはしたくない、との思いがあった。可穂子も、越してきた最初の日に言われた。

「ここでの生活が、社会に戻れるきっかけになってくれるのがいちばんなの。他に仕事を見つけて自立してくれたらいいし、過去なんか忘れて、もう一度結婚して、できたら子供も産んで、幸せな家庭を築いてくれるなら、もっといい」

　実際、そうやってここを出て行った女性たちも何人かいるらしい。実家に戻ったり、新たな職を見つけたり、自活して離れていた子供を引き取ったり、再婚したり、さまざまだと聞く。

「私もいつか、ここを出て行かなければならないんでしょうか」

その時、可穂子は恐る恐る尋ねた。将来を夢見るような余裕はなく、ここを追い出されたら路頭に迷うしかない、という切羽詰まった思いがあった。

「そうじゃないのよ。いつまでいてもいいの。ただ、ここに縛られないでね。えるあみファームにあなたの人生があるんじゃない。あなたの人生の中にえるあみファームがあるってこと、忘れないで」

そう言われても、今の可穂子はここで暮らすこと以外考えられない。他に欲しいものも、望むものもない。ここで野菜を育て、みなと笑い合い、年をとってゆきたいと、心から思っている。

直売所に軽トラを横付けし、真美と一緒に野菜を運び込み、棚に陳列した。

常時、二十から三十軒近くの農家が出入りしているので、開店前のこの時間は慌しい。えるあみファームは露地ものの野菜が主体だが、周辺の農家ではハウス栽培もさかんに行われている。トマトやレタス、茄子、アスパラガスなども並び、種類が単調になりがちなこの季節も売り場は賑わっている。直売所に出入りしているのは多くが女性で、それも可穂子の母親くらいのおばさんたちが多い。だから以前のようなパニックに襲われることもない。

納入を終えて、先に軽トラに戻っていると、出口のところで、真美が青年と言葉を交わしているのが見えた。真美よりほんの少し年上といったところだ。あの青年は何度か見掛けたことがある。週に二度か三度、直売所に顔を出す。着ているジャンパーのマークからすると、ＪＡの職員なのだろう。真美はやけに無愛想な顔をしている。青年が何か差し出した。真美が首を横に振る。何度かやり取りをした後、真美はしぶしぶといった顔でそれを受け取り、車に戻って来た。

「ああ、もう、お節介なんだから」

運転席に座ると、真美は不機嫌そうに青年から受け取ったものを、座席の隅に押しやった。

「どうしたの？」

「ハーブに適した土の作り方の本だって」

「へえ」

「前に、私が作ったハーブを卸したのを知ってて、参考になるかもしれないからって、渡されたの」

「親切な人じゃない」

「どこが。土作りなら、ファームには知ってる人がいっぱいいる。あんなＪＡ勤めのやわな奴に何がわかるっていうの。いらないって言ってるのに、無理やり押し付けるんだから」

もし相手が女性だったら、真美もここまで拒絶しなかったはずだ。真美の中にある男に対する根本的な不信感もまた、そう簡単に払拭はできないのだろう。

軽トラが発進した時、立ったままでいる青年の姿がサイドミラーに映った。もしかしたら、彼は真美に好意を寄せているのかもしれない。そうだとしたら、彼はとても厄介な女の子を好きになったことになる。思いがけず、可穂子は少しだけ、彼を気の毒に思った。

それからしばらくして、母に電話すると「あっちから連絡があった」と、聞かされた。あっちとは、もちろん雄二のことである。

「何とかいう書類が見つからないんだけど、可穂子なら知ってるはずだから電話番号だけでも教えてくれないかって」

しばらく忘れていた恐怖が、瞬く間に可穂子を覆った。もう終わったこと、解決したこと、と可穂子は思っているが、果たして雄二はどうなのか。

「それで、かあさん、何て？」

「うちはもう関係ありませんって。ついでに、二度と電話なんかしてくれるなって言ってやったがら、もう掛かってこないさ」

母は強気な口調で言った。

「それからは、何にもない？　他に何か変わったこととか」

「実はボヤがあった」

息が止まりそうになった。

「お勝手の外に出しておいたゴミが燃えたんだ」

「もしかしたら雄二が……」

膝が震えだした。

「わかんねえ。一応警察には届けたけんど、証拠は何もねえ。父さんは、いくら何でもそんなごとまでやらかしはしねえだろって言ってるけんど」

そうだろうか、それで納得していいのだろうか。

実家に火をつけてやる、そう言った雄二の顔が浮かび上がる。

父の言葉通りであって欲しい、と、可穂子は祈るような気持ちだった。


その夜、嫌な夢を見て目が覚めた。

首筋に冷たい汗が滲んでいた。雄二に追い掛け回される夢だった。肩を摑まれた感触が、目覚めても生々しく残っていた。再び目を閉じてももう眠りは訪れない。暗闇に目を凝らしていると、気持ちは塞いでいく一方だった。もう雄二はいない、殴られない、離婚したのだから関係ない、と、自分に言い聞かせても、思い出したくない過去がフラッシュバックするように次から次へと蘇ってくる。

手指と足先がやけに冷たかった。温かいお茶でも飲めば少しは落ち着くかもしれないと、可穂子は布団を抜け出し、囲炉裏のある部屋の仕切り襖を開けた。

しかし、そこには先客がいた。可穂子の二歳上、いちばん年が近い千津《ちづ》だ。かつてIT関係の仕事をしていた経験から、えるあみファームのネット販売や経理といったパソコン関係を一手に引き受けている。

「やだ、見つかっちゃった」

千津が首を竦めた。傍らには果実酒の瓶が置かれていた。

「やまもも酒。三年ものでおいしいの。お湯割りにすると身体が温まるのよ。どう?」

千津がグラスを持ち上げた。

「じゃ、遠慮なく」

可穂子は台所からグラスを持って来た。千津が瓶から木杓子《きじやくし》で赤いやまもも酒を注ぎ、囲炉裏に掛けてあった鉄瓶の湯を加えた。

「ちょっとお湯がぬるくなっちゃったかも」

「平気。いただきます」

可穂子はそれを口にした。ここでは季節ごとに採れた果実を使って果実酒を造っている。梅酒、かりん酒、きんかん酒、他にもある。みな、夕食時や風邪をひいた時に飲んだりしている。

口の中にやまももの甘酸っぱさが広がった。

「おいしい」

「でしょう。夜中にこっそり飲むっていうのが、また、たまらないんだよね」

ほんと、と、くすくす笑い合ってから、千津が少し酔った目を向けた。

「眠れないの？」

「何だか、嫌な夢を見ちゃって」

それだけで、千津は理解したようだった。

「うん、見るよね。私も、もう別れて三年もたつのに、時々ものすごくリアルな夢を見てうなされるもの」

「離婚しただけじゃ終わらないんだって、改めてわかるっていうか」

「むしろ、それからが本番かもしれない」

現実の夫から離れられても、記憶の夫は常に傍らにいる。まるで亡霊のように背後にぴたりと貼り付いている。現実でない分、振り払うのが難しい。

「千津さんはどんな暴力を……」

言ってから、可穂子は慌てて打ち消した。

「ごめんなさい、無神経だった」

「いいのよ、気にすることないの」

千津は笑って首を横に振った。

「ここにいるみんなは同じ経験をしてるんだもの、そんな気遣いは大丈夫。逆に、話した方が気持ちが楽になるってこともあると思うのね。だからタブーにするんじゃなくて、話したい時に話そうって、互いに了解しているの。可穂子さんも、無理して抑え込まなくてもいいのよ。もちろん、無理して話す必要もないし」

今はまだ記憶が鮮明すぎて、言葉にするにはためらいがある。話せるようになるにはもう少し時間が必要だろう。

「私の場合は、実際に暴力をふるわれたわけじゃないのよね」

千津がため息混じりに言った。

「暴力は暴力でも、言葉の暴力」

何と答えていいかわからず、可穂子はやまもも酒を口にした。

「結婚したのは二十六の時でね、相手は一回りも年上の会社の上司だったの。あのね、不倫の末の結婚」

少し風が出てきたのか、外で木の葉の擦《こす》れる音がしている。

「聞くの、辛い？　だったらやめとく。そういうのも遠慮なく言ってね」

「ううん、平気」

よかった、と、千津は答えて、横座りしていた足を両腕で抱え込んだ。

「結婚前はそりゃあ盛り上がったんだ。もう好きで好きで、あの人がいなくちゃ生きていけないって本気で思ったもの。だから奥さんと離婚が成立して、結婚できた時は本当に嬉しかった。天にも昇る気持ちってこういうものなんだって思ったくらい。結婚を機に、私は在宅の仕事を始めたの。だって同じところに勤めるのはやっぱりまずいでしょ。離婚してすぐ結婚なんて、不倫してたってバレバレじゃない。でも、仕事は好きだったからどうしても続けたかったの。そのこと、夫は認めてくれているとばかり思ってたんだけど、本当は気に食わなかったみたい。家にいて、自分の世話だけさせておきたかったみたい。でもね、絶対に言わないの。仕事を辞めてくれとか、専業主婦に納まって欲しいとか、そういうこと言うこと自体、プライドが許さないの。そこからして理解できないんだけど、とにかく夫は毎日不機嫌で、遠まわしに文句ばかり言うの」

「どんなふうに？」

「たとえば、帰って来た時に少しでもスリッパが乱れていたら『親の躾《しつけ》がなってない』って皮肉がくる。おかずを温め直してちょっと煮詰まったりしたら『よくこんなまずいものが出せるな』と嫌味を言う。部屋に髪の毛が落ちていたり、サッシに埃《ほこり》がたまってるのに気がつかなかったりすると、『こんな出来損ないの女と結婚したのは一生の不覚だ』って責める」

「辛いね」

「うん、辛かった。それなのに、私、どういうわけかいっそう頑張っちゃったのよ。私が至らないんだって、妻としてもっとしっかりしなくちゃって。夫に認められたかったのね。とにかく好きな人だったから、必死になって尽くしたわけ。でも、夫の暴言はだんだんひどくなっていくばかりだった。馬鹿とか、愚図とか、のろまとか言いたい放題。ただただ、毎日失敗をあげつらうばかり」

　可穂子は膝に目を落とした。

「でもね、結婚前にもそういうことを言われたことはあったのね。そこまでひどい言い方じゃなかったけど『おまえは馬鹿だなぁ』なんて言われるの、正直言って、私、嫌じゃなかった。むしろ、夫はすごく大人で優秀で、そういう人と付き合えて幸せ、なんて思ってた。子供だったのね。舞い上がってて何も見えてなかったのよ」

　その気持ちもわからないではない。そう思うことで自分は素晴らしい相手と巡り合ったのだと納得したいのだ。

「仕事は？」

「結局、中断してしまったの。家事で手一杯で、仕事どころじゃなくなったっていうか」

「じゃあ、それでご主人は満足したんじゃない？」

「ううん、夫の暴言はエスカレートする一方だった。より烈《はげ》しくなったくらい。きっと、これで完全に自分の支配下に置いたって気持ちになったのね。徹底的に私を見下し、攻撃し、貶《けな》す。何をやっても、褒めてくれたことなんて一度もないし、ありがとうなんて聞いたこともない。何があっても私のせい。原因はすべて私にある」

「誰かに相談しなかったの？」

「友達には言ったことがあるの。でも、単なる愚痴としか思われなかった。夫はそれなりに高収入だったし、生活には恵まれていたから、『殴られてるわけじゃないんでしょ』『男なんてみんなそんなものよ』『聞き流しておけばいいのよ』で終わり」

「そっか……。実際に経験のない人には、理解できないのよね」

「そのうち、夫の言うことが本当にそう思えてくるようになっちゃったのよ。ああ、そうなんだって。私は馬鹿で、愚かで、何も知らない、何もできない、欠陥人間なんだって。生きている価値のない人間なんだって。気がついたら、安定剤が手放せなくなってた」

　自分を落ち着かせるかのように、千津はひとつ息継ぎをした。

「自己愛性人格障害って、聞いたことある？」

「ううん」

「自分はすべてにおいて秀でていて、別格の人間でなければならない、夫はまさにそう思い込んでる人だった。だから、自分以外の人間はすべて馬鹿に見えるし、妻なんて奴隷でしかない。心があることすら認められないの。本当は友達なんかじゃなくて、もっときちんとした機関に相談すればよかったのかもしれない。そしたら、もっと早く自分を取り戻せていたかもしれない。後になってどうしてそうしなかったんだっていうようなことも言われたけど、渦中にいると、感覚が麻痺してゆくっていうか、コントロールされてしまうっていうか、そんな余裕がなくなってしまうのよね」

「私も同じだった。むしろ、外に向かって仲がいいことをアピールしてたくらい」

「うん、わかる。家の中があんなだからこそ、せめて他人の目には幸福に映りたいって思ってしまうのよね」

「子供は？」

思い切って尋ねた。

「できなかったの。それもみんな私のせいにされた。『畑が悪い』ってね。でも、今思えば子供がいないのは不幸中の幸いだった。もしいたら、子供の将来のためにとか、余計なことを考えて逃げ出せなかったかもしれない。もっと怖いのは、あんな環境の中にいたら、夫と同じような人間に育ってしまったかもしれない。負の連鎖、というやつ」

「逃げ出す決心をしたきっかけは何だったの？」

千津はふたつのグラスにやまもも酒を注《つ》ぎ足した。

「それがね、前の奥さんなの」

可穂子は目をしばたたいた。

「ことあるごとに、夫が前の奥さんを褒めたのよ。家事は完璧で、気が利いて、頭がよくて、おまえとは人間の質が違うって。そんな妻と別れてまでおまえと結婚してやったんだから、同じだけのことをちゃんとやれって。それで切羽詰まって、私、前の奥さんに電話したの。変よね、どう考えても変なんだけど、その時は、どうしたら夫に認めてもらえるか必死だったのね。教えを乞うつもりだった」

「それで前の奥さんの反応は？」

「そりゃあ、びっくりしてた。元の夫の不倫相手からの電話だもの、驚いて当然よね。でも、話しているうちに私が普通じゃないことがわかったらしくて、黙って聞いてくれたの。それで『すぐに家を出なさい』って言われた。『そのまま暮らしていたら、あなた、心が殺される』って。前の奥さんも、同じようなことがあったみたい。それでようやく我に返ったの」

「離婚は？」

「一年半かかって、やっと」

「ずいぶん時間がかかったんだ」

「私から言い出されたことが許せなかったみたい。あの人なら当然でしょうけど」

「でも、成立してよかったね」

「うん、両親にもさんざん心配掛けちゃった」

「それは私も同じ」

「実はね、今日、妹から電話があったんだ。父親の具合が悪いって」

千津の声に湿り気が混じった。

「不倫だったから、両親に結婚をすごく反対されたのね。それを強引に押し通したの。こんな結果になって、それみたことかって言われたくなくて、実家には戻らないままだったんだ」

戻りたくても戻れない。状況は違ってもその思いは同じだ。自分と重なって、可穂子は胸が痛くなった。

「私たち、ふたり姉妹なんだけど、妹はダンナの転勤で福岡に住んでるの。両親も年だし、心配はあるんだけど、合わせる顔がないっていうか、両親もまだ怒ってるかもしれないし」

「そんなことない、帰って来て欲しいんじゃないかな。おかあさんだって心細いはず」

「そうかな……」

「私はそうだと思う」

「そうね」

千津は小さく頷いて、やまもも酒のグラスを手にしたまま、宙を見やった。

2

三月に入って、夏野菜の作付けが始まった。

三本鍬《さんぼんぐわ》を使って、半年寝かせた鶏糞や雑草の堆肥を、畑にざっくりとすき込んでゆく。土は大小の団子状になっていて、軽く柔らかい。水はけがいい証だ。空気もほどよく含んでいて、野菜の根が張るのに適している。畝《うね》を作り、種類によって苗を植え、種を蒔く。

ここずっと晴天が続いていた。背中に陽が当たり、暑いくらいだ。可穂子は作業の手を休めて、額から落ちる汗を拭った。ふと見上げると、春の始まりを告げる柔らかな空が広がっていた。土の匂いと、なよやかな風。里山ではカーンカーンと雉《きじ》の鳴き声が響いている。こうしていると、ここは天国のように思える。

その夜、可穂子が風呂に入ると、裕ママが湯船につかっていた。

「あら、可穂子さん、どうぞ」

バスタブはふたりが入れるくらいのスペースがあり、裕ママが身体をずらして空けてくれた。

「すみません」

可穂子は掛け湯をし、裕ママの隣に身を沈めた。風呂で一緒になるのは初めてだ。温かな湯は、日中の農作業の疲れをほぐしてくれる。思わず、ほう、と息をつく。

「どう、ここでの暮らし、もう慣れた？」

「はい。よく眠れるし、ごはんはおいしいし、毎日快適に過ごさせてもらってます。農作業の方は、まだまだみんなの足手まといですけど」

「そんなことないわ。さすがに実家が農家だけあって、手際がいいって聞いてるわよ」

だといいですけど、と、可穂子は首をすくめながら答えた。

「国子さんに出会えて本当によかったって、しみじみ思っているんです。弁護士の玲子さんも紹介してもらったし、ここに来ることができたのも国子さんのおかげだし、感謝してます」

「国子が聞いたら喜ぶわ」

「私、おふたりを尊敬しているんです。シェルターも農園も、簡単にできることじゃないです。得することなんか何もないのに、むしろ損することの方が多いのに、そんなことができる人なんて世の中にそうはいません」

「そう言ってもらえるのは嬉しいんだけどね……」と、言葉尻を濁して、裕ママは息を吐いた。

「国子にはね、何だかね、申し訳ない気持ちもあるのよ」

「どうしてですか？」

「私が巻き込んじゃった、というのがあるから。まさかNPO法人まで立ち上げるとは思ってもいなかった。一生懸命活動しているのは、姉の私から見てもわかるし、頭も下がるんだけど、普通の奥さんになった方が幸せだったかもしれないって、思う時もあるの」

「国子さん、ずっとおひとりなんですか？」

「そうなの、結局、結婚は一度も」

「でも、結婚したからって幸せになるとは限らないです……。そのことは、ここにいるみんなが身に沁みてわかってます」

「まあ、そうなんだけどね」

「国子さんに助けられた人はたくさんいます。私も、もし国子さんと出会えなかったら、と思うとぞっとします」

「そうね、少しでも人様の役に立つっていうのは大切なことよね。あの子もそれで充実しているなら、私がとやかく言うことじゃないんだけどね」

　裕ママはしばらく言葉を途切らせ、それから重くなりかけた気配を払拭するように話題を変えた。

「そうそう、千津ちゃん、明日、帰って来るって」

「あ、そうなんですか」

千津は三日前から実家に戻っていた。迷ったようだが、やはり両親のことが心配で、様子を見に行く決心をしたのだ。

「千津ちゃんの代わりにパソコンの仕事を引き受けてくれてありがとう。助かったわ。私をはじめ、みんなそっちは苦手な人ばかりだから」

「そんなことぐらい任せといてください」

派遣で働いていた頃の経験が役に立つなら、可穂子としても嬉しい限りだ。

それからしばらく他愛ないお喋りをして、「じゃ、お先に」と、裕ママが湯船から上がった。目の前に裕ママの裸の背中が現れたその瞬間、可穂子は目が離せなくなった。

肩から背中、腰にかけて、皮膚が爛《ただ》れ、赤黒く変色し、ところどころが引き攣《つ》れていた。無残な火傷の傷痕だった。

裕ママが脱衣所に消えてゆく。

あの傷に、どんな経緯があるのだろう。

事故、それとも――。

可穂子は湯船に浸ったまま、ぼんやりと考えていた。

翌日、千津が帰って来た。いつものようにみなで夕食を摂っていると、裕ママが言った。

「あのね、千津ちゃんは実家に帰ることになりました」

みないっせいに千津を見やった。千津は座り直して、伏し目がちに言った。

「帰ったら、父は寝込んでいて、看病している母もすっかり老け込んじゃってた。それ見たら、親孝行できるのは今しかないんじゃないかと思ったの。ごめんなさい、みんなに相談もせず、勝手に決めて」

「やだ、謝らなくていいのよ」

声を掛けたのは、佳世だ。

「千津ちゃんが決めたのならそれでいいの。きっと、帰らなかったらすごく悔いが残るはず。ここにいるみんなも、同じ気持ちだと思うよ」

「そうよ、帰って親孝行してあげなさいって」と言ったのは史恵だ。

誰もがふたりの言葉に頷いている。

ここでの暮らしは穏やかで賑やかで、心安らぎ、世間の煩わしさからはかけ離れている。それでも、いや、だからこそ、後ろめたさもあるのだった。本当に自分はこのまま暮らしていていいのか。安穏とした生活に浸っていていいのか。自分のせいで、周りに大きな迷惑を掛けてしまった。両親に、きょうだいに、友人に、巻き込んだすべての人に。その申し訳なさは、どれだけ時間がたっても胸の中から払拭できない。

泣き出したのは真美だった。

「真美、泣かないの」

佳世が声を掛けた。

「だって、だって」と、真美は鼻をぐすぐすさせ、手の甲で涙を拭った。

「ここで、みんなと畑を耕して、笑って、食べて、お喋りして一生暮らせると思ってたのに」

「真美がそんなふうだと、千津ちゃんが帰れなくなっちゃうでしょ」

「ごめんね、真美」

千津の声もまた湿り気を帯びる。

裕ママが柔らかく割って入った。

「みんなと一緒にここで暮らすのも幸せ。ここから出てゆくのも幸せ。どこに行くとか、どこで生きるとかじゃない。大切なのは、幸せになること。真美も、千津ちゃんに幸せになってもらいたいでしょう」

「うん……」

真美が小さく頷く。

「だったら、ちゃんと笑顔で送ってあげましょう」

「乾杯しよ」と、誰かが言い出し、すぐに話はまとまった。台所から果実酒の瓶とグラスが運ばれてきた。

「あれ、やまもも酒、やけに少なくない？」

みちるの言葉に、千津と可穂子は思わず目を合わせた。

「あ、ごめん。この間、ちょっと飲んじゃって」

ごめんなさい、と、可穂子も身を小さくする。

「ちょっとぉ、千津ちゃんたら、最後にやってくれるじゃない」と、梢がおどけて言い、場は和やかさに包まれた。その夜は小さな宴会が始まった。


二日後、千津はえるあみファームを出て行った。

家の前に立って、みなで見送った。引っ越し用の小型トラックに荷物を積み、助手席に乗った千津は窓から身を乗り出し、いつまでも手を振っていた。

いつか自分も、両親の許に帰る日が来るのだろうか。帰れば温かく迎えてくれることはわかっている。若い頃には感じなかった両親の有難さが切ないほど身に沁みる。でも、今の自分にその日はまだ遠いと、可穂子は思う。

千津がいなくなった後、可穂子がパソコンの仕事を引き継ぐことになった。野菜の宅配やネット販売の処理、帳簿付けだ。

えるあみファームの経済状態は、やはりぎりぎりといった状況だった。畑で採れる野菜や米はあるにしても、肉や魚は買わなければならない。電気代やガス代、灯油代もかかる。日用品も同様で、なかなか自給自足というわけにはいかない。野菜の宅配の売れ行きは順調だが、季節によってバラつきもある。赤字の月は、裕ママの持ち出しで補充している。えるあみファームは、ここを存続させたい、という裕ママの強い意思で成り立っているのだと、改めてわかる。

「この間、またおかしな電話があった」と母が言った。

「どういうの？」

携帯電話を握る可穂子の手に、冷たい汗が滲んでゆく。

「保険会社から手続きをしたいから連絡先を教えて欲しいっていうのだ。同窓会の名簿をつくりたいっていうものもあった。女の声だったから、考え過ぎかもしれんけど」

相手が女だったからと言って安心はできない。雄二が誰かに頼んで掛けた、ということも考えられる。

「もちろん、すぐ切ったけど」

「面倒掛けてごめん」

実際、両親には、えるあみファームの名も住所も知らせていない。東京近郊で働いている、とだけ伝えてある。ふたりの気掛かりはわかっているが、用心するにこしたことはない。

「とうさんは元気？」

「実はな、この間、父さんの軽トラがオイル漏れだとかで、事故を起こしてな」

「えっ……」

可穂子は息を呑んだ。

「怪我は？」

「畑に突っ込んでちょっと首をひねったけど、大したことはねえ」

それも雄二の仕業なのか。瞬く間に全身が凍りつく。

「古い軽トラだからそういうこともあるって車屋は言ったけんど、何かちょっと不気味でな」

「何かあったらすぐ警察に行って。……ごめん、こんなことしか言えなくて。迷惑かけて本当にごめん……」

「可穂子のせいじゃねえ。あん人がやった証拠があるわけでもねえ。悪かったな、却って心配かけてしまって」

電話を切って、可穂子は頭を抱えた。いつになったら安心することができるのか。もう少しだと思いたい。思わなければ、あまりにも遣り切れない。

その日、いつものように直売所に野菜を運び込み、真美が納品書を渡しに行っている間、可穂子は空になったかごや発泡スチロールの箱を荷台に載せていた。

「あんた、最近、あの農園に来た人だろ」

声を掛けられ、振り向くと、中年の女が立っていた。この直売所に野菜を納入している農家は三十軒近くある。なかなか顔は覚えられない。

「はい、そうです」

中年女は口元を不機嫌そうに歪めた。

「あのさ、素人でもすぐ農業ができるなんて思ってもらうと困るんだよね。無農薬も有機もいいけど、趣味で野菜作りをしているあんたたちが、私ら本職と肩を並べて、我が物顔で商売するってどうなのよ」

納得できないという気持ちもわからないではない。確かにえるあみファームはほとんどが素人だ。でも、誰だって最初は素人だ。どこにだっていろんな人がいる。難癖をつけて、相手を不愉快にさせるのが趣味という人もいる。言い返すつもりはなかった。

「これからも頑張りますので、よろしくお願いします」

可穂子が丁寧に頭を下げると、中年女は目を側《そば》めた。

「で、あの農園に来たってことは、あんたも同じあれだってことかい？」

「え？」

「つまり、暴力亭主から逃げ出したクチかいって聞いてるの」

頬が強張るのが自分でもわかった。

「あそこが、そういう女たちばかりが集まってやってること、知らないとでも思ってるのかい？」

可穂子は黙ったまま足元に視線を落とした。

「まったくねぇ、類は友を呼ぶっていうのかねぇ。やっぱり、主《あるじ》があああいう人だと、自然とそういう人間が集まって来るんだねぇ」

裕ママを非難するような言い方が引っ掛かった。

「ああいう人って、どういう意味ですか」

「あれ、知らないのかい」と、相手はやけに楽しそうな顔をした。

「あの人、えっと浅井さんとか言ったっけ、訳ありもいいとこなんだから」

「訳あり？」

「娘さん、殺されたんだよ」

えっ、と、可穂子は思わず息を呑んだ。

「もう、ずいぶん前の話らしいけどね。付き合ってた男にガソリンをかけられて、火をつけられて、焼き殺されたんだって」

可穂子は瞬きも忘れて、相手の顔を見つめた。

「まあねえ、娘さんがそんなことになったっていうのは同情するけど、どうかしらねえ、そうならざるを得ない理由が娘さんの方にもあったんじゃないのかしらねえ。普通の人間が普通に生きてて、そんな死に方するなんてあるはずないだろう」

身体を竦ませたままでいる可穂子に、中年女は更に皮肉を口にした。

「あらあら、驚かせちゃったみたいだね。私もね、こんなことを言うのはやめようかと思ったんだよ。でも、あんたはまだ来て間もないし、早めに教えてあげた方が親切ってものじゃないかと考え直したの。私が告げ口したなんて言わないでよ」

真美と軽トラに乗り、帰路に就いた。車に揺られながら、可穂子は中年女の言葉を思い返していた。娘が殺された。付き合っていた男に焼き殺された。本当だろうか。ただのデマ、もしくは嫌がらせ。地元の農家とは少し毛色の違ったえるあみファームに対する反感もあるだろう。けれど同時に、風呂場で見た裕ママの背中の火傷の痕を思い出していた。

「あいつにまた本を押し付けられたよ」

真美の声に、可穂子は我に返った。

「え？」

「いらないって言ってるのに、今度はポプリの作り方って本」

真美に聞いてみようかと思った。でも、知らないのなら、わざわざそんな話を耳に入れる必要はない。まだ若い真美にとってはショッキングな内容に違いない。

「それでね、今度、苗の展示会に行かないか、だって。馬鹿みたい」

「そう……」

可穂子は上の空で頷いた。

えるあみファームは春を迎えていた。

トマト、茄子、胡瓜、とうもろこし、カボチャといった夏野菜の準備が始まっている。農作業に携われば携わるほど、知らないことがたくさんあって可穂子は驚いてしまう。同じ場所で同じ野菜を作り続けると、生育が悪くなるという。前作と後作の相性もある。トマトがナス科で、レタスはキク科。農家生まれなのに、そんなことも知らなかった。そのひとつひとつを、驚きと共に覚えてゆくのもまた楽しくてならない。

もちろん、小さないざこざが起こる時もある。

年齢も性格も違う女八人が一緒に暮らしているのだ、行き違いがあっても不思議ではない。それでも、決定的な状況にまで至らないのは、裕ママの「さあさあ、そんなことより、おいしいごはんを食べましょう」という鷹揚《おうよう》な対応と、誰もがみな、理不尽な暴力を経験し、恐怖に怯えた記憶を拭い去れずにいるからだ。あの日々に較べたら、ここで起こる揉め事など些細なものでしかない。この暮らしを続けたい、この平穏な日常を失いたくない、その切なる思いが、みなを根底で結び付けている。

今夜、いちばんの話題となったのは、真美のデートだ。あのＪＡの青年から誘われたらしい。

「いろんなハーブが植わってる植物園があるんだって。めったに見られないようなのもあるから、行ってみないかって」

秘密にする気などないらしく、真美はあっけらかんと口にした。真美は十九歳だが、周りは母親や年の離れた姉といった年代ばかりという環境にいるせいか、子供っぽさが抜け切らないでいる。

「行くの？」と、梢が尋ねた。

「別に行きたいわけじゃないよ。ただ、前にも誘われて、その時は無視しちゃったから、一度ぐらい付き合ってあげてもいいかなって気持ちもあるんだ。でも、やっぱり面倒くさいって気もするし」

真美は口を尖らせて、怒ったように答えた。

「行ってくればいいじゃない」と、梢は後押しした。梢も彼のことを知っているらしい。

「誠実そうな人だし」

「でも、男って外見だけではわかんないでしょ」

梢が返答に詰まっている。

「うん、まあ、確かにそうだけどさ」

正直なところ、誰もがどう答えればいいのか、少し困惑していた。

ある意味、ここにいる女たちはみな、自分は男を見る目がない、と思っている。相手を見極められなかったからこんな結果になってしまった、との後悔が胸の中に貼り付いている。もしその青年がひどい男だったら、と想像を巡らせると、真美に安易にデートを勧めることができないのだ。

それでも同時に、まだ若い真美に、いい人と巡り会って欲しい、という思いもあった。夫や恋人ではなく、真美は父親から暴力を受けてきた。父親は選べないが、夫や恋人は選べる。だからこそ、真美には優しくて誠実な男と幸福になってもらいたい。

結局、真美はデートに出掛けて行った。

当日は大変だった。真美が、ではなく、周りのテンションがすっかり上がっていた。二階の納戸から服をとっかえひっかえ持って来て、あれがいいこれが似合うと、真美の身体に当てた。バッグはこれにしたら、靴はこれがぴったり、口紅くらいさしたら、髪をブローしてあげる、と、誰もが世話をやいた。最終的に、真美が「もう、放っておいて！」と、へそを曲げ、いつものジーンズにパーカーという格好で出掛けて行った。玄関先で、行ってらっしゃいとみなで見送り、それからそれぞれため息をついた。

どうか、青年がいい人であってくれますように。真美を大切にしてくれる人でありますように。それが偽らざる気持ちだった。

午後になって、可穂子はステップハウスに野菜を届けに行った。今日は真美がいないのでその代わりだ。

ホールに人の姿はない。可穂子がここにいた頃、よく庭で遊んでいた幼い姉弟の姿も見えなかった。ステップハウスには期限がある。ここを出て、あの母子《おやこ》たちは今どんな暮らしをしているのだろう。

ワゴンに野菜を並べていると、声を掛けられた。

「久しぶり、元気だった？」

振り向くと、玲子が立っていた。

「あ、こんにちは。ご無沙汰していてすみません。おかげさまで元気でやってます」

可穂子は手を止め、挨拶を返した。

「ずいぶん日に焼けちゃったのね。少し太った？」

「ごはんがおいしくて」

首をすくめながら答える。ふたりで庭に出て、ベンチに腰を下ろし、しばらく話をした。玲子は国子から頼まれ、離婚訴訟の件でここに住む母子を訪ねたとのことだった。

「えるあみファームでの暮らし、快適そうね」

「毎日楽しくて、笑ってばっかり」

「私も、あそこに行くとほんとホッとする。同じ経験をしてる人と一緒にいるって、精神的に楽なんだよね」

同じ経験、という言葉に可穂子は引っ掛かった。玲子はすぐに気づいたらしい。

「ああ、可穂子さんには言ってなかったね。私の父親っていうのがひどい酒乱だったの。普段はおとなしくて真面目なのに、お酒が入るとまったく人が変わってしまう。物心ついた頃から、母親が殴られるのを目の当たりにしてきたんだ。ま、真美のところと似たようなもの。父親は私が中学生の頃に肝臓を悪くして死んだんだけど、あの時は心からホッとしたな。涙なんて出るわけなくて、お葬式の時もあんまり淡々としているものだから、親戚から冷たい娘だって言われた。別に、ぜんぜん平気だったけれど」

だから、こうしてＤＶ被害者たちの面倒をみているのかと、可穂子は初めて理解した。

「最近、忙しくてなかなか行けないなぁ。新鮮な野菜も食べたいし、今度、お邪魔しようっと」

「みんな、すごく喜びますよ」

「あの農園は女たちの楽園だものね」

可穂子は頷く。心からそう思う。

「時々、女だけで暮らすって、揉め事が絶えないんじゃないかって言う人もいるけど、あそこは違うよね」

「やっぱり裕ママの存在が大きいです。何があっても、いつも平静で、不機嫌な顔なんて見たことないですから」

「うん、確かに。それが裕ママのすごいところよね。私も、前に聞いたことがあるの、どうしてそんなにいつも穏やかに笑っていられるんですかって。そしたら、悲しさも怒りも、みんな使い果たしてしまったからって――」

言ってから、玲子はふっと口を噤んだ。その表情に、可穂子は目を向けた。知っているのではないか、と感じた。あの直売所で聞かされた話だ。聞いてはいけないのかもしれない。けれども、知りたいという思いも強かった。

可穂子は慎重に言葉を選んだ。

「裕ママには娘さんがいらしたって聞きました」

玲子がちらりと視線を向けた。

「誰から？」

「直売所で会った女の人です。えるあみファームにあまりいい感情は持ってないみたいで、嫌なことを言われてしまいました」

「嫌なこと？」

「娘さんのことです」

結局、言われたままを告げた。玲子は黙って可穂子の話を聞いていたが、やがて短く息を吐いた。

「やっぱり噂って止められないものなのね。もう長くいる佳世さんや史恵さんは知ってるし、他のみんなも口に出さないだけで耳にしてるのかもしれないけど」

「じゃあ、娘さんは本当に……？」

玲子が頷く。

「事件が起きたのはもう十八年も前だから、私も直接知ってるわけじゃなくて、国子さんから聞いた話と、私なりに昔の資料を調べた限りだけどね。あれは本当にひどい事件だった」

そして、視線を膝に落とした。

「娘さんの名前は美鈴《みすず》さん。事件に遭った時はまだ二十一歳だった——」

これから聞かされる話を想像しただけで、可穂子は緊張に包まれた。

「短大を卒業して就職一年目。自分をかえりみても、その年なんてまだ子供よね。そんな美鈴さんが友人のパーティで男と出会った。デートに誘われて、やがて交際が始まった。そんなの普通よ。若い女の子なら誰にだってあること。でも、しばらくたって、相手とは気が合わないと気づいて、付き合いをやめたいと言ったの。ふったりふられたり、これだって普通よね。そうやって、自分に合った相手を見つけていくものでしょう。でも、男は普通じゃなかった。美鈴さんに執着した。それも異常に」

その先に待っている、恐ろしい事件が理解できるだけに、可穂子の背中は粟立《あわだ》ってゆく。

「拒否された男は、しつこくつきまとった。待ち伏せと電話を繰り返して、頑強に復縁を迫った。それでも美鈴さんが戻らないとわかると、今度は攻撃を始めた。脅迫と威嚇、近所に根も葉もない中傷のビラを貼り、美鈴さんの勤務先にまで送り付けた。ビラの内容がどんなものか、だいたい想像つくよね」

可穂子は頷く。アダルトサイトに登録された自分の写真を思い出す。

「肉体関係はなかったと聞いてる。男はあったと主張していたようだけどね。でも、そんなのはどうでもいいのよ。肉体関係があろうとなかろうと、男のやっていたことは犯罪に違いないんだから」

もっともな話だった。しかし、時に世の中は、肉体関係のあるなしを前提に答えを出そうとする。

「裕ママは美鈴さんが子供の頃に離婚して、実家に戻ってたの。今と違って、あの頃は世間の目もまだ離婚に対して冷ややかだったしね。ただでさえ肩身の狭い思いをしているのに、ひどいビラなんか貼られて、近所から好奇の目で見られるのは辛かったと思う。

すでに実家のご両親は亡くなっていたけど、もともと資産家のおうちで、その辺りでは名士的な存在でもあったから、尚更いたたまれなかったんじゃないかな。とにかく男の執拗《しつよう》な嫌がらせに、お嬢さん育ちの裕ママと美鈴さんが、どんなに怖くて心細かったか十分に想像がつく。それで裕ママと国子さんとで警察に相談に行ったのよ。でも、対応は冷たいものだったらしい。『民事不介入』を理由に何の対応もしてくれなかったそう。いわゆるストーカー規制法が成立したのは二〇〇〇年、まだその前の話だからね。悔しいけど、警察は痴話喧嘩レベルにしか考えていなかったのよ」

被害を受ける女たちの多くが、泣き寝入りするしかなかった時代でもある。

「それからも嫌がらせはエスカレートした。ガラスを割られたり、玄関に死んだ猫を放置されたり、そして、ついに――」

可穂子は唾を飲み込んだ。

「男は裕ママの家に侵入した。夜、寝ていた美鈴さんにガソリンをかけて、火をつけたのよ。気づいて、裕ママが美鈴さんの部屋に駆け付けた時は、もう火だるまだったらしい。それでも必死に助けようとして、裕ママもひどい火傷を負ったの」

可穂子は裕ママの背中に広がる傷痕を思い返す。

「その男、炎に包まれる美鈴さんと裕ママをじっと見下ろしていたそうよ。無表情のまま、ただじっと。人間とは思えないような冷ややかな目で」

足元を風が流れてゆく。

「犯人は捕まったんですよね」

「ええ」

「じゃ、処罰されたんですね。極刑が下されたんですね」

玲子の表情が翳った。

「起訴されて、裁判が始まったけれど、状況は思いがけない方向に進んでいった」

「思いがけない方向？」

「いつの間にか、美鈴さんが悪者にされていたのよ。被告の証言でマスコミも騒ぎ始めて、派手好きで男関係が激しいふしだらな娘で、男をそんな行為に走らせたのは被害者にも落ち度があったのではないか、なんてね。片親だから躾がなってなくて、だからあんな娘になった。あんな娘だから、こんな目に遭った、自業自得。そんなふうにストーリーができてしまったのよ」

自業自得。その言葉の持つ残酷さを可穂子は思う。可穂子だけでなく、多くの女たちがその言葉に追い詰められ、自分を責め続けてきた。

「裕ママは孤立無援の状況に陥った。それでも、必死に戦ったと思う。何としても美鈴さんの仇《かたき》をとりたい、名誉を挽回《ばんかい》したいと、ありとあらゆる努力をしたと思う。でも、結局、男は心神耗弱《こうじやく》の状況にあったと認定されて、刑が軽減され、判決は懲役七年」

「人を、そんな身勝手な理由で、そんな残虐な方法で殺しておいて、たった七年だなんて」

「控訴もしたけど、棄却されて、刑は確定した。裕ママの無念さはどれほどだったろうと思う」

玲子はしばらく言葉を途切らせた。

「民事訴訟を起こして相手に損害賠償の請求もしたの。それは認められたけれど、加害者に支払い能力はなくて、結局、裁判費用がかかっただけだった。警察の怠慢に対して国家賠償請求訴訟も提起したけれど、『殺人の予見可能性はなかった』ということで却下された」

息が苦しくなってくる。

「問題はお金じゃない。賠償請求は、何らかの形で決着を付けたいという必死な気持ちだったんだと思う。でも、そこには何もなかった。裕ママの叫びは、結局誰にもどこにも届かなかった。それからしばらくして、裕ママはすべてを手放して、あの地で暮らし始めたの。たったひとりで黙々と農作業を続けた。そんな姿を、国子さんはそばでずっと見てきたのよ。国子さんにとっても美鈴さんは可愛い姪《めい》だもの、悔しさは同じだったと思う。それがきっかけで、国子さんがＤＶ被害者のためのＮＰＯ法人を立ち上げることになったのも、自然の成り行きだったんじゃないかな」

「七年というと、男はもうとっくに出所してるんですね」

「出所したのは五年後。仮出所が認定されたから」

「その男は今どこで何をしてるんですか」

「出所して、すぐに姿を消したそうよ。保護司に顔を出したのは一度だけ。もともと反省なんかしてないのよ。後悔も懺悔《ざんげ》もないの。公判で、美鈴さんを貶《おとし》める発言をしたのが何よりの証拠よ。今頃、どこかで、そ知らぬ顔で普通の生活を送ってるのかと思うと、はらわたが煮えくり返る」


気がつくと、ハンドルを握る手が震えていた。

可穂子はウィンカーを出し、軽トラを道の脇に停めた。ここしばらく治まっていた症状が現れていた。動悸は激しく、指先が強張っている。背中に冷たい汗が落ちてゆく。可穂子は目を閉じ、座席で小さくなった。

犯人の男が、炎に包まれている美鈴や裕ママに向けたという目を、可穂子はたやすく想像できる。人間のものではない、動物でもない、生き物ですらない、あの、感情など何もなく、冷たく凍った、むしろ冴え冴えと澄み切ったようにさえ見える目。雄二の目だ。

意のままにならなければ何の躊躇もなく相手を殺す、そんな人間が存在することを、可穂子はもう知っている。精神が壊れているのか。脳の機能が損なわれているのか。それとも、人は誰しも心の奥底に、そんな残虐さを持っているのか。それを抑えられなくなった時、人間とは違う何かになってしまうのか。


真美は少しずつ変化していった。

それに気づかないふりをしながらも、みな、それぞれの思いで見守っていた。

初めてのデートから帰って来た日、真美は夕食の場で「ちっとも楽しくなかった」と、妙に怒った顔で報告したが、話はとめどなく続いた。

「でも、植物園はよかった。ハーブの凄さがわかったよ。スパイスや飲み物にするだけじゃなくて、もっといろんな使い方があるんだってびっくりした。昔、ドクダミとかゲンノショウコとか煎《せん》じたのをおばあちゃんに飲まされたけど、あれも日本のハーブみたいなもんなんだよね。そういうこと、ぜんぜん知らなかったから、もっと勉強しなくちゃって思ったよ」

熱心に語る頬は上気していた。

それから、青年とのメールのやり取りが始まり、時にはデートにも出掛けるようになった。「デートじゃない、ハーブの勉強」と、むきになって言い訳するのが却って愛らしかった。

前髪を真剣な表情で切り揃えたり、二階の納戸でごそごそ服を選んだり、ひとりで喋っているかと思うとふと口を噤んだり、畑仕事の合間に手を止めてぼんやり空を眺めたり、からかうと膨れっ面をするので何も言わないが、真美の心の内で何が起きているか、みな手に取るようにわかっていた。

何より真美は綺麗になった。頰がほっそりし、表情にある種の柔らかさが加わった。恋をするということ。あの胸の躍る感覚を経験した者なら誰もがわかる。恋は人を変える。世界を変える。だからこそ、知らんふりをしていながら、真美の恋の行方が気になってならない。

同時に、ここで一生暮らすと決心しているにもかかわらず、可穂子はどこかざわざわした感覚を覚えている自分にも気づく。恋をするなんてことが、いつか自分にも来るのだろうか。いいや、来るはずがない。そんなものは来ない方がいい。もっと言えば、来て欲しくない。恋をすれば幸せになる、そんな単純な図式など、もう思い描けるはずもない。そう思いながら、胸の隅にぽとりとしずくのようなものが落ちてゆく。

3

夏野菜が最盛期を迎え、毎日が慌しく過ぎていった。

太陽と汗と雑草と虫、それらと格闘しながらの毎日だ。

この時期は秋野菜の準備もあり、収穫と並行して土作りと苗植えを行わなければならない。一年の中でいちばんの忙しさだが、可穂子は少しも苦にならなかった。日々生長する野菜たちは、毎日が同じではないことを教えてくれる。小指の先ほどの硬く小さな実が、徐々に育ち、熟してゆく、その当たり前の営みに新鮮な驚きがある。

八月の末に小さなパーティが催された。真美の二十歳《はたち》の誕生日のお祝いだった。

佳世がケーキを作り、史恵が赤飯を炊き、囲炉裏の縁《へり》には大皿に盛ったさまざまな料理と果実酒が並び、久しぶりに国子と玲子も加わって、いつも以上の賑やかさとなった。

「真美がここに来た時、泣いてばかりだったのよね」

「そうそう、虫が怖い、鶏が怖い、夜が真っ暗で怖い、怖いものだらけだった」

「あの真美がもう二十歳とはねえ」

ほんとにねえ、と、感慨深そうに、誰もが頷いている。新参者の可穂子だけが、かつての真美を知らないが、まだ二十歳という若さは、やはり眩《まぶ》しいばかりだ。

「やだやだ、みんな、どうしてそういうことばっかり覚えてるかなあ」

真美は大はしゃぎで、梅酒に顔を赤くしている。

和気藹々《わきあいあい》の中、宴も終盤に近づいた頃だった。ふと、裕ママが居住まいを正し、口調を改めた。

「真美、本当におめでとう。これで大人の仲間入りね」

「やだ、裕ママにそんな言い方されると照れちゃうじゃん」

真美が首をすくめている。

「でね、これを機会に、真美にはえるあみファームを卒業してもらおうと思うのよ」

裕ママがあまりにさらりと言ったので、それが何を意味しているのか、誰もがすぐには理解できなかった。

「卒業?」と、真美が尋ねた。

「それって、何?」

「ここを出てもらうの」

一瞬しんとし、次の瞬間、真美の声が響いた。

「出るって、どういうこと? 何なのそれ。裕ママ、何を言ってるの?」

しかし、裕ママはいつもと変わらぬ穏やかな表情だ。

「真美ももう大人になったのだから、ひとり歩きをしなくちゃね。いつまでもここにいてはいけないわ」

「裕ママ、どうしてそんなこと言うの。私はずっとここにいたい。ここで、みんなと畑を耕して暮らしてゆきたいの」

「真美は、ここで暮らしたいんじゃない。ここにいるのがいちばん楽だからいたいだけなのよ。私はね、楽な生き方を覚えて欲しくて、真美をここに引き取ったわけじゃない。強くなって、自分の人生を自分で摑み取って欲しいからそうしたの」

　それから、真美に念を押すように言った。

「私の言ってること、わかるわよね？」

「わかんない、わかるわけない。私が、男の人と出掛けたりしたのがいけなかったの？　だったら、行かない。もう絶対に会わない」

「違うのよ。それどころか、私はとても嬉しく思ってるの。真美がこのファーム以外の世界に目を向けてくれたんだもの。それは大きな一歩なんだから」

「だったら、だったらどうして……。やだ、絶対にいや、私は何がなんでもここにいる」

　真美は駄々をこねるように、強く首を横に振った。

「いずれ、弟さんと妹さんを引き取りたいんじゃないの？」

　裕ママの言葉に、真美はさっと頰を緊張させた。

「ここにいたんじゃ叶えられない。それはわかってるでしょう？　そのためにも、まず自立しなくちゃ。仕事を持って働きなさい。もっと外に目を向けなさい」

「働くっていったって、私、まともに学校も出てないし……」

「だったらこれから勉強すればいいじゃない。ハーブや薬草に興味があるなら、それを勉強して、活かせる仕事に就けるようになりなさい。そのための援助は惜しまないから」

真美は俯いたままだ。

「これからのことは、国子がいろいろと考えてくれるから、何でも相談するといいわ」

裕ママの言葉を、国子が引き継いだ。

「任せておいて。真美ちゃんがどうしたら自立できるか、じっくりと話し合いましょう。仕事も住むところも、一緒に探してあげるから心配しないで。それが私の専門分野みたいなものなんだから」

「何かトラブルがあったら私に任せてね。いくらでも相談に乗るからね」と、続けたのは玲子だ。

裕ママは、国子と玲子にだけは前もって思いを告げていたらしい。

誰もが黙ってやり取りを聞いていた。そして、誰もが同じ思いを抱いているのを、可穂子は感じていた。真美はここでは末っ子のような存在だ。みな心から可愛がっている。それでも、本当にこのままでいいのか、という不安もまた同じだけあったはずだ。夢とか希望とか未来とか、結局、それらから真美を遠ざけてしまっているだけではないのか。真美は自分たちとは違う。だからこそ、真美には自分たちとは違った生き方をして欲しい。

宴が終わり、後片付けを済ませ、国子と玲子が帰り、布団を敷いて床に就いた。しかし、真美の布団はからっぽだった。真美はさっき外にふらりと出て行ったまま、帰って来ない。みな気になって、眠れないでいるのはわかっていた。

可穂子は床から起き上がった。

「私、ちょっと見て来ます」と言うと、裕ママの「お願い」との返事があり、周りからもホッとしたような吐息があった。

どこに行くといっても、周りは畑が広がるばかりだ。案の定、農機具置き場となっている納屋の中、小さな電灯の下で真美はぽつんと座っていた。

「そんなところにいると、嫌いな虫がいっぱい出てくるよ」

声を掛けると、真美は慌てて顔を両手でこすった。泣いていたようだった。可穂子は隣に腰を下ろした。

「裕ママの気持ち、本当はわかってるんでしょう？」

真美は「うん」と、小さく頷いた。

「それならいいの」

「でも、さっきは見棄てられたような気がした。だって、あまりに突然なんだもん」

「裕ママだって、本当は真美ちゃんをずっと手元に置いておきたいのよ。でもね、それじゃいけないって、心を鬼にして、外の世界に送り出そうとしているの。真美ちゃんは、私たちとは違うんだから。これから人生が始まるんだから。それは、みんなも同じ気持ち」

真美はすでに落ち着きを取り戻していた。

「私ね、さっきからずっと考えてたんだ。裕ママはきっと、私の心の中を読んでたんだなって」

「真美ちゃんもここを出ることを考えてたってこと？」

「ううん、逆。ずっと考えないようにしてたの。でも、それって、ずっと考えてたってことと同じだよね。私はいつまでもここで裕ママやみんなに可愛がられていたかった。弟や妹も、口では引き取りたいなんて言ってたけど、心の中ではそのまま施設で暮らしていてくれたらいいのになって思ってた。何も変わって欲しくなかったの。今のままでいたかったの。でも、そんなわけにはいかないんだよね。私、もう二十歳になったんだものね」

それからゆっくりと息を吐き出した。

「でも、私、本当にひとりでやってゆけるのかな。今だって、男の人を見ると緊張するし、怖いし、嫌いだし」

「彼は？」

真美は瞬きを返し、やがて、はにかむように小さく首を横に振った。

「彼は、違うけど……」

「世の中の男の人は、真美ちゃんのおとうさんみたいな人ばかりじゃないって、わかったでしょう?」

ためらいがちに「まあね」と頷いてから、真美は足先で納屋の床を突っついた。

「私、男の人にこんな気持ちになったの初めてなんだ。一緒にいると安心するの。心が何だか軽くなるの。人を好きになるって、こういうことなのかな」

可穂子は不意に泣きたいような気持ちにかられた。

「そうよ」

「ふうん、そうなのか」

「ここを出たら、彼の許へ行く?」

それもひとつの選択だ。真美が望むなら、それもいい。

「ううん、まだそんな付き合いじゃないし、彼だって、いくら何でもそれは困ると思う」

それにね、と、真美は続けた。

「私、男の人に頼りきりっていう生き方はしたくないんだ。うちの母親みたいに、あんなひどいことされても、結局、すがりついて生きてゆくしかないような、そんな女にだけはなりたくない。私はどんな時でも自分の足で立っていたい。自立するって、そういうことでしょ？」

そこにひとつの意思が見えた。

「その通りよ」

可穂子は安堵する。すでに真美は自分なりの結論を出し、きちんと人生と向き合おうとしている。

それからひと月後、十月の初めに真美はえるあみファームを出て行った。

国子の紹介で、山梨の富士山麓にあるハーブや薬草を専門とする園芸店で、住み込みで働くことが決まったのだ。彼と離れてしまうが、真美に躊躇はなく、「私が好きなら、どこにだって会いに来るはず」と、強気な発言でみなを笑わせた。来年の春からは、通信制の高校で勉強も始めるという。

真美がいなくなった暮らしは、どことなく気が抜けたようだった。農作業をしていても、みなで食事をしていても、真美がここにいないことに、まだまだ慣れそうもなかった。

十月、十一月と慌しく過ぎ、年の瀬が迫りつつあった。

えるあみファームで暮らし始めて一年を迎えようとしていた。去年の今頃は、果たして離婚が成立するのか、その不安と恐怖に疲れ果てていた。あれからもう一年がたったのか。

ここ最近は実家に不審な電話もないと聞いている。可穂子の気持ちもずいぶんと晴れやかになっていた。

それでも、人生は何が起こるかわからない。いいことも、悪いことも、そ知らぬ顔で近づいてくる。ただ、これだけはわかる。すべては繋がっている。自分がここに来たことも、これからきっと何かに繋がってゆくのだろう。


木枯らしが、窓や縁側のガラス戸を細かく揺らしていた。

玄関先で、物音が聞こえたような気がして、可穂子は目を覚ました。風のせいかもしれない、と、目を閉じたものの、今度ははっきりと、玄関の戸を叩く音がした。

可穂子が身体を起こすと、隣で寝ていたみちるも起き上がった。

「聞こえた？」

「うん、誰かいるのかな」

ふたりで玄関に向かうと、ドアを叩きながら「助けてください」と、切羽詰まった女性の声がした。可穂子とみちるは顔を見合わせ、玄関の錠を解いた。冷たい冬の風と共に、ひとりの女性が倒れ込むように入ってきた。

「こんな夜中にすみません。行くところがないんです。お願いします。どうか助けてください」

素足にスニーカー、薄手のコートを羽織り、両手に大きな紙袋を提げている。三十歳ぐらいだろうか。髪はショートだが、それがまともなカットではなく、無残な切り方をされているのはすぐにわかった。化粧が落ち、マスカラが目の下で黒く滲み、唇は色を失い、顔には恐怖が張り付いていた。

その頃にはみなも起きだして、土間に下りて来ていた。裕ママが言った。

「とにかく、上がってもらいなさい。佳世さん、何か羽織るものをお願い。史恵さん、温かい飲み物を出してあげて」

すみません、すみません、と何度も頭を下げる女性を、可穂子は囲炉裏端に案内した。みちるが消えかけていた火を熾し、史恵が温かいお茶を勧める。それを飲むと、女性はようやく落ち着いたようだった。

「この農園は、ＤＶに遭った女性たちばかりが暮らしてるって聞きました。私もそうなんです。酷い目に遭わされたんです。どうか、お願いです。私もここに住まわせてください」

芳野《よしの》由樹《ゆき》はそうやって、えるあみファームに現れた。

4

翌日、事情を聞きに国子がやって来た。

裕ママと三人で、二時間近くも話をしていただろうか。結局、由樹はしばらくの間、えるあみファームに留まることになった。

由樹は二十七歳。同棲相手から酷い暴力を受けていたという。男はたちの悪いヒモで、お金のために、意にそぐわない仕事もさせられていたらしい。

一週間ほど過ぎると、由樹はすっかり落ち着き、笑顔も見せるようになっていた。

ざんばら髪を整えた由樹は、二重の大きな瞳と、長い睫毛《まつげ》が印象的な美しい顔立ちをしていた。プロポーションも抜群で、聞けばかつてモデルをしていたこともあるという。それも頷ける話だった。

ただ、朝が苦手のようで、起きるのに苦労していた。農作業も、経験がないのだから当然だろうが、おっかなびっくりの様子だった。家の中の仕事にしても、食器を洗えば茶碗を割り、掃除をすれば部屋の隅に埃が残った。そんな由樹に、佳世や史恵はため息をつきながらも、慣れるまでは仕方ない、と今は大らかに受け止めている。

その日、可穂子は日用品の買い出しにショッピングセンターに出掛ける当番になっていた。用意をしていると「私も連れて行ってもらえないかな」と、由樹が声を掛けてきた。

「いいけど」

言葉を濁したのは、危惧があったからだ。

「欲しいものもあるから」

「そうかもしれないけど、大丈夫？」

「何が？」

「誰とどこで会うかわからないでしょう。たまたま由樹さんを知ってる人がいて、相手の男に居場所がわかってしまうなんてことになったら大変だし」

可穂子自身、それが怖くて人の多い場所には長い間出掛けられなかった。

「やだ、大丈夫よ」

思いがけないことに、由樹はあっけらかんと笑った。不安などまったくなさそうだった。

「あの男はずっと東京住まいだし、私はこっちに来るのは初めてだし、知ってる誰かなんているはずないもの。それに、十日近くも外に出てないから、少し気分も変えたいの」

その気持ちもわからないではない。慣れない生活に、由樹もやはり気を遣っているのだろう。

「そうね、それも必要かもね」

佳世に、由樹と一緒に出掛ける旨を告げ、車で三十分ほどの場所にあるショッピングセンターに向かった。由樹が服や下着を買いたいと言うので、先に二階の婦人服売り場に行った。由樹は買い物かごに服や下着を無造作に入れてゆく。二日前、裕ママから手当の三万円が渡されていた。

「ほんと助かっちゃった。持って出たお金はみんな遣ったから、どうしようかと思ってたの」

「二階の納戸に持ち寄った服とか靴とかいろいろあるの。好きに使っていいことになってるから、そんなに買わなくても大丈夫よ」

「へえ、そうなんだ。じゃあ今度、見てみようっと」と言ったが、由樹はかごに入れた商品を戻すことなく、レジに持って行った。結局、三万円のほとんどを使っていた。

それから一階に下り、日用品や食料品を買った。トイレットペーパー、ティッシュ、洗剤。牛乳に調味料に冷凍肉。メモを見ながら選んでゆく。

「可穂子さんって、えるあみファームに来てどれくらい？」

カートを押しながら、由樹が尋ねた。

「一年と少し。まだ、いちばんの新参者」

「ふうん」

それから由樹は現実的な質問をした。

「儲かってるの？」

「儲かるっていうのにはほど遠いけどね」

「やっぱりね。大根一本百円とかほうれん草一束八十五円とか、そういう商売だもんね。お金になるわけないか。じゃ、足りない分はどうしてるの？」

「それは裕ママの厚意で何とか」

由樹がちらりと目を向けた。

「へえ、裕ママってお金持ちなんだ」

そんなことを言いたかったわけではない。可穂子は言い換えた。

「私たちが農園で安心して暮らせるのはみんな裕ママのおかげなの。裕ママがいなかったらどうなってたか。だから、みんなすごく感謝してるの」

「まあ、来たばっかりの私にまでお金をくれるくらいだから、いい人には違いないんだろうけど。じゃあ、家と土地は裕ママの持ち物ってわけだ。他にも預金とか株とかも持ってるのかな？」

「さあ、私は知らない」

内情についてあまり口にしたくなくて、可穂子は話題を変えた。

「由樹さんは、どうしてえるあみファームを知ったの？」

ああそれね、と、由樹はざっくばらんに答えた。

「私、東京でしばらく友達の家にかくまってもらってたのね。でも、男に居場所がバレそうになってどうしようかって困ってたら、その友達の出身がたまたまこっちで、駆け込み寺みたいな家があるって教えてくれたの」

地元で目立つことのないよう、みな気を遣っているつもりだが、やはり噂は止められないのだろう。

「まさか農家とは思ってなかったから、そこはちょっと計算違いだったけどね」

由樹は、性格も生活ぶりも、えるあみファームの中では異質だった。周りへの気遣いがまったくないわけではないが、雑で横着な面もあった。畑仕事の途中、ちょっとトイレと言ったまま帰って来なくて、様子を見に行くと昼寝していたりする。「疲れちゃって、つい」と、殊勝な顔で謝るが、五分もすればけろりとしている。暢気《のんき》といえばそうだし、無神経といえばそうとも取れる。けれども、どんな生き方をしてきたにしても、由樹もまた手酷い暴力から逃れてきたことに変わりはない。

三十分ほどで買い物を終え、レジに並んでいると、男がふたり、こちらを見ているのに気がついた。まだ二十代前半と思われる若い男たちだ。腰に下げたチェーンがじゃらじゃらと揺れている。

可穂子は緊張した。今も拭い切れないでいる恐怖もあるが、もしかしたら由樹を知っているのではないか、と思えたからだ。早くこの場を離れなければ、そんな思いで会計を終え、せわしなくレジ袋に詰めていると、いつの間にか男たちが横に立っていた。

可穂子は驚いて立ち尽くした。

「ねえ、ちょっと時間ない？」

男たちは由樹に向かって言った。

「少しでいいんだ、付き合ってよ。ね、いいだろ」

由樹は落ち着いた様子で、値踏みするように男たちを一瞥《いちべつ》してから、さっさとレジ袋を手にした。

「可穂子さん、行こう」

無視されて、男たちが舌打ちする。

「何だよ、気取りやがって」と、捨て台詞《ぜりふ》を吐くのが聞こえる。

足早に駐車場に出て、男たちが追って来ないことを確認し、可穂子はほっと息をついた。

「ああ、びっくりした」

「下手なナンパよね」

由樹が鼻で笑っている。

「お金もないガキのくせして、引っ掛けられるとでも思ったのかしら。馬鹿みたい」

由樹は梢と気が合ったらしい。年が近いというばかりでなく、ふたりとも同棲相手の暴力から逃れてここに来たという共通の経緯もあって、打ち解けやすかったのだろう。近頃、よく一緒に行動している。作業の合間や休憩時間、夕食後などもしょっちゅう話し込んでいる。

最近は、日用品の買い出しや、直売所やレストランへの野菜の納入も、ふたりで組んで出掛けている。いつも帰りが少し遅いのは、寄り道をしてお茶を飲んでくるかららしい。

週末も、由樹と梢は出掛けて行った。

日曜日は基本的に作業が休みで、好きに過ごしていいことになっている。外出に制限があるわけではなく、映画やショッピングに出掛けるのも、友人や家族に会いに行くのも、個人で好きにして構わない。ただ、それをする人はめったにいない。みな、大概家の中でのんびりと過ごしている。たとえ出掛けても夕方には帰って来て、みなで夕食を摂るのが習慣になっている。

しかし、その夜、由樹と梢が帰って来たのは夜の十一時過ぎだった。その上、かなり酔っていた。外で酒を飲むのを禁止されているわけではないが、可穂子がここに来てから、そんなことは一度もなかった。

翌日、可穂子が鶏小屋を掃除していると、ジャージ姿の梢がやって来た。

「ごめんなさい、当番、代わってもらっちゃって」と、申し訳なさそうに頭を下げた。

「少しは気分がよくなった？」

梢が首をすくめている。

「起きられないほど二日酔いになるなんて、そんなに飲んだつもりはなかったんだけど」

「由樹さんは？」

「まだ寝てる」

それからふたりで小屋の藁を交換し、餌を取り替えた。

「さっき、みちるさんにすごく叱《しか》られちゃった。子供じゃないんだから分別を持った飲み方をしなさいって」

みちるは、ファームの中でいちばんはっきりものを言う。

「ゆうべ、みちるさん、ふたりの帰りが遅いのすごく心配してたのよ。何かあったんじゃないかって」

梢が頷く。

「うん、わかってる。悪いのは私たちなんだから叱られて当然だと思ってる」

「でも」と、梢は続けた。「すごく楽しかったんだよね」

その正直な言い分に、可穂子は思わず苦笑した。

「しょうがないわねえ」

「最初は、ちょっと町をぶらつくだけのつもりだったの。由樹さんが町を案内して欲しいって言うから、郵便局とか歯医者とか、教えてあげたのね。そしたら、三人連れの男の人に声を掛けられたのよ。ほら、由樹さん、きれいでしょう。やっぱり目立つんだよね。どうしようか迷ったんだけど、由樹さんが少しぐらいいいじゃないって言うから、私もまあいいかって気になって、それで居酒屋に行って食事をご馳走《ちそう》になって、そしたら、カラオケに行こうってことになって」

「ふうん」

「それも全部あっち持ち。さすがに気がひけたんだけど、由樹さんがあっちが出すって言ってるんだから甘えようって言うから、ついその気になっちゃった。とにかく、飲んで歌って、大盛り上がり」

梢は昨夜を思い出したのか、華やいだ表情を見せた。

「よほど楽しかったのね」

そりゃあもう、と言ってから、梢はふと短く息を吐き出した。

「以前は、あんなことしょっちゅうやってたんだよね。合コンして、クラブに行って、みんなで明け方まで遊びまわって……。何だか、あの頃に戻ったみたいだった」

梢が遠い目をする。その思いもわからないわけではなかった。梢はまだ二十代だ。農作業に明け暮れる毎日だけでは物足りなさを覚えて当然に思える。暴力的な恋人にさえ出会わなければ、きっと今も、笑い転げながら若さを存分に楽しんでいただろう。

「いいんじゃない、たまには」

鶏が近づいて来て長靴を突《つつ》く。それを梢が手で追い払っている。

「何で私、こんなことになっちゃったんだろうな……」

梢の自問するような言葉に、可穂子は黙った。

「わかってる。みんな自分のせい。あんな男に関わったのは私が馬鹿だったからで、誰にも文句は言えない」

鶏がせわしなく餌をついばみ始める。

「私ね、ここで暮らせて本当によかったと思ってるんだ。裕ママは優しいし、みんな家族同然だし、とにかくあの男から逃げられて、暴力に怯えなくていいんだもの、それだけで天国みたいな場所。でもね、昨日ふっと思ったんだ。私の人生、このままなのかなって。もう二度と男の人を好きになったり、付き合ったりしないのかなって。私の二十年後は、佳世さんや史恵さんなのかなって」

梢の問いは、可穂子自身の問いでもあるのかもしれない。可穂子はゆっくりと顔を向けた。

「梢ちゃん、ここを出ること考えてる？」

「ううん、まだそこまでは……」

「でも、それもひとつの選択だと思うよ。裕ママだっていつも、ここでしか生きられないようになって欲しくないって、言ってるんだし」

「そうね」

梢にも転機が訪れようとしているのかもしれない。それは喜ばしい変化であるはずなのに、可穂子は少し動揺していた。

由樹が来てからふた月ばかりが過ぎた。

えるあみファームでは、夏野菜の種蒔きや苗の植え付けが始まろうとしていた。土作りに畝作りに堆肥作り、防虫ネットの用意も必要だ。忙しさは日毎《ひごと》に増していった。休日に作業に出る日も多くなった。

それでも、週末になるたび、由樹と梢は連れ立って外出して行った。

出掛ける前、ふたりで二階の納戸に行き、長い時間をかけて服を選んでいる。少々流行遅れの服でも、美しくスタイルのいい由樹が着るととても洒落て見えた。念入りに化粧をし、髪をブローすると、ふたりとも畑仕事をしている姿など想像もつかない、今時の女性そのものになった。

帰宅はいつも遅かった。最終バスに乗り遅れて、タクシーで帰って来ることもあった。携帯もしょっちゅう鳴る。由樹はかつての友人たちと連絡を取り合うようになっていた。最近知り合った相手もいるようだ。時には真夜中にも鳴り、たまりかねたみちるが「マナーモードにしてよ」と注意している。


その夜もふたりはいない。夕食の場はやけに静かで、どことなくぎくしゃくしていた。

「まったく、毎週、遊び惚けてるんだから」

みちるがサラダを食べながらぶつぶつ言った。

「以前はこんなじゃなかったのに。夕食はいつもみんな一緒に賑やかに食べていたのに。外食なんかより、うちのごはんの方がよほどおいしいし、だいたいお金だってかかるんだから、もったいないじゃない」

「顔馴染みのお店ができて、安くしてくれるんですって。この間、梢ちゃん、言ってた」

答えたのは野菜スープを口にした真沙子だ。

「お店って？」

「スナックだったかパブだったか、そういうところ」

「ふうん」

「由樹さんがきれいだから、黙っていても、みんなご馳走してくれるんですって」

みちるは不快とはっきりわかる表情を浮かべた。

「媚《こび》を売ってお金を払ってもらうなんて、まるでホステスみたい」

言い出すと、みちるは止まらなくなったらしい。

「今日も、納戸を好きなだけかき回して行ったのよ。いつもぐちゃぐちゃのまんまにしてゆくんだから呆れるわ。それに、由樹さんが持って行ったバッグ、あれって真沙子さんのでしょう。お互いに好きに使っていいことになってるけど、ひと言お礼ぐらい言ったっていいと思うのよ。礼儀も常識もないんだから」

みな、黙って箸を動かしている。

「由樹さんが来てから、何だか雰囲気が変わっちゃった。前はもっとみんな和気藹々で、一体感があったって言うか、何をするにも一緒で楽しかったじゃない。今はふたりでこそこそしてばっかり。ほんと、嫌な感じ」

口にこそ出さないが、それはみなが感じていることでもあった。今までの日々が確かに形を変えてきているように思う。

「それに、ふたりとも農作業にぜんぜん身が入らないの。いつもお喋りばっかりで手は止まったまま。千津ちゃんと真美がいなくなって、ただでさえ人手が足りないのに、迷惑な話よ」

それから、みちるは誰に聞くともなく言った。

「由樹さん、ここにいつまでいるつもりなのかしら」

それに答えたのは裕ママだ。

「ねえ、みちるさん、いろいろあるけど、今はリハビリだと思ってあげて」

「リハビリ？」

「あの子たちは社会に帰ろうとしているの。外に出て、忘れていた生活を少しずつ取り戻しているのよ。だから、しばらく大目に見てあげましょう。人手がなくて大変なら、作業を少なくすればいいんだから」

「でも、そんなことしたら宅配野菜の出荷が間に合わなくなってしまいます。せっかく常連のお客さんも付いて、軌道に乗ってきたっていうのに」

裕ママは手にしていた茶碗を置いた。

「えるあみファームは、儲けるためにやってるんじゃないのよ。私はね、ここでの暮らしが、過去から立ち直るためのステップになってくれたらと思ってるだけなの。だから、そんなに無理はしないで、それぞれやれることをやればいいの。みちるさんだって、そのこと、わかってくれてるよね？」

みちるは不満そうではあったが、手元に視線を落とし、やがて「はい」と小さく頷いた。よかった、と、裕ママは目を細め「ああ、今日の茄子の煮浸しはことにおいしいわねえ」と、ほほえんだ。

その日、宅配野菜の発送のため、朝から総出で箱詰めの作業に取り掛かっていた。宅配業者が集荷に来る昼までには、すべての用意を整えておかなければならない。

それなのに、由樹と梢の姿はない。ふたりは朝食の後片付けの当番だが、いつもは三十分ぐらいで終えるのに、もう一時間を超えている。

「何やってるのかしら」

みちるが苛々《いらいら》している。

ふたりが現れたのは、さらに三十分近くもたってからだった。「遅れちゃったぁ」と、梢が言い、ふたりは悪びれる様子もなく仕事に加わった。裕ママに言われたことも忘れて、みちるはたまりかねたように眉を顰めた。

「どうしてこんなに遅いの。発送しなきゃいけないの、わかってるでしょう」

みちるの言葉に「すみません」と答えたが、ふたりは顔を見合わせて苦笑した。その様子は、馬鹿にされた、と、みちるが受け取っても仕方ないような態度だった。

みちるが語気を荒らげた。

「何なの、それ」

「何って、何が？」

梢が答える。

「その笑いは何なの？」

「え、笑ったかな」

「私は、口うるさいおばさんってわけ？」

「やだ、そんなこと言ってないですって」

梢が否定したが、それもまた揶揄めいたニュアンスが含まれていて、いっそうみちるの不愉快さに拍車を掛けたようだった。

「いつもの農作業なら、少しぐらい遅れたってこんなに言わない。でも、今日は宅配さんに荷物を渡す日なのよ。待たせたら申し訳ないでしょう」

「だから、すみませんって」

また梢が答える。隣の由樹は黙っているが、その目は冷ややかだ。自分の言いたいことを全部梢に言わせているように、可穂子は感じる。

「とにかく、早くやって」

みちるが話を締めくくると、由樹が梢の耳元に口を寄せ、ぼそりと呟いた。

「みちるさん、あの宅配業者のことになると、やけにカッカするのね」

みちるが手を止め、今度は頰を硬くした。

「由樹さん、それ、どういう意味？」

「え？」

「妙な言い方しないでよ」

「やだ、みちるさん、意味なんかないですって。考えすぎなんじゃないですか」

由樹は笑って答えるばかりだ。みな、顔にこそ出さないが、緊張していた。言い争いだけではなく、みちるが、えるあみファームに出入りしている宅配業者のドライバーに、ほのかな興味を抱いていることを知っているからだ。

たとえ恋愛と呼べるほどの感情でなくても、男の存在を意識するということ自体、ここに住む女たちにとっては複雑な要素を含んでいる。男に対する恐怖と拒否がありながら、微《かす》かでも特別な感情を持つ自分に恥じ入る気持ちもある。

みちるが何か言い返そうとするのを、慌てて佳世がとりなした。

「さあ、とにかく箱詰めやっちゃいましょう」

何とかその場は収まり、みなホッとしたように作業を再開した。

その夜、可穂子がパソコンを使っていると、由樹がやって来た。

「空いたら、私も使っていい？」

「ええ、どうぞ」

可穂子は場所を譲り、風呂に向かった。一時間ばかりして戻って来ても、由樹はまだパソコンの前に座っていた。インターネットで調べものをしているようだった。

「やけに熱心ね、何を見てるの？」

可穂子が声を掛けると、由樹は「これなんだけど」と、画面を指差した。

可穂子は思わず絶句した。そこには裕ママの娘、美鈴の事件について書かれてあった。

「あの噂、やっぱり本当だったんだ」

史恵とみちるはテレビを観ている。真沙子は本を読んでいる。裕ママは佳世と話していて、梢はお風呂に行ったようだ。

「由樹さん、そのこと、どこで……」

可穂子は声を潜めた。

「この間、直売所にいたおばさんに聞いたの」

可穂子にも告げたあの人に違いない。

「でたらめだと思ったんだけど、とりあえずネットで調べてみたの。びっくりした。あの裕ママにそんな過去があったとはね」

事件からかなりの時間がたっているというのに、記事が掲載されていることにも可穂子は驚いた。過去は時間と共に遠ざかり消えてゆく、もうそんな時代ではないのだろう。

「ガソリンかけられて、火をつけられたなんて、あんまりな殺され方よね。それなのに刑期が短くて、それじゃ娘も裕ママも浮かばれないよね」

可穂子は由樹の言葉を制した。

「由樹さん、ここでは誰もその話はしないの。裕ママだってされたくないでしょう。だから、由樹さんも胸の中にしまっておいて」

ふうん、と、由樹は少し不満そうな表情でパソコンの電源をオフにした。


さつまいもと、葱の葉に、黒い斑点を見つけたのは佳世だった。黒斑病《こくはんびょう》が発生したのだった。葉には黒っぽい病斑が広がり、変形し、亀裂のあるものもあった。総出で畑に出て処置に当たった。色の変わっている部分を取り除いても、他の野菜に感染する恐れもある。残念だがすべて処分してしまわなければならない野菜もあった。無農薬をうたっているえるあみファームでは、どうしても病害のリスクが高い。覚悟はしているつもりだが、やはり落胆は深く、みなの表情は沈んでいた。

そんな最中でも由樹と梢は出掛け、遅くに帰って来た。

そして驚いたことに、男たちの車で送られて来た。本人たちは離れた場所で車を降り、家の者には気づかれていないと思っているようだが、周りが静かなせいで筒抜けだった。

「もう、我慢できない」

みちるが布団を出て、玄関に向かって行った。

しばらくして、土間からふたりを叱るみちるの甲高い声が広がった。

「あなたたち、少しは人の迷惑ってものを考えたらどうなの。裕ママが優しいからって、甘えるのもいい加減にしてちょうだい。せっかく寝てるのに、起こされるこっちの身にもなりなさいよ。明日だって朝から作業があるの。畑が大変なことになっているの、わかってるんでしょ。だいたい、私たちは居場所を知られないよう注意して暮らしていかなきゃならないのに、どこの誰だかわからないような相手に、送ってもらうってどうなのよ。常識ってものをわきまえなさいよ」

すぐにみちるは部屋に戻って来て、興奮した顔で布団に潜り込んだ。

「ああ、すっきりした。これで少しは懲りたでしょう」

しかしそれ以来、由樹と梢は、みちるに対してはっきりと距離を置くようになった。まるで口うるさい姑とでも思っているようだった。そしてみちるの方も、ふたりへの頑なさを深めていった。

それからしばらくしたある日、可穂子とみちるが直売所への野菜の納入から戻って来ると、家の前に宅配業者の車が停まっているのが見えた。

「あら、今日は届け物かしら」

みちるの声がどことなく華やいでいる。みちるは車を降り、家へと小走りに向かって行った。可穂子は軽トラを駐車場に停め、車を降りて、納屋の前を通り過ぎた。その時、納屋から人の声が聞こえたような気がした。

誰かいるのだろうか。納屋の戸に手を掛けると、女の声が耳に届いた。女の、なまめかしい声だ。

納屋の板張りの戸の隙間に、可穂子は顔を近づけた。

最初に目に飛び込んで来たのは白い太ももだった。そしてグレーのシャツ。それは宅配業者の制服だった。女は由樹だ。由樹は納屋の柱を背に立って、跪《ひざまず》いた男の肩に太ももを乗せていた。男は太ももの奥へと顔を押し込んでいる。男の頭が小刻みに揺れ、それに応えるように、由樹のあえぎ声が納屋全体を満たしていた。

可穂子は立ち尽くした。この場から離れなければ、と思いながら足が動かない。そこで何が行われているか、考えなくともわかる。ふと、由樹がこちらに目を向けた。可穂子に気づいたはずだ。それでも、慌てるどころかうっすらと笑みを浮かべた。

「どうしたの？」

その声に振り向くと、みちるが立っていた。

「あ、ううん、何でもないの」

「宅配の車はあるのに誰もいないの。変ね」

言ってから、みちるもまた、納屋の中の気配を感じ取ったようだった。

「誰かいるの？」

「行こう」

可穂子はみちるを促した。しかし、みちるは表情を硬くして、納屋の戸に手を掛けた。目の前に晒された光景に、みちるが息を呑んでいる。宅配ドライバーが慌てて顔を離した。由樹は下半身を晒したまま、こちらを見ている。ドライバーがうろたえながら可穂子とみちるの間をすり抜け、車へと一目散に駆けて行った。由樹はゆっくりと下着を着け始める。みちるは射竦められたように、呆然と突っ立っている。

ジーンズを穿いて、手で髪を整えてから、由樹は言った。

「心配しないで、セックスはしてないから。舐めさせてやっただけ」


みちるは変わってしまった。

顔から表情が消え、畑に出ていても食事をしていても、必要なこと以外は何も話さなくなった。佳世や史恵が心配しているが、何でもないの、と、短く答えるばかりだ。

由樹が、みちるに報復したのだと、可穂子にもわかる。ドライバーに気があると知って、そんな手段を取ったのだろう。外出や、遅い帰宅を咎《とが》められたことがそれほど気にくわなかったのだろうか。しかし、だからといって、そこまでするものかと、可穂子は驚くばかりだ。同時に、由樹という女の怖さが、もっと言えば本質が、わかったような気がした。

このままでは、えるあみファームは壊れてしまうのではないか。肩を寄せ合って生きてきた暮らしがばらばらになってしまうのではないか。そんな危惧に包まれながらも、どうしていいのかわからない。目撃した場面は、裕ママには知られたくなかった。それを口にすることによって、更にみちるを傷つけてしまいそうにも思えた。


「だって、性欲って自然なものでしょ」

由樹は平然と言った。

「無理に抑えつける必要なんてあるのかしら」

可穂子は由樹と向き合っている。悩んだ挙げ句、あんなことはやめて欲しい、と告げて、返ってきたのがこの言葉だった。

「ここに来てからずっと思ってたんだけど、それなりの年の女たちが、性欲なんかありません、みたいな顔して暮らしてるのって気持ち悪くない？　みんな、男のいない世界に逃げ込んで、尼さんみたいに暮らしていればDV被害から立ち直れるとでも思ってるの？　逆でしょう？　酷い目に遭ったからこそ、その分を取り返すぐらい楽しまなきゃ。どうしてセックスを棄てなきゃいけないの。せっかく女に生まれて、あんな気持ちのいいことしないなんて馬鹿みたい。可穂子さんにはないの？　男に舐められて、触られて、気が遠くなるくらい突き上げられたいって気持ち。オーガズム、知ってるんでしょう?」

やめて、と、可穂子は耳を覆う。そして、はっきりと知る。由樹は黒斑病と同じだった。えるあみファームを壊そうとする残酷な病菌だった。


夕食時、みちるが無表情のまま、ゆっくりと箸を置いた。

「突然なんだけど、裕ママ、私、ここを出ることにしました」

不意の言葉に、誰もがみちるを凝視した。

「出るって、どういうこと?」

裕ママの声も驚きに満ちている。

「求人募集で、住み込み可能な農家を見つけたんです。そこに行きます」

「そんな急に……」

「すみません、相談もしないで」

梢も動揺しているようだ。由樹だけが表情ひとつ変えず、ごはんを食べている。

「みちるさんはずっとここにいてくれるんだと思ってた……。ううん、外の世界に行くのを止めるつもりはないの。でも、そんなこと、考えてもみなかったから」

「私も、えるあみファームで一生暮らすつもりでいました。でも、ここはもう、私の思う家とは違ってしまいました」

それが由樹の存在を指していることは、裕ママも気づいているはずだ。まさかみちるがそこまでの思いでいたとは、裕ママも想像していなかったに違いない。

確かに、みちるの言う通り、由樹が現れてから、えるあみファームは以前とはまったく違ってしまった。時間さえたてば由樹もここの暮らしに馴染むのではないか、という思いも叶わないままだ。そしてきっと、これからも叶いはしないだろう。

みちるも、あの宅配ドライバーの件がなければ、ここまで決心を固めなかったのかもしれない。

「長い間、お世話になりました」

みちるは静かに頭を下げた。


三日後、みちるは荷物をまとめ、送別会も断って、えるあみファームを出て行った。

あれから裕ママは考え込んでばかりいる。結果として、由樹の肩を持つことで、みちるを切り捨ててしまったのではないか、そんな後悔に心を痛めているようだった。

それは梢も同様で「まさか、みちるさんが出てゆくなんて」と、肩を落としている。

「そんなつもりじゃなかったの。そこまでみちるさんを怒らせるつもりじゃなかったの」

でも、みちるはもういない。

由樹はもはや誰に遠慮することもなく、ふてぶてしさを見せ付けるようになっていた。口うるさいみちるがいなくなったせいもあり、自由気儘《きまま》な振る舞いもいっそう増えていた。開き直ったように毎日昼過ぎまで寝ていて、農作業には出ず、家の仕事や当番も放り出した。週末どころか、夜になると平気で外出し、帰宅は深夜で、外泊もした。思い余って佳世や史恵が注意しても聞く耳など持たない。裕ママに対しては、完全に舐めきっていて、言葉や対応もぞんざいになっていた。

梢も、さすがにそんな由樹の在り方に疑問を持つようになったようだ。最近は行動を共にしなくなっていた。

「私、馬鹿だった……」

夕食の後片付けをしながら、梢がぽつりと言った。

「久しぶりに外に出て、男の人とお酒を飲んだりして、すっかり舞い上がってたの」

梢はすっかりしょげている。

「みちるさんにも、裕ママやみんなにも、本当に迷惑掛けて反省してる」

それから、梢はまるで周りを窺うように声を潜めた。

「由樹さんって怖い人よ」

「少し前にね、お金の話になったの。裕ママからもらう手当だけじゃなかなか欲しいものも買えないねって。別に深い意味はなくて、ただ言ってみただけなんだけど、そしたら由樹さん、手っ取り早くお金を手に入れられる方法があるじゃないって」

何のことか、すぐにはわからなかった。

「金額は交渉してあげるって、一晩で五万は稼げるって」

可穂子はようやく意味に気づいた。

「それ聞いて、急に怖くなったの。由樹さん、すごく慣れてる感じだったから」

その夜、裕ママを囲み、全員で話し合った。

由樹はいつものごとく外出している。裕ママは、梢だけでなくみなの意見を聞き、しばらく考え込んでいたが、ようやく心を決めたようだった。

「そうね、仕方ないわね、うちに馴染めない以上、由樹さんには出て行ってもらうしかないわね」

みなもホッとした。もうそれしか方法は思い浮かばなかった。

真沙子が弾んだ声で言った。

「よかった。そうと決まったら、またみちるさんに帰って来てもらいましょうよ。それで、みんなで、前みたいに楽しく暮らそう」

「うん、それがいい、やっぱりそうでなくちゃ」

かつてのえるあみファームの生活に戻りたい、みな望んでいるのはそれだけだった。

翌朝、すでに十時近いというのに、まだ寝ている由樹を起こし、囲炉裏部屋に来るように言った。由樹は欠伸《あくび》を嚙み殺しながら「朝早くから何なのよ」と、不機嫌そうにやって来た。

由樹を前にして、裕ママは膝を正して切り出した。

「由樹さん、あなたが辛い経験をして、この農園に来たのは承知しています。これも何かの縁だと思ってここに住んでもらうことにしました」

由樹は面倒くさそうに答えた。

「だから何なのよ」

「けれども、実際に暮らして、あなたの言動と接してゆくうちに、これ以上生活を共にするのは無理だとわかりました。ここにあなたの望むような暮らしはありません。それはあなたもわかっているでしょう。DV被害者のための支援施設は他にもあります。きちんとした場所を探しますから、移ってもらいたいんです」

ふうん、と、由樹が口元に皮肉な笑みを浮かべた。

「つまり、出て行けってことね」

裕ママは緊張気味に頷いた。

「ええ」

「出て行けっていうなら、出て行かないわけじゃないけど、ただ、条件がある」

「条件？」

「早い話、それなりのものをいただけるならってこと」

さすがに佳世が声を荒らげた。

「何言ってるの、いい加減にしなさいよ。勝手に転がり込んで、世話になるだけなっておいて、お金まで要求するってどういうことなの」

由樹は少しも動じない。

「じゃあ言い方を換える。買ってもらいたいものがあるの」

「買う？　何を？」

史恵の言葉に、由樹は立ち上がって隣の部屋へ行き、いつも持ち歩いているバッグを持って来た。その中をがさがさと探って、カードのようなものを取り出した。

「これなんだけど」

カードは運転免許証だった。由樹のではない。裕ママのでもない。男の写真が貼られているのがここから見えた。

「添島正高《そえじままさたか》って人の免許証」

瞬間、裕ママの頬が凍りついた。

「二階の納戸って、服とかばかりじゃなくて、面白いものがいっぱいあるのね。おかげですごく楽しませてもらった。添島正高。もちろん裕ママは知ってるよね。忘れるわけないか、娘を焼き殺した犯人だものね」

可穂子は思わず裕ママに目をやった。裕ママの顔からは表情が消えている。

「これを見つけてから、私、いろいろ調べたの。調べれば調べるほど興味津々になっちゃった。添島正高って、出所した後、行方不明になってるんですってね。でも運転免許証を見ると、交付時期は出所後の日付になってる。ここに免許証があるってことは、つまり、裕ママは出所してから添島と会ってるってことよね」

可穂子は由樹を凝視した。

「姿をくらますことはあるかもしれない。でも、それでも運転免許証は必要よね。あるのとないのとじゃ大違いだもの。前科はあっても、何も逃亡犯じゃないんだし、そこまで身元を隠す必要もないでしょ。それが、どうして納戸の裕ママの箪笥の奥にあるんだろうって、私、ずっと考えてた」

由樹は何を言っているのだろう。何を言おうとしているのだろう。

「ねえ、裕ママ」

可穂子は由樹のその形のいい唇から吐き出される言葉に息を呑んだ。

「もしかしたら添島正高を殺したんじゃない？」

闇底のような沈黙が部屋を包み込んだ。

第三章　ベーカリー

1

裏口のアルミサッシのドアを開けると、香ばしい匂いが溢れてきた。

「おはようございます」

声を掛けてから可穂子は手を洗い、エプロンを着けて、すぐ作業に加わった。

ベーカリーの朝は早い。可穂子は六時に仕事場に着くが、仕込みは午前二時、作業は四時半から始まっている。仕上げにいちばん時間がかかる食パンは、すでにオーブンに入っている。

バゲット、クロワッサン、ペストリー、デニッシュ、メロンパンやあんパン、ベーグル。それぞれ生地を分割し、麺棒で伸ばしたりあんを挟んだり具材を混ぜ込んだりして形を整える。それをオーブンに入れ、焼き上がった順に店へと運ぶ。作っているパンは全部で二十種類ほどだ。

三ヶ月前からは、米粉を使ったパンも数種類加わっている。小麦粉、卵、牛乳はもちろん、蕎麦粉、落花生、エビ、カニも使用しない、アレルギー対策用のパンである。米粉にはグルテンが含まれていないので、全体がひとつにまとまるまで手がかかる。生地は一次発酵をしないが、水分が出やすいので作業は手早く行わなければならない。

米粉パンを作ろうと提案したのは可穂子だ。それもあって、製造のほとんどを任されている。

国子に紹介されて、「ベーカリー・住田《すみだ》」で働くようになってからすでに二年がたっていた。

えるあみファームで過ごしたおかげで、朝の早い仕事には慣れていたが、パン作りは初めての経験である。働くといっても最初は売り場だけを任された。棚にパンを並べ、レジを打ち、店内の掃除や後片付けをする。半年ほどして、パン生地の仕込み方や形作りを教えられ、それから少しずつ製造に加わっていった。

店のオープンは七時半。早速、焼きたてのパンを求めて客が入ってくる。

一駅先は東京都という、千葉のベッドタウンの商店街。ここで昔から開業しているベーカリー・住田は、家族経営の小さなパン屋だ。厨房《ちゅうぼう》七坪、売り場は五坪。ことさらお洒落なパンを作っているわけではないが、通勤客や学校に向かう子供たちでいつも繁盛している。

店主の住田幸造《こうぞう》は七十歳。妻の幾子《いくこ》は六十七歳。娘の紀子《のりこ》は四十一歳で、孫に当たる友香《ともか》は十七歳の高校生だ。そして可穂子を含めた五人で、製造から販売まで行っている。

午前中は慌しく過ぎてゆく。八時に友香が学校に行き、幾子がレジに立ち、幸造と紀子と可穂子の三人で、更にパンを焼いてゆく。昼前までにすべてのパンと、サンドイッチを作り終えなければならない。その間、可穂子は売り場と厨房を何度も行き来する。製造の合間にレジの手伝いもする。一息つけるのはランチ時の客が引けた後だ。

午後一時半、レジを幾子に任せて、可穂子はようやく二階に上がった。

「お疲れさま」

先にダイニングキッチンで昼食を摂っていた紀子が顔を向けた。

一階は店舗と厨房、二階と三階が住田一家の住居になっている。ダイニングキッチンは八畳ほどで、同じ広さの和室が続いている。そこでは店主の幸造が横になって、鼾《いびき》をかいている。仕込みを午前二時から始めている幸造は、この時間は大概昼寝をしている。

可穂子はダイニングテーブルに弁当を広げた。昨夜の残り物を詰めただけだが、外食やコンビニで買うよりずっと経済的だし、バランスもいい。

「はい、お味噌汁」

紀子が椀を可穂子の前に置いた。

「すみません」

味噌汁は、いつも幾子が作り置きしてくれている。

「米粉パン、想像以上によく出るね。さっき、父さんともう少し種類を増やそうかって話してたの」

紀子がチャーハンを口に運びながら言った。小柄で華奢《きゃしゃ》な紀子は、年齢よりずっと若く見える。化粧っ気のない頬にはいくつかそばかすが散っているが、色白の肌は肌理《きめ》が細かい。

「私もびっくりなんですよ。基本的にはアレルギー対策のつもりだったんですけど、普通に買って行ってくれるお客さんも多いですよね」

「小麦粉とはまた違う、あのもっちりした食感がいいみたいね」

「もし、増やすんだったら、生地に野菜を混ぜるなんてどうですか。枝豆とかカボチャとか人参とか、米粉と合うと思うんですよね」

「ああ、そういうのもありよね。若い女の子に人気が出そう。今度、試作品を作ってみてくれる？」

「はい」

可穂子は嬉しくなる。何の知識もなく働き始めたベーカリーだが、今ではパン作りが楽しくてならない。朝は早いし、一日中立ち仕事で肉体的にきつくても、えるあみファームにいた時と同様、ここにはものを作り上げてゆく喜びがあった。

紀子が先に昼食を終え、階下の厨房へと戻って行った。午後は少し楽になるが、後片付けや翌日の準備もあるので、そうのんびりはしていられない。

可穂子は弁当を食べながら、ふと窓の外に目をやった。たて込んだ商店街の中に建っているせいで、空は区切られた小さな範囲しか見えない。それでも、空の色は夏の始まりを告げていた。

可穂子は箸を止め、目に沁みるような青さに見入った。

あの時、縁側の向こうに見える空も同じ色をしていた――。


えるあみファームの縁側からは、初夏の明るい陽が差し込んでいた。風はなく、さっきまで庭先でさかんに囀《さえず》っていた雀の鳴き声もやんでいた。いや、聞こえていないだけだったのかもしれない。奥の部屋には、由樹の寝起きの布団がそのまま残されていた。

由樹は三千万円を要求した。それから「私まで殺されちゃたまんないから」と、口角をきゅっと上げて笑い、着替えて出て行った。

誰もが黙っていた。頬が強張り、息を吸うのも忘れそうだった。

「こんな日がいつか来ると思ってた」

長い沈黙の後、裕ママが言った。

「あの男が現れたのは、ここで暮らして二年目、蒸し暑い、秋の初めだった」

裕ママに話させてはいけない。聞いたら、すべてが現実になってしまう。

けれども誰も遮れなかった。耳の奥で耳鳴りのような薄いノイズが響いていた。

「不思議だけれど、私はそれほど驚かなかった。心のどこかにその予感はずっとあったんだと思う。添島は私にナイフを突き付けて、こう言ったの。

恨みを晴らしに来た。

あんな真似をさせたのは美鈴とおまえのせいだ。どうして自分の気持ちを踏みにじったんだ。裏切りやがって、馬鹿にしやがって、絶対に許さない。

私は黙って聞いていた。そのあまりにも身勝手な言い分を聞いても、もう怒りすら湧かなかった。添島という男の正体をいやというほど知っていたから。

殺してやる、と添島は言った。殺さないと気が済まない、と。

ナイフを首元に突き付けられたけれど、私は抵抗しなかった。添島の言いなりになった。暴力をふるうことしかできない者の思考はわかっている。相手を怯えさせたら勝ち。だから私は、添島の前で恐怖に怯えたふりをしたの。お願い、殺さないで、と手を合わせ、土下座しろ、と言われて、土間に額を擦り付けた。

添島は、私の反応に気をよくしたようだった。きっと支配下に置いたと思ったんでしょうね。

でも、その時、私が考えていたことはただひとつ、どうしたら添島を殺せるか、それだけだった。

添島はそれからも好き放題を言い、我が物顔に振る舞った。無抵抗にひれ伏す私に、添島はすっかり緊張をゆるめて、やがて「腹が減った」と言い出した。チャンスだと思った。台所には包丁もある。でも、添島もナイフを持っている。揉み合いになれば、私の力では及ばないだろう。失敗すれば私がやられる。死ぬのが怖いんじゃない、死ぬなら、添島を殺してからでなければならないと思ってたの。

その時、睡眠薬を思い出した。美鈴を亡くしてから、それがないと眠れなくて、ずっと処方してもらっていたのよ。添島に気づかれないよう、茶碗を用意するふりをしてそれを取り出した。睡眠薬はスープに混ぜた。でも、それで殺せるなんて思ってやしない。そこまで強い薬じゃないことは知っていたから。

差し出した料理を、添島は先に私に食べろと言った。毒を盛った可能性もあるって、それくらいの慎重さは持っていたみたい。もちろん私は食べた。もう長年その薬を使っているから、ひと口やふた口で効くはずがない。私が料理を口にしたことで、添島は安心したようだった。夕食をたいらげて、そして、三十分ほどして眠りに落ちた。

私は添島が眠ったことを確かめて、納屋から麻縄を持ってきた。それで身体を縛り上げ、手拭いで猿轡《さるぐつわ》をして、小型のトラクターに乗せて裏の里山に運んだの。月がやけに綺麗だったのを覚えている。赤く大きな満月で、うっすら流れる雲がレースのように美しく縁取っていた。

私は添島が目を覚ますのを待った。気がついたのはもう明け方に近い頃だった。自分の置かれた状況に驚いたんでしょう。猿轡をされたままありったけの雑言を私に浴びせかけた。

私は添島を見下ろしていた。ただ、黙って、じっと――。

そして次に、私が何をしたか、だいたいの想像はつくでしょう？

そう、添島の身体にガソリンをかけて、火をつけたの。

眠っている間にもできたけれど、そうはしなかった。それじゃ、苦しみが足りないもの。美鈴が味わったのと同じだけの苦しみを、どうしても添島にも味わわせたかった。

炎に包まれた添島は、くぐもった叫び声を上げながら、痙攣したように身体をばたつかせた。皮膚と髪の毛が燃えるにおいが辺りに広がった。苦しめばいい、もっと苦しめばいい。少しでもその苦しみが長く続けばいい。添島が動かなくなるまで、いいえ、動かなくなっても、その様子をじっと見続けていた。私には、隣で美鈴も一緒に添島を見下ろしている気がしたわ。

黒焦げの添島を土の中に埋めたのは、夜が明けて、辺りが明るくなってからよ。確か、お昼過ぎまでかかったはず。汗が目に入るのを何度も拭った気がする……。その辺りのことは、記憶がぼんやりしていてあまり覚えてないの。

罪の意識はまったくなかった。むしろ、久しぶりに清々《すがすが》しい感覚を嚙み締めていた。

でもね、それでもいつか、添島の行方を捜して誰かが現れたら、その時はすべてを話して刑に服そうと決めていたのよ。

それが、そんな気配が一向にないまま時間が過ぎてゆくうちに、私はこのえるあみファームでの穏やかな暮らしを手放せなくなっていた。いつの間にか、ここでみんなと共に生きる幸せを失いたくないと思うようになっていたの。

私はね、世の中には生きていてはいけない人間がいると思うのよ。

だから今も、添島を殺したことを後悔してはいない。

それでも、私はあの時、警察に行くべきだった。自首してすべてを話すべきだった。

それができなかったのは、私の弱さ」

「いいえ、それは私が止めたからです」

佳世の言葉に、可穂子は息を吞んだ。蒼白ではあるが、佳世は強い意志を持った表情をしていた。

「あんな男のために、どうして裕ママが捕まらなくちゃならないんですか、黙っていましょうって、私たちのためにもそうしてくださいって、私が裕ママを説得したの」

「そうよ、あんな奴は死んで当然よ。刑務所から世の中に出してしまう警察の方がどうかしてる。どうせ同じことを繰り返すに決まってる。逆恨みで裕ママの前に現れたのがその証拠じゃない」

史恵が後に続いた。佳世と史恵は知っていた。いや、関わっていたのだ。

「あなたたちは関係ない」と、裕ママは硬い口調で答えた。

「みんな、私ひとりでやったこと」

「裕ママは、私と史恵さんがいなかったことにするつもりですか。あの男は私たちを殺すと脅した。裕ママがいなかったら、きっと本当にそうなってた。裕ママは私たちを助けるために、あの男を殺したんです」

「そうよ、あの男なら確実にやっていた。あの目を見てすぐにわかった。私に死ぬほど暴力をふるった夫と同じ目をしていたもの」

「やめてちょうだい」

重苦しい沈黙が部屋の中を満たしていた。想像もしていなかった事実が目の前に晒されて、可穂子だけでなく、真沙子と梢もただただ混乱していた。現実感はなかった。何かとてつもなくたちの悪い冗談を聞かされているようにも思えた。表でオートバイの音がする。郵便配達がポストに郵便物を落としてゆく。それがやけに大きく聞こえて、びくりとする。

佳世が無念そうに唇を歪めて、肩を震わせた。

「由樹さんさえ、あの子さえ現れなければ……。そうしたら、今まで通り、みんなで畑仕事をして、笑って暮らせたのに」

たまりかねたように、史恵が裕ママを問い質《ただ》した。

「裕ママ、どうしてあの男の免許証なんか残しておいたんですか。持ち物はすべて処分したんじゃなかったんですか」

「そうね、どうしてかしら……」

裕ママはしばらく宙に目を泳がせた。

「私は、美鈴が死んでから、頭の中で何百回も何千回も添島を殺してきた。でも、いつも、現実に引き戻されてしまう。添島はまだ生きている、私は添島を生かしたままでいる、それを嚙み締めなければならなかった。証拠が欲しかったんだと思う。これは空想ではない、私は確かに添島を殺したんだという確かな証拠が。それがあの免許証だったのね」

雲がかかったのか、陽が翳り、縁側に木々のシルエットが映し出された。ヘリコプターのエンジン音が近づき、やがて遠ざかってゆく。

裕ママがゆっくりとみなを見回した。

「みんな、迷惑を掛けてごめんなさい。私は警察に行きます」

「行かないで。きっと何か方法があるはず。あんな男と由樹さんのために、裕ママが捕まることなんかないんですから」

史恵が悲痛な声を上げる。

「いいえ、それが最良の選択よ」

裕ママの表情は落ち着いていた。穏やかですらあった。

「みんなには本当に申し訳ないと思ってる。美鈴を亡くしてから、こんな私でも、暴力を受けて辛い思いをした女性たちに何かできるかもしれないと、えるあみファームを作ったけど、でも結局、あなたたちを守ることができなかった。それどころか、巻き込むようなことになってしまった。本当に、ごめんなさい」


昼食を終えて、可穂子は仕事に戻った。

午後はもっぱら明日の仕込みと後片付けだ。何度か小麦粉と米粉の袋を取りに裏と厨房とを往復する。商店街の人と顔を合わせて「こんにちは」と挨拶を交わす。

混乱と狼狽の中、裕ママが国子と玲子に付き添われて警察に出頭してゆく姿を、可穂子は今もはっきりと思い出すことができる。

小さい背中は、それでも凛としていて、裕ママの言葉通り、悔いは何もないように見えた。

事件は新聞や週刊誌で大きく報道された。テレビのワイドショーでも取り上げられ、娘の仇討《あだう》ちとか、警察の怠慢とか、心情はわかるがやはり司法に委ねるべきだった、などと、さまざまな人がさまざまなことを言っていた。

えるあみファームには、取材の人間がずかずかと入り込み、ドアが叩かれ、容赦なくカメラが向けられた。近所の人たちは遠巻きに好奇に満ちた目を向け、可穂子たちは家に閉じこもり、息を潜めるように過ごした。

警察の事情聴取は、可穂子たちにも及んだ。事情を聴かれても、可穂子に答えられることは何もない。玲子が弁護士として必ず同伴してくれるのが心強かった。これ以上の証言は何も得られないと納得したのか、ようやく警察から解放された時は、正直言って疲れ果てていた。裕ママのその後の状況が気がかりでならなかったが、自分たちにできることは何もなく、ただ、刑が軽くなるよう祈るばかりだった。

裕ママの意向を汲み取った国子は、自分自身が状況を受け入れるのに精一杯だったにもかかわらず、可穂子たちの将来を案じ、それぞれの新しいアパートと職場探しに奔走してくれた。事件が事件だけに、受け入れを躊躇した相手は多かったはずだ。それでも、国子の人柄と今までの実績を信用してくれる相手もいて、ひと月後には何とかそれぞれ行き先が決まった。

荷物をまとめ、ひっそりと、可穂子たちはえるあみファームを後にした。収穫されないまま萎《しお》れ、腐り、朽ち落ちてしまった野菜の姿が切なくて、みな、何度も涙を拭った。

翌日使う粉を運び込んでから、可穂子は小豆こしあんやカスタードクリーム、チョコレートやチーズの用意をした。午前二時からの仕込みを、幸造がすぐ始められるよう調《ととの》えておくのも、可穂子の重要な仕事のひとつである。

裁判の結果は、再犯の可能性はなく情状酌量の余地もあるとしながらも、裕ママには懲役四年の実刑判決が下った。裕ママは単独犯行を主張したようだが、佳世と史恵は殺人幇助《ほうじょ》を認め、懲役二年、執行猶予四年の刑が科せられた。

決して忘れたわけではない。忘れられるはずもない。それでも月日は過ぎ、今はもう国子とも玲子とも、えるあみファームで暮らした誰とも連絡を取り合うことはなくなっている。

それぞれに思いを胸に秘めながら、新しい生活を送っているのだろう。それでいいのだと納得しながらも、それでも時折、あの頃の暮らしを懐かしんでいる自分に気づく。風の匂いと土の感触、穏やかな時間、和やかな笑い。えるあみファームで過ごした日々は、切ないほど確かな幸福の形をしていた。

2

夕方六時、杏奈《あんな》が父親に連れられてやって来た。

杏奈は五歳で、小麦と卵のアレルギーを持っている。そのために米粉パンを買いに来る。

「杏奈ちゃん、いらっしゃい」

「こんにちは」

杏奈が礼儀正しく頭を下げる。父親の伊原卓也《いはらたくや》は三十二、三といったところだろうか。商店街の中ほどにある進学塾で講師をしていると聞いている。

「杏奈、どれにする？　二個だからね」

父親が腰を屈《かが》めて、杏奈に尋ねている。

「うーんとね、うーん、うーん」

迷う杏奈の表情は真剣そのものだ。たくさんのパンが並んでいても、米粉パンの種類は少ない。その中から選ぶのは簡単そうで、やはりそうはいかないのだろう。

可穂子がアレルギー対応パンの製造を提案したのは、杏奈との出会いがあったからだった。半年ほど前、杏奈が保育園の友達とその母親と連れ立って来店した時、何の躊躇もなくパンを選ぶ友達を目にしながら、杏奈は必死で我慢していた。

「杏奈ちゃんはどれにする？」と尋ねる友達に、杏奈は首を振った。

「杏奈はいいの」

「どうして？　パン、きらいなの？」

意味をきちんと理解しているかどうかはともかくとして、「杏奈はアレルギーがあるからたべられないの」と、友達に告げた。友達の母親が慌てたように言った。

「ああ、そうだったわね。気がつかなくてごめんなさいね」

「ううん、へいき。杏奈のことはきにしないで、すきなの、かってね」

と、子供ながら相手を気遣うような笑みを向けた杏奈に、可穂子は胸が締め付けられそうになった。こんな小さな子供が我慢を受け入れている。拗《す》ねるでも愚図るでもなく、自分の置かれた状況と向き合っている。

そんな杏奈を見て、ふと、生まれて来なかった子供と重なった。もし、あの子が生きていたら、杏奈と同い年ぐらいなのではないか――。

アレルギー対策用のパンは、インターネットなどで取り寄せることができるが、まだまだ町中のベーカリーには普及していない。その時、ここでそれに対応するパンを作れないかと可穂子は考えたのだった。

店主の幸造と紀子に相談すると、思いの外あっさりと賛成してくれた。製造を任され、試行錯誤の末に何とか店に並べられる商品を作ることができた時は嬉しかった。「アレルギー対策用パン、始めました」と貼紙を出すと、今まで来店することのなかった客も寄るようになり、伊原父娘《おやこ》も週に二、三度の割合で顔を出すようになった。

迷いに迷って、杏奈が選んだロールパンとメープルパンを袋に詰めながら、可穂子は言った。

「今度ね、もう少し米粉パンの種類を増やす予定なの」

「へえ、どんなの？」

杏奈が目を見開く。

「お野菜がいっぱい入ったのなんかどうかなって」

「杏奈、やさいだいすき」

「ほんと、よかった」

「楽しみだな、杏奈」

声を掛けた父親に、うん、と杏奈は顔を上げて笑った。

手をつないで店を出て行くふたりの姿を見送っていると、厨房から紀子が顔を出した。

「あの父娘、すごく仲がいいでしょう。でもね、何だかふたりを見ていると、嬉しいような悲しいような、複雑な気持ちになるのよね」

「杏奈ちゃんにおかあさんはいないんですか?」

詮索《せんさく》するつもりはなかったが、今まで母親の姿を一度も見たことがないのが、ずっと気に掛かっていた。

「そうなの。育児ノイローゼっていうのかな、そういうのになっちゃってね、結局、育児放棄の状態になったんですって。ほら、杏奈ちゃん、アレルギーがあるでしょう、母乳を与えるにも、自分も食事の制限をしなくちゃいけないし、離乳食やら発育の問題やら、いろんなプレッシャーがあったみたい。それで、気持ちも身体も参ったらしくて」

「そうなんですか……」

「しばらく入院したんだけど、退院しても家には戻らず、そのまま離婚ってことになったらしい。我が子を手放すなんて、私には想像もできないけど、やっぱりそれほど追い詰められてたってことなんでしょうね。まあ、母親は母性があって当たり前っていうのも、単なる世間の思い込みでしかないわけだし」

子供を持つ喜びと不安、相反する思いは常にせめぎ合っている。

「でね、そのために伊原さん、前に勤めていた会社を辞めて、塾の先生になったの。自宅に近いし、時間の融通が利いて保育園の送り迎えもしやすいからって。いくら子供のためって言ったって、なかなかできることじゃないわよねえ」

二階から幾子が下りて来て、レジを交代した。紀子とふたり厨房に向かい、後片付けに取り掛かる。オーブンにミキサー、パン型や麺棒、スライサーなど、機器や道具はさまざまにある。翌日使う分の小麦粉や米粉も運び入れておかなければならない。

オーブンの掃除をしながら紀子が、ぽつりと言った。

「うちは、逆だったんだけどね」

可穂子はトレイを洗う手を止めて振り返った。

「別れた夫は、父性ってものを持てない人だったの」

言いながら、オーブンの中の焦げかすを掻き出している。

「私にはすごく優しい人だったのよ。仕事も真面目だし、家のこともよく手伝ってくれて、本当にいい人と結婚できたって自慢だった。妊娠した時もとても喜んでくれて、当然のごとく、いい父親になるものだと思ってたんだけどね」

可穂子は黙っている。こんな時、どんな言葉を返すべきか、選択は難しい。

「最初の頃はよかったの」と言ってから、紀子は声を曇らせた。

「友香の夜泣きがひどくてね。ミルクもあまり飲んでくれなくて、私、掛かりっきりになったのね。ただもう毎日、疲れ果てて、友香以外のことに気持ちを向ける余裕もなかった。でも、そんなの当たり前よね。子供が生まれたら、どこの家だってそんなものだと思うのよ。でも、夫には耐えられなかったみたい。自分が想像していた生活とあまりに掛け離れていて、受け入れられなかったのね。もっと言えば、私が友香の世話で精一杯で、自分が構ってもらえないことで、友香に嫉妬したっていうのもあったと思う。ほら、赤ちゃん返りってあるじゃない。そういうのは子供だけだと思ってたけど、大人でもあるみたい。気がついたら、夫は友香を邪険に扱うようになってたの」

「邪険って？」

可穂子は聞き返した。

「最初に変だと思ったのは、友香の二の腕や太ももに内出血の痕があったこと。どこかにぶつけたのかなって思ってたんだけど、検診の時、医者から言われたの。これはつねった痕に見受けられますって。びっくりした。いったい誰にそんなことをされたのか見当もつかなかった。まさかと思うじゃない。まさか、夫がそんなことをするわけがないって。でも、他に誰がするっていうの。友香のそばには私と夫しかいないんだもの。その時は、私が虐待をしてるんじゃないかって医者に疑われたわ」

紀子はオーブンからミキサーの洗浄に取り掛かる。可穂子はトレイを棚にしまい、今度はパンマットやスケッパーを熱湯消毒する。

「夫を信じたかった。時には私だって、いつまでも寝付かない子供に腹が立ってお尻を叩きたくなるくらいのことはあったもの。まだ父親になりきれないだけ、もう少ししたら可愛くてたまらなくなるって信じてたの。でも、朝、ゴミ捨てに行って戻ってくると、友香に布団がかぶせてあるの。夫は、友香が寝返りを打って、たまたまそうなったんだろうって言ったけど、そんなわけない。ミルクを頼んだら、熱湯みたいなのを飲ませようとしたこともある。お風呂に入れて、私がタオルを取りに行ってる時にお湯に沈めたこともあったのよ。それも手が滑っただけだなんて言うの。さすがに私も怖くなったわ。このままじゃ大変なことになるんじゃないかって。夫とは何度も話し合ったのよ。その時は、配慮が足りなかったとか、荒っぽすぎたとか言って素直に謝るの。それからしばらくはいい父親になるし、私も期待するんだけど、やっぱり駄目。つい手を出してしまう。ある時、夫に聞いたの、あなたは友香を愛してるの？　って」

「ご主人は何て？」

「わからない、だった」

「わからない……」

「そんな言葉が返ってくるとは思ってもいなかったから、唖然《あぜん》とした。その頃の私は、親ってものは本能として子供を愛するものだと思い込んでたからね。そしてね、夫はこうも言った。自分は境界性パーソナリティ障害なんだって。自分が友香を愛せないのは、子供の頃に親から低評価され、無関心を続けられ、それがトラウマになっているせいだって。何のことか、私にはさっぱりわからなかったけど」

ＤＶ、幼児虐待、ストーカー、その多くは親から受けた虐待が根深く関与していると聞く。

「今は何となく理解できるけど、その時の私は、そんなことを理由に挙げた夫が卑怯《ひきょう》に思えた。だったら克服しなさいよって。父親になるために努力しなさいよって。それをしないで、自分はそういう人間なんだから受け入れろって言われても、はいそうですかってわけにはいかないじゃない。友香は現実にここにいるわけだし、夫婦でこの子を育てていかなきゃならないんだから」

紀子の言い分はもっともに思える。

「そしたらね、何と言ったと思う？」

どう答えていいかわからない。

「だったら友香を里子に出そう、って」

紀子は自嘲《じちょう》気味に笑った。

「まったく、絶望的な気分になったわ。この人は子供より自分の方が大事なんだってはっきりわかったの。最後の決心がついたのは、友香の腕の骨が折れた時。夫はシラを切ったけれど、このままだったら友香は殺されると思ったの」

喋りながらも、紀子は手だけはてきぱきと動かしている。

「そういう育てられ方をしたという夫に、同情すべきところはあったのかもしれない。夫も被害者で、カウンセリングを受けるとか、ふさわしい治療を受ければよかったのかもしれない。でも、私は、何よりも友香を守らなければならなかった。もし夫が、両親からの虐待が原因で子供を愛せなくなったというのなら、尚更に、友香がそうならないためにも、夫からの虐待を記憶に留める前に別れなくちゃと決心したの」

その母親としての心情は、子供のいない可穂子にもよく理解できる。

「でも、やっぱり別れるとなると、すんなりいかなくてね。つきまとわれたり、嫌がらせをされたり大変だった。それでしばらく身を隠すことになって、国子さんにお世話になったの。ほんとに、国子さんにはものすごく助けてもらった」

それから、紀子はふと気づいたように肩をすくめた。

「あらやだ、ごめんなさいね。すっかり暗い話になっちゃったわね」

可穂子は首を振った。

「友香ちゃん、すごくいいお嬢さんですよね。家の手伝いも嫌がらないし、明るくて、元気で」

「それだけが救いかな。あの子のために、早いうちに別れておいてよかったってつくづく思う。でもね、あの時は私が友香を守らなくちゃって必死だったけど、今思うと、友香が私を守ってくれたって気がするのよ。離婚する時も、してからも、何度もくじけそうになったけど、友香がいてくれたから頑張れた。ほんと、娘がいてくれてよかったわ」

紀子はようやく笑顔を向けた。

店の閉店は七時で、アパートに着くのはだいたい七時半になる。十三時間も働いているが、今の可穂子は苦労とは思っていない。パン作りは面白いし、ベーカリー・住田は居心地がよく、店主の幸造や紀子から教わることも多い。最近は、これをきっかけに、いつかパン職人としてひとり立ちできるようになれたら、というほのかな夢さえ抱くようになっていた。

アパートは自転車で十分ほどの場所にある。帰っても、これといってすることはない。風呂から上がり、テレビを観ながら夕食を終え、ほっと一息つくともう十時を過ぎている。翌日の朝も早い。可穂子は早々に布団に入る。

給料は二十万円弱だが、満足している。パン作りの技術を教わりながら、お金が貰えるだけで有難い。アパート代は月五万六千円。水道光熱費や健康保険、年金などに三万円弱。少しだが貯金もしている。定休日は水曜で、その日はたまった洗濯や部屋の掃除、買い物、ご飯を炊いて冷凍したり、常備菜を作ったりして過ごしている。

その夜、どういうわけかやけに目が冴えていた。可穂子は布団の中で何度も寝返りを打った。

紀子の話を聞いたせいかもしれない。父性を持てず、娘を虐待する夫の話はショックだったが、それよりも「友香がいてくれたから頑張れた」と、満足そうに笑った紀子の顔が強く心に残っていた。

もし、あの子が生まれていたら――。

と、無意識のうちに考えている自分に可穂子は気づく。

あの時は、雄二の子供なんて産まなくてよかったと思っていた。雄二の遺伝子を持っているというだけで、認められない存在でしかなかった。それなのに、今、もしあの子がいたら、と考えている自分がいる。

今の暮らしに不満はないし、仕事も楽しくやっている。それでも、ふとした拍子に深い孤独が押し寄せた。えるあみファームで暮らしていた時には紛れていた、ひとりぼっちという思いがたまらなく胸を締め付ける。

自分は何かを望もうとしているのだろうか。望まなければ落胆もない。それを肝に銘じて生きてきたはずではなかったのか。

これ以上考えると厄介なことになりそうで、可穂子は固く目を閉じた。こんな夜は、眠りだけが味方になってくれるに違いない。

日曜日の商店街は賑やかだ。

通りが歩行者専用になるせいもあって、人出は多く、家族連れが目立つ。「大売出し」の赤いのぼりも立てられて、購買意欲をそそっている。どこの店も、その日はワゴンを出し、店頭売りをする。ベーカリーだけでなく、惣菜《そうざい》、弁当屋、たこ焼き屋、だんご屋、通りはいい匂いに包まれている。売り上げも平日より五十パーセント増しだ。もちろんその分、製造も販売も忙しい。

慌しい時間が過ぎ、夕方になって、ようやく人出も落ち着いた。そろそろワゴンをしまおうかと思っていると、通りの向かい側に杏奈の姿が見えた。今日は父親ではなく、若い男と一緒で、手をつないでいた。まだ二十歳そこその男だ。

可穂子は何気なく声を掛けた。

「杏奈ちゃん、こんにちは。どこ行くの？」

「あ、こんにちは。ママんとこいくの」と、杏奈ははしゃいだ顔で答えた。

「このおにいちゃんがね、ママのところにつれてってくれるんだって」

可穂子は若い男を見やった。男はメガネの奥で、戸惑うように目を泳がせた。

「じゃあね、バイバイ」

手を振り返しながら、胸の中に引っ掛かるものを感じた。あの若い男は初めて見る。ママのところに連れて行く？　本当に？

可穂子は咄嗟に後を追い掛けた。

「杏奈ちゃん、ちょっと待って」

声を掛けると、若い男が強張った表情で振り返った。

「なあに?」

「パパは?」

「おしごと」

「杏奈ちゃんがママのところに行くこと、パパは知ってるの?」

杏奈は目をしばたたきながら、首を傾《かし》げた。

「うーん」

可穂子は若い男に顔を向けた。

「失礼だけど、あなた、杏奈ちゃんとどういう関係の方ですか?」

男はすっかり落ち着きをなくしていた。頬が細かく引き攣っている。いきなり男は杏奈の手をふりほどくと、人ごみの中へ向かって駆け出した。

「あっ、おにいちゃん」

何が起きたかわからずに、杏奈はぽかんと男の姿を追った。


伊原が顔色を失って現れたのは、それから十分ほどしてからだった。

「すみません、ご迷惑をお掛けしました」

可穂子に深々と頭を下げてから、ほっとしたように杏奈を胸に固く抱き寄せると、ようやく落ち着きを取り戻したのか今度は強い口調で叱った。

「どうして外に出たりしたんだ。家の中で待ってるように言っただろう」

「だって、たいくつだったんだもん、だからちょっとだけこうえんのブランコにのろうって……」

杏奈が精一杯の言い訳をする。

「いつも、知らない人に付いて行っちゃいけないって、あれほど言ってるだろう」

「だって、やさしいおにいちゃんだったし、ママのところにつれていってくれるって……」

杏奈は顔をくしゃくしゃにし、やがて、こらえ切れなくなったように泣き出した。

「伊原さん、そんなに責めないでください」

可穂子はふたりの間に割って入った。

「いけないのは杏奈ちゃんじゃなくて相手なんですから。こんな小さな子を連れ去ろうとするなんてどうかしてる。ね、杏奈ちゃん、これからはパパの言い付けをちゃんと守るよね」

小さな手の甲で涙を拭いながら、うん、と杏奈は頷く。こんな小さな子供に大人の悪意など想像できるはずもない。それがわかっていながら、叱らなければならない伊原の思いも理解できるだけに、可穂子もそれ以上どう言っていいのかわからなかった。

伊原は杏奈の手を引き、何度も頭を下げながら帰って行った。

そして翌日、再びふたりで訪れ「ご迷惑でなかったら」と、ためらいがちに誘いの言葉を口にした。

「昨日のお礼に、食事にご招待したいんですけど」

思いがけない申し出だった。

「いえ、そんな気を遣わないでください」

「招待なんていうほど大層なものじゃないんです。レストランでも何でもなくて、僕の手料理ですから。簡単なものしか作れませんけど、よかったら、ぜひいらしてくれませんか。杏奈も来て欲しいって言ってますので」

アレルギーを持つ杏奈には、外食の方が気を遣うのだろう。杏奈からも「いっしょにごはんをたべよう」と無邪気な笑顔で言われると、断る方が気が引けた。しばらく考え、可穂子は頷いた。

「そうですか。じゃ、お言葉に甘えて」

ベーカリーが定休日の夕方、可穂子は手作りの米粉ロールケーキを携えて、伊原家を訪問した。そこは商店街から歩いて十分ほどの、閑静な住宅街に建つ古いマンションの三階だった。

2LDKの部屋は整えられていた。十畳ほどのリビングダイニングには、ふたり掛けのソファにローテーブルが置いてあり、フローリングの床に敷かれたカーペットにはハローキティの絵柄の座布団が三つ並べてあった。続く和室には箪笥とおもちゃ箱、ポールハンガーには愛らしい通園バッグと帽子が掛けられている。ベランダには朝顔と向日葵《ひまわり》が育っていた。

父と幼い娘とのふたり暮らしとなると、掃除も行き届いていないのではないか、どこか殺伐とした雰囲気なのではないか、と想像していたのでちょっと驚いた。伊原はなかなか几帳面な性格らしい。

手料理はコールドビーフとかぼちゃのスープ、サラダで、ドレッシングも凝っていた。

「ね、パパ、おりょうり、じょうずでしょ」

杏奈が自慢げな顔を向ける。

「ほんと、レストランのシェフみたいね」

対面式キッチンの向こうには、アレルギー対策用の料理レシピ集が並んでいる。娘のために頑張っているんだな、と、可穂子は温かい気持ちになった。

食事中はもちろん、終えても、杏奈はずっとはしゃいでいた。大切にしているおもちゃや絵本を可穂子に披露し、器用にＤＶＤデッキを操作してディズニーのアニメを観せてくれた。

そんな姿にキッチンで後片付けをしながら「お客さんが来ることなどめったにないから、嬉しくてしょうがないんですよ」と、伊原が苦笑している。

可穂子の作ったケーキを食べ、三人でテレビを観ているうちに、さすがに杏奈も疲れたらしい。いつしか可穂子に身体を預けて、安らかな寝息を立てていた。

「すみません、あっちに連れて行きます」と、伊原は言ったが、杏奈の手はしっかりと可穂子のブラウスを摑んでいる。

「いいんです。よかったらしばらくこのままにしておいてあげてください」

「でも、重いでしょう」

「私は平気ですから」

可穂子は包み込むように、杏奈の身体に手を回した。その重みが心地よかった。

「子供って、こんなに温かくて、柔らかなんですね」

伊原がテーブルの向こうで、改めて頭を下げた。

「本当にありがとうございました。島田さんに声を掛けてもらえなかったらどうなってたか、考えれば考えるほど怖くなる」

「世の中にはいろんな人間がいますから、親御さんも不安ですよね」

「普段からよく言い聞かせてるつもりなんですけど、なかなかうまくいかなくて」

「ママのところへ行こうって言われたら、小さな子供なら、誰だってつい、付いて行ってしまうと思いますよ」

「でも、杏奈は母親の顔も覚えてないんです。出て行ったのは二歳にもなっていない頃だったし、思い出になるようなものもみんな処分してしまったから。でも却って、それがいけなかったのかもしれないな。ママという言葉に過敏に反応してしまうところがあるんです。時々、テレビに映るタレントを見て、あれはママだって言い張ったり、散歩してて、知らない女の人にママって走り寄ったりしたこともあって」

可穂子は杏奈に目をやった。この小さな身体いっぱいに母親への思慕を募らせているのだろう。

「よかったら、コーヒーをもう一杯どうですか」

伊原が言った。もう九時を過ぎている。そろそろいとますべき時間だとわかっていながら、可穂子の中にもどこか帰りがたい思いがあった。自分には手の届かない家庭という空間を、もう少し味わっていたかった。開け放したベランダの窓から心地よい初夏の風が入ってきて、レースのカーテンを揺らしている。

「いただきます」と、頷いていた。

それから、ベーカリーに伊原父娘がパンを買いに来るたび「こんどはいつきてくれるの？」と、杏奈は言った。

「こら、杏奈、我儘言うんじゃない」と、伊原に諭されても、聞こえないふりをする。

「そうね、また、近いうちにね」

はぐらかそうとするのだが「きょう？　あした？」と、杏奈は食い下がる。

「そうね、だったらパン屋さんがお休みの日かな」

「それって、いつ？」

「水曜日」

「すいようびね、うん、じゃあそのひにきてね。やくそくね」

結局、翌週もマンションを訪ねた。

前と同じように、伊原の手料理を三人で食べ、杏奈と遊んだ。そして、可穂子に身体を預けて眠る杏奈の重みを感じながら、コーヒーを飲み、伊原と他愛ない話をした。

伊原の毎日はなかなか大変そうだ。塾の講師は、日中は浪人生を担当し、夜は週に三日、高校生を受け持っているという。昼と夜の講義の合間に、杏奈を保育園に迎えに行き、食事を作り、夜に仕事がある日は、夜間託児所に預けに行き、終わってからまた迎えにゆく。日曜日は講義を入れていないらしいが、先日はたまたまピンチヒッターとして出勤しなければならなくなり、三時間ばかり杏奈ひとりを残して行った、とのことだった。

「杏奈をひとりにしないよう、気をつけているんですけど、時には断れない講義もあるものだから」

「大変ですね」

男手ひとつで娘を育てる。たぶん、想像以上の労力と精神力が必要に違いない。

「でも、だからって、辛いなんて思ったことは一度もないんですよ。杏奈が元気でいてくれたら、もうそれだけで十分って気になる」

伊原の温厚な眼差しが、眠る杏奈に注がれる。

「親馬鹿って笑われそうだけど、杏奈のためなら何でもできるっていうか、目に入れても痛くないって、こういうことを言うんだなって、父親になって初めてわかるようになりました」

伊原が照れたように口元をゆるめる姿を見て、思わず「羨ましい」と、口をついて出ていた。

「え？」

「私も、もし杏奈ちゃんみたいな子供がいたら、きっと毎日にもっと張り合いが持てるんだろうなって思います。今の暮らしに不満があるわけじゃないんです。私には十分すぎるくらいだと思ってるんですけど、それでも時々、心許なくなるっていうか……。人って、自分のためより、誰かのための方が頑張れたりするでしょう。それが自分の子供なら、尚更だろうなって」

「うん、そうかもしれない。杏奈がいなかったら、こんな毎日、僕もちょっと耐えられないだろうな。島田さんって、ずっと独りなんですか？」

尋ねてから、伊原は慌てて謝った。

「あ、すみません、立ち入ったこと聞いちゃって」

「いいんです。実は一度、失敗してます」

「ああ、そうなんだ……。まあ、それは僕も同じなわけだけど。ただ、失敗してみて、結婚ってそんな簡単なものじゃないんだなってわかりました。独身の頃は、結婚すれば夫婦になって、子供が生まれれば親になる、それが当然みたいに思っていたんだけれど」

自分も同じだ。あの頃の可穂子にとって、結婚は幸福と同義語だった。世の中の夫婦と同じように、小さな行き違いはあっても、結局は寄り添いながら一生暮らしてゆくのだと信じていた。

ふと、雄二の顔が思い出された。今はもう悪夢にうなされたり、男に対して足が竦んだりといった症状はなくなったが、ふとした拍子に記憶が鮮明な輪郭を持ち始める。

気がつくと、頬が強張っていた。

可穂子の様子に、伊原は何かを感じたかもしれない。けれども、何も聞かず「コーヒー、新しいのを淹れますね」と、キッチンに立って行った。

その翌週も出向くことになった。

杏奈に「また、すいようびにね」と、期待に満ちた眼差しで言われると、つい頷いてしまう。

そんな約束が続いて、いつしか水曜日は伊原のマンションに行き、三人で夕食を共にするのが習慣のようになっていた。料理は伊原が作ってくれるが、最近では時折、可穂子もキッチンに立つ。野菜を使った料理は、えるあみファームで暮らしていた頃にたくさん覚えた。伊原にも杏奈にも好評で、作るにも張り合いがある。

和室で絵本を読み聞かせていた時だった。ママ、と呼ばれたような気がして、可穂子は顔を向けた。杏奈はいつも伊原と同様、可穂子を「しまださん」と苗字で呼んでいる。言った杏奈がびっくりしたように、慌てて小さな唇に手を当てた。

「ごめんなさい」

杏奈が怯えたような目で謝った。伊原はキッチンで夕食の用意をしている。今夜は小麦粉ではない穀物粉を使ったお好み焼きの予定だ。

「パパから、しまださんのこと、ぜったいにママってよんじゃいけないって、いわれてるの」

可穂子は返す言葉に詰まった。

「そんなことしたら、もうここにきてくれなくなるよって。だから、そうよばないようにずっときをつけていたのに……。杏奈、もういわないから。だから、もうおうちにこないなんていわないでね」

杏奈が必死で言い縋う。その姿が切なくて、可穂子は思わずその身体を抱き寄せていた。

自分の胸の中に満ちてゆくもの、それが何なのか、うまく説明がつけられなかった。愛しさにも切なさにも似ているが、今まで感じたことのないある種の衝動とも呼べる感情だった。

「またすいようびにきてくれる？」

こんな無垢な目を向けられて、どうして首を横に振れるだろう。

「もちろんよ。来るに決まってるじゃない」

「よかった」

杏奈は弾けるような笑顔を向けた。


七月の末に、三人で花火を見に行った。八月には近所の神社のお祭りを見物し、お弁当を持って動物園にも出掛けた。伊原も、水曜日の夜は塾の仕事を入れないようにしている。

外出しても夕食はいつも家で摂る。簡単な料理で構わない。杏奈のアレルギーもあるが、大切なのは何を食べるかではなくて、誰にも何にも気を遣わず、三人で食卓を囲むことだった。

食卓ではいつも会話が弾み、笑いが絶えなかった。杏奈はいつも全エネルギーを注ぐようにはしゃいでいる。最近では、テーブルにビールやワインも並ぶようになっていた。

杏奈が眠ってからは、いつも伊原と何気ない話をする。たとえば自分の子供の頃の話、故郷の話、両親の話。商店街に新しくオープンした店の話、ベランダの花に誘われて飛んできた鳥の話。流れる時間は、まるで瀞《とろ》の中にいるように、可穂子を落ち着かせてくれた。

「本当のことを言うと、あの時、杏奈のお礼って言ったのは口実だったんだ」

ふと、伊原が言った。

「口実？」

「ずっと、あなたのことが気にかかってた。でも、ほら、僕なんか子持ちで安月給の身だから」

「そんな……」

可穂子は瞬きを返す。

「水曜日は、杏奈だけじゃなく、僕のためでもあるんだ」

遠回しで、控えめな伊原の告白が、可穂子を甘やかに包んでゆく。自分にこんな時間が訪れるなんて、どうして想像できただろう。

そうやって静かに緩やかに、伊原父娘との関係は深まっていった。

その電話があったのは、町中に秋の気配が漂い始めた頃だった。

「可穂子さん、私、佳世」

懐かしい声が耳に届いて、可穂子は思わず声を上げた。

「え、佳世さん？」

「どう、元気にしてる？」

かつてと少しも変わらぬ声に、鼻先をえるあみファームの土の匂いがかすめてゆく。

「はい、元気にしてます。佳世さんは？」

「おかげさまで私も元気よ」

「よかった。あれから何にも連絡しないですみません。ずっと気になっていたんですけど」

「それはお互いさまよ。いろいろあったもの、まずは自分の生活を立て直すのに精一杯よね。便りのないのはよい便りって言うし」

「佳世さん、今、どこにいるんですか？」

「群馬の下仁田《しもにた》にある小さな村で暮らしているの。あのね、史恵さんもいるのよ。みちるさんも帰って来たの」

「じゃあ、そこでまた農園を？」

「そう。廃農した農家から土地を譲ってもらって再開したの。えるあみファームに較べたら規模は小さいけど、みんなで何とか頑張ってる」

「そう、よかった……」

長い間、胸の中に重苦しいものが残っていた。みな、どうしているのか。自分だけが安穏と暮らしていいるようで、どこか後ろめたい気持ちが拭えずにいた。

「実はね、裕ママも一緒に暮らしているの」

「えっ」

可穂子は声を上げた。

「仮出所になったのよ」

「ほんとに？」

驚きと安堵が可穂子を包んでゆく。夏の暑さに、冬の寒さに、雨の夜に、風の強い日に、今頃裕ママはどうしているだろう、と、考えない日はなかった。

「それが、裕ママ、ちょっと身体を悪くしててね」

「病気なんですか？」

「そうなの」

佳世の言葉のニュアンスに重苦しい気配を感じて、可穂子は緊張した。もしかしたらかなり悪いのではないか、との不安が広がってゆく。そんな可穂子を気遣うように、佳世は明るい口調で言った。

「それでね、もしよかったら、一度こっちに来られないかなと思って電話したの。もちろん都合が合えばってことだから、無理することはないんだけど」

「もちろん、行きます。裕ママに会いたい、史恵さんやみちるさんにも」

「実は、真沙子さんと千津ちゃん、梢ちゃんと真美にも連絡したの。みんな来るって。久しぶりに、みんなでわいわいやりましょうよ」

「わぁ、楽しみ」

二週間後の土曜日に訪ねる約束をして、電話を切った。裕ママの病状は気にかかるが、あの頃のみなと顔を合わせられると思うと、可穂子の心は子供のように弾んでいた。

定休日以外に休みを貰うのは気が引けたが、事情を話すと、紀子は快く受け入れてくれた。

「いいわよ、たまにはゆっくり楽しんでいらっしゃいよ」

もちろん、伊原にも告げた。

「友達かい？」と、尋ねる伊原の言葉に、何の意図もないのはわかっている。

「友達というのとはちょっと違うの」

隣の和室で、杏奈はもう眠っている。

「昔、お世話になった人たち」

それを話すということは、つまり、自分の過去を明かそうと決心した証でもあった。隠すつもりだったわけではない。ただ、告げられた側の困惑を思うと、なかなか口にできなかったのだ。

「世話になったって？」

伊原の素朴な問いかけに、可穂子は慎重に言葉を選んだ。

「夫の暴力から逃れて、家を飛び出した私を受け入れてくれた人たち」

え……、と言ったきり、伊原は目をしばたたかせた。

「私が前に結婚していた相手って、ひどい暴力をふるう人だったの」

伊原は何か言おうとした。しかし言葉にはならず、そのまま口を噤んだ。

「こんな話、聞きたくない？　だったらやめておく。たぶん、とても嫌な気分になると思うから」

「いや、聞きたい、聞かせて欲しい」

可穂子は頷く。遠くから踏切のかんかんという音が、風に乗って流れてくる。

「何から話せばいいのかな……。やっぱり結婚した時のことからよね。結婚したのは二十八歳の時。相手は派遣先で知り合った人よ」

少し緊張している。しかし、それは伊原も同じだろう。

「最初は優しかった。でも、結婚して半年ほどたった頃からだんだん変わっていったの。ちょっとしたことで不機嫌になって、殴ったり蹴ったりするようになってね、暴力はエスカレートする一方だった。子供を流産した頃からはさらに酷くなった。理解できないかもしれないけど、そんな中で暮らしてゆくうちに、いつか私は何も考えられなくなっていたの。ただ我慢するだけ。夫の怒りが鎮まるのをひたすら待つだけ。今となってみれば、もっと違う方法があったとわかるんだけれど、その時は考えることさえできなくなっていたの」

可穂子は自分を落ち着かせるかのように、一度小さく息継ぎをした。

「その夜は特にひどくて、首を絞められた。少しの間、私は意識を失ってたみたい。目が覚めた瞬間、はっと我に返ったの。殺されると思った。このままじゃ間違いなく殺されるって。それほど夫は常軌を逸していた。隙を見て、部屋を飛び出して、やっとの思いで交番に駆け込んで、病院で治療を受けて……その翌朝には、配偶者暴力相談支援センターの職員が来て、NPO法人の女性を紹介されて、シェルターにかくまってもらって、ステップハウスに移って……、そして、やっと辿り着いたのが、えるあみファームという女性たちだけの農園」

自分を落ち着かせながら、可穂子は順を追って説明した。それでも、話しているうちに過去が蘇り、何度か言葉に詰まった。伊原は黙って耳を傾けていた。時折、小さく息をつき、そのたびかすかに肩が揺れた。

「その農園での暮らしが、私を救ってくれたの。もし、あの人たちに巡り会えなかったら、きっと今の私はなかったと思う」

「そうか、そんな大変な経験をしてきたんだ……。ごめん、僕は無神経なのか、ちっとも気がつかなかった」

「ううん、当然よ。私だって、そうなるまで自分がＤＶの被害者になるなんて思ってもいなかったもの」

「知ったかぶりをするつもりはないけれど、そういう経験をした人って、心の傷が深いって言うよね。あなたはどうなんだろう」

「正直言って、よくわからない」

可穂子は視線を宙に泳がせた。

「離婚してから四年近くたつけど、完全に元の自分を取り戻すにはまだ時間が必要なのかもしれない。でも、少なくとも私は今の暮らしを幸せだと感じている。それは確かだし、それだけで十分って気もしてるの」

「その今の暮らしの中には、僕や杏奈も含まれているのかな」

「もちろんよ」と、可穂子は頷いた。

すべてを話したわけではない。伊原も何もかも理解したとは思えない。互いに知らないところはまだたくさんあるはずだ。それでも、三人で過ごす時間は、今の可穂子にとって何よりも大切なひと時であることは真実だ。

「唐突かもしれないけれど」

伊原は緊張した面持ちで、膝を正した。

「もう、結婚は嫌かな」

可穂子は顔を向けた。

「前の結婚でそんな辛い思いをしたなら、躊躇して当然だと思う。男に対する不信感もあるかもしれない。僕だって完璧じゃない。妻に逃げられた男だ。情けないところはたくさんある。それでも、自分より力の弱い相手に暴力をふるうなんて考えられないし、許せない。これだけは誓うよ。僕は決して暴力なんかふるわない。約束する。だから――」

そこで、いったん伊原は言葉を区切った。

「僕と結婚してくれないか。杏奈のママになって欲しい」

伊原の言葉は、まっすぐに可穂子の胸に届いていた。それでも、すぐに言葉は見つからず、可穂子は膝に視線を落とした。

「答えは急がない。あなたが落ち着いて、僕と杏奈を受け入れてくれるようになるまで、僕は待つつもりだから」

土曜日、上野に出て、新幹線に乗った。都会の景色が遠ざかり、車窓にのどかな田園風景が広がってゆく。高崎で降り、上信《じょうしん》電鉄に乗り換えて一時間ほど揺られ、可穂子は下仁田駅に降り立った。

「可穂子さん、ここ」

改札口を出ると、手を挙げて合図を送ってくる史恵の姿があった。可穂子は駆け寄った。

「お久しぶりです」

「本当に。元気そうで何より」

手を取り合って、再会を喜び合った。史恵は少し白髪が増えたかもしれない。それでも、可穂子に向ける笑顔はあの頃のままだ。

駅前の駐車場に停めてあった軽トラに乗り、農園へと向かった。四十分ほど車を走らせた南牧《なんもく》村という場所にあるという。道の傍らには自然に近い形のままの川が流れ、山々が迫っている。風景はのんびりと静かで、豊かさを感じさせてくれる。

「いいところですね」

ガラス窓に顔を近づけて、可穂子は言った。

群馬県甘楽《かんら》郡南牧村は、県の南西に位置する村である。すぐ近くに標高一四二三メートルの荒船山《あらふねやま》がそびえ、峠の向こうはもう長野だ。その山間《やまあい》に、今は「かたかご農園」と名前を変えた裕ママの農園があるとのことだった。

「でしょう。私たちもすっかり気に入ってるの。いい農園と巡り会えて本当によかった」

名前の由来となっている「かたかご」は「かたくり」の古名で、片栗粉の原料としても知られている。早春に咲く高さ十センチほどの花で、農園の周りにも多く自生しているそうだ。薄紫や桃色の花を茎の先に一輪だけつけ、陽が翳っている間、花は下向きに開く。その様子は俯き加減に生きる女たちの姿を連想させるが、陽が当たると、一転して花びらは反り返り、力強さを見せ付ける。史恵からそれを聞いて、裕ママらしい命名だと可穂子は思った。

「あの、裕ママの具合はどうなんですか」

「そうねえ……」と、史恵はためらいがちに告げた。

「実は乳がんなの。服役していた時から、もうあちこちに転移しててね。すでに手術は難しい状態だった」

一瞬、言葉を失ってしまう。

「裕ママは延命のための治療を拒否したの。自然に任せたいって。それが身体の運命なら、受け入れたいって。私たちは裕ママの決断に任せることにした。何よりも裕ママの気持ちを優先させたかったから。ただ緩和ケアがうまくいっているから、痛いとか苦しいとかはほとんどないの。調子のいい時は畑仕事にも出られるし、食事もちゃんと摂れてる。そういう意味で、裕ママはとても元気にしてるから、そんなに心配しないで」

裕ママらしい選択だと思えた。生に対する執着を、どのような形で持ち続けるか。ある意味、裕ママにとって、もう何も思い残すことはないのかもしれない。

軽トラは、坂道を上ってゆく。山々がさらに近く迫ってくる。すでにほのかに色づいている木々もある。やがて、川沿いの傾斜地に建つ農家に到着した。

玄関先から飛び出して来たのは真美だ。

「可穂子さん、久しぶりぃ」

はしゃいだ声で、可穂子に抱きついて来た。

「真美ちゃん、元気だった？」

「うん、元気元気」

しばらく見ない間に、真美はすっかり大人になっていた。えるあみファームにいた頃は、いつも可愛い末っ子という立場でしかなかったが、社会に出て、それなりの意識を持ち始めたのだろう。表情に前には見られなかった自信が覗いている。

真美に連れられて家に入ると、懐かしい顔が揃っていた。囲炉裏こそないが、部屋の真ん中に大きな楕円形のテーブルがあり、あの頃と同じように、裕ママを中心にみなが座っていた。

「いらっしゃい。よく来てくれたわね」

裕ママの笑顔に迎えられて、可穂子はもう涙ぐみそうになった。国子もいる。玲子もいる。佳世と真沙子と梢。みちる、千津。

「お久しぶりです」

「元気そうね」

「はい、おかげさまで」

裕ママはすっかり痩《や》せて、ずいぶん年を取ったように見えた。けれども眼差しは何ひとつ変わってはいない。むしろ、以前より澄んだ輝きに満ちていた。

「さあ、今日は大宴会になるわよ」

佳世の言葉にみな歓声を上げた。

テーブルには、大皿に盛った料理が幾皿も並べられた。あれ取って、それ回して、お醤油《しょうゆ》ちょうだい、などと、えるあみファームにいた頃と同じように、言葉が賑やかに飛び交っている。

「可穂子さんのパン、おいしいわ」

手土産代わりに持って来たパンもテーブルに並べられ、裕ママに褒められて嬉しくなった。

「今、パン屋で働いているんです。それは私が焼いた米粉パン」

「へえ、可穂子さん、パン屋さんにいるんだ」

真美もまた頬張りながら尋ねる。

「そうなの。今は米粉の生地に野菜を混ぜた新商品を開発中」

「ところで真美、彼氏とどうなってるの？」と、聞いたのは玲子だ。

「結構、うまくいってるよ」

真美が照れながら答える。

「遠距離恋愛ってわけだ」

「ほら、彼、私にベタ惚れじゃない？　いいって言うのに、週末ごとに会いに来るんだよね」

「はいはい」と、玲子は呆れたように返したが、安堵が伝わってくる。誰もが同じ思いだ。真美はやはり、いつまでたっても可愛い末っ子だった。

梢は今、アルバイトをしながらカイロプラクティックの勉強をしているという。実家に帰った千津は介護施設で働いている。真沙子はなかなか安定した職場が見つけられず、どうやら近いうちにこの農園に来るつもりでいるようだ。

宴は賑やかに続いた。えるあみファームで暮らしていた時と何ひとつ変わりない。笑って、お喋りして、また笑う。裕ママの事件については誰も口にしない。それでいい。ママは刑に服し、こうして戻って来た。過去はもう振り返りたくない。

時間は瞬く間に過ぎて行った。みなは泊まるようだが、可穂子は早朝の仕事があるので帰らなければならない。

みなに別れを告げて外に出ると、わざわざ裕ママが見送りに出て来てくれた。

「今日は来てくれてありがとう」

「こちらこそありがとうございました。裕ママやみんなと久しぶりに会えて本当に嬉しかったです」

「あの時は、可穂子さんにもすっかり迷惑を掛けてしまって、ごめんなさいね」

「そんなこと……」

「今、幸せにしてる？」

「はい」と、答えてから、可穂子は言った。

「あの、私、もしかしたら結婚するかもしれません」

「あら」

「子供がいる人なんですけど、この間、結婚しようって言われました。子供もよくなついてくれていて、私も可愛くてたまらないんです。過去のことも話しました。それも受け入れてくれました」

「そう、よかった。それを聞いて安心したわ」

裕ママが心からホッとしたように目を細めた。

「幸せになるのよ」

「はい……。裕ママも身体を大事にしてください」

「ありがとう」

夕暮れの日差しが山々の稜線《りょうせん》を柔らかく縁取っていた。


次の水曜日、可穂子は伊原に承諾の返事をした。

伊原はホッとしたように「ありがとう」と言い、杏奈は「もうママとよんでいいのね」と、目を輝かせた。

「そう、いつでもママって呼んでね」

ママ、ママ、ママ、と叫びながら杏奈が抱きついて来る。この重みこそ幸福の証なのだと、可穂子は思った。

その夜、伊原と身体を重ねた。

抱き寄せられ、その腕に包まれて、可穂子は長い間忘れていた安らぎを全身に感じていた。いつもいつも怯えていた。常に張り詰めたものが自分を支配していた。でも、もう怖がらなくていい。無防備であって構わない。

セックスは長い間していなかった。セックスのことを考えるのも嫌だった。かつてのセックスは拷問であり、それをするたび、人としての尊厳さえ冒されてゆくような気がした。

ちゃんと伊原を受け入れられるのか、その不安もあった。けれども杞憂《きゆう》は不要だった。伊原の体温、伊原の吐息、伊原の匂い。交わりは、波を漂うように、風が木の葉を揺らすように、可穂子を静かに満たしていった。ただ、委ねていればいい。そして、素直に求めればいい。伊原とのセックスは、可穂子を女としてだけでなく、人間としても蘇らせてくれていた。可穂子はようやく過去の呪縛から解き放たれた自分を噛み締めていた。

結婚といっても、式を挙げるわけではない。身の回りの荷物を持って、伊原のマンションに引っ越すだけだ。最近、可穂子は時間を見つけては、自分の部屋と伊原のマンションの片付けに精を出している。新しい年を迎える前には一緒に暮らし始める予定だった。

その日はベーカリーの定休日だが、伊原は仕事に出て、杏奈も保育園に行っている。その時間を利用して、伊原のマンションの押入れとクローゼットの中を整理するつもりだった。もちろん伊原には許可を得ているし、鍵もすでに手渡されている。

もともと几帳面な伊原だが、それでも押入れやクローゼットには何やかやと詰め込まれていた。これから処分するものは伊原と相談するとして、季節はずれの衣類は収納袋に入れて天袋に移動させ、衣装箱やハンガーをうまく使えば、何とか可穂子の持ち物も収まりそうだ。そうやってクローゼットの奥をがさごそやっていると、隅にある段ボール箱が目に留まった。みかん箱ほどの大きさだ。蓋を開けると、杏奈の赤ちゃんだった頃の肌着やよだれかけが出てきた。もう不要となっても心残りで捨てられなかったのだろう。それらの可愛らしさに可穂子は思わず顔が綻んだ。毛糸のおくるみやソックスも入っている。可穂子は順々に手に取っていった。その時ふと、底の方に封筒があるのに気がついた。何気なく開くと写真が入っていた。生まれて間もない杏奈の写真。そして、その杏奈を抱いている女性。

可穂子はしばらく写真に見入った。その女性が杏奈の母親だということはすぐにわかった。どことなく杏奈と面差しが似ている。おそらく出産間もない病院での撮影だろう。髪を少女のように三つ編みにした女性は化粧っ気もない。それでも、大きな目と薄紅色の頬が印象的だった。そして何より、その表情に嬉しさと誇らしさが溢れ出ていた。杏奈の誕生をどれだけ喜んでいるか、可穂子にも伝わってきた。この先に自分に起こる運命など予想できるはずもない、幸福を信じて疑わない瞬間がそこにあった。

可穂子は封筒に写真を戻し、段ボール箱の底にしまった。ここに自分は関わってはいけない。伊原と杏奈と母親の、確かな時間の証なのだ。

そして、これからは伊原と杏奈と私とで、かけがえのない時間を作ってゆく――。

紀子に、伊原との結婚を告げると「おめでとう！」と、顔を綻ばせ、祝福の言葉をかけてくれた。

「もしかしたらそうなんじゃないかって、ずっと思ってたのよ。そう、結婚するの。本当によかった」

可穂子の過去を理解してくれての言葉である。心から嬉しかった。

山形の両親も喜んでくれた。年が明けて落ち着いたら三人で会いに行くと告げると「待ってるよ」と、電話口から母の涙声が返ってきた。両親にも、どれだけ心配や迷惑を掛けてしまっただろう。

今度こそ幸せになろう、自分を大切に思ってくれている人のためにも幸せになろう。

可穂子は心に誓っていた。

3

日曜日、今日も商店街は賑わった。

それぞれの店のワゴンが並んで、威勢のいい声が飛び交っている。米粉パンもよく売れて嬉しい。今夜は杏奈と最近買ったテレビゲームをする約束をしている。

冬の日差しは急ぎ足だ。夕方、陽が翳って、そろそろワゴンを片付けようかと思い始めた時だった。目の前に客が立った。

「いらっしゃいませ」

と、笑顔を向けた瞬間、可穂子の身体は凍りついた。

「久しぶりだね」

雄二が、そこに、立っていた。

可穂子はただただ混乱していた。

なぜ、どうして、いったい何が、そんなはずが――。

疑問と戸惑いが頭の中をぐるぐる回っている。

「元気そうでよかった」

雄二の口調は穏やかだ。口元には柔らかな笑みさえ浮かべている。もしかして自分は幻を見ているのだろうか。目の前に立つ男は雄二に酷似した別の誰かなのだろうか。できるならそうであって欲しい。

「急に訪ねたりして悪かった。驚いて当然だよね」

しかし、そんなわけはない。可穂子は足元に視線を落とした。自分の膝が細かく震えているのがわかる。

「会社の同僚がこの駅近くのマンションに引っ越したんだ。可穂子と同じ営業部にいた人だよ。その人から、商店街のパン屋で可穂子に似た人を見たって聞かされてね。それで、もしかしたらと思って訪ねてみたんだ」

人前に出るようになってから、そんな可能性もないわけではない、と頭ではわかっていた。それでも、離婚してから四年近くもたっていて、いつの間にか雄二の存在も遠く思えるようになっていた。

「そしたら、本当に可穂子だった」

その判断が甘かったのか。だから見つかってしまったのか。これで再び逃亡の日々が始まるのか。シェルターやステップハウスに戻るのか。そうなったらどうすればいい。嫌だ、嫌だ。やっと幸福を手に入れたのだ。何もかも忘れて、新しい人生を始めると決めたのだ。

「ずっと、会いたかった」

背中が寒気立つ。そんな言葉、聞きたくもない。

「離婚の時も、顔を合わせないまま決着が付いてしまっただろう、ずっと心残りだったんだ。よかったら、どこかで話せないかな。少しの時間でいいんだ。仕事が抜けられないなら、終わるまで待っていてもいい」

　そんな申し出など受け入れられるはずもない。可穂子は俯いたまま、小さく首を横に振った。

「そうか、僕なんかとはもう話したくもないか。当然だよね、君にあんなひどいことをしたんだから」

　可穂子の願いはただひとつ、早く目の前から消えて欲しい、それだけだ。けれども、雄二は話し続ける。

「実はあの後、僕、加害者更生プログラムに参加したんだ。カウンセリングも受けたし、自助グループの中でいろいろ語り合った。それでようやく、自分の生き方や在り方を見直すことができるようになったんだ。あの頃の自分はどうかしてた。自分が傷つくのを恐れるあまり、君を傷つけていた、そのことにやっと気づいたよ。本当にどうしようもない男だった。心から謝る。謝って済むようなことじゃないけど、どうか許して欲しい」

　可穂子は黙り続けている。いったい何と答えればいいのだろう。

「許してくれるかい？」

　雄二が重ねて言った。下を向いたまま、可穂子は小さく頷く。それで話が終わるなら、それでいい。

雄二が弾んだ声を上げた。

「そうか、許してくれるのか。よかった。これで肩の荷が下りたよ」

それから少し間を置いて、尋ねた。

「君は今もひとり？」

その質問に、どう答えればいいのか、可穂子はますます混乱した。ひとりと言えばつけ込まれるのではないか。結婚すると言えば刺激するのではないか。手のひらに汗が滲んでゆく。

「いや、いいんだ、僕がそんなこと聞ける立場じゃないよね」

それから、雄二はようやく最後の言葉を口にした。

「じゃあ行くよ。仕事の邪魔をして悪かったね。元気で」

雄二が離れてゆく。気配が人波に紛れてゆく。それでもしばらく可穂子は顔を上げられなかった。もし顔を上げて、まだそこに雄二がいたら、と考えるだけで身が竦んだ。

「どうかした？」と、背後から声を掛けられ、可穂子は我に返った。

「そろそろワゴン、仕舞ってもいいんじゃない？」

紀子が立っていた。

「あ、はい、そうですね、そうします」

いつの間にか陽は翳っていた。顔を上げてももう雄二の姿はない。可穂子は残ったパンを店内に運び入れ、ワゴンを片付け始めた。

あまりに突然だった。こんな形で雄二が現れるなんて思ってもいなかった。心臓の鼓動はまだ速い。足の震えも完全には止まっていない。

何よりも、雄二に居場所を突き止められたという恐怖があった。しかし、もし言葉通り、雄二が自分の生き方を見直し、心を入れ替えたのだとしたら、本当に謝りに来ただけかもしれない。謝られても過去を許せるわけではないが、少なくとも、いつかどこかでまた雄二の暴力に遭うかもしれないという、今も消えない恐怖は捨て去ることができる。

信じたい、と可穂子は思った。雄二は更生し新たな人生を始めたのだと。私たちは完全に別々の人生を生きているのだと。


それでも翌日、国子に電話をしたのは、その思いに自信がなかったからに他ならない。楽天的に考えすぎているのではないか、という疑いが消えてくれなかった。とにかく、国子の冷静な意見が聞きたかった。

電話に出た国子は、雄二の名を出すと、瞬く間に声を緊張させた。

「それで、相手はどんな態度だった？」

「いたって普通でした。顔はまともに見られなかったんですけど、とても落ち着いているように感じました。本人が言うには、加害者更生プログラムに参加して、立ち直ったそうです。実際、許して欲しいって、謝罪の言葉も口にしていました」

「そう……」

「DVって、治療を受ければ治るものなんですか？」

「一概には言えないわね。そういうところに参加すれば治るってわけじゃなくて、プログラムで得たものを、どう反映して、どう自分と向き合い、どう自分をコントロールしてゆくか、重要なのはそこだから。すべては本人次第ね」

「じゃあ、治らないってケースも？」

「当然、あるでしょうね」

やはり完全に安心はできないのだろう。雄二の口調は穏やかで、態度もまっとうに見えたが、心の中までは覗けない。

そういえば、と、可穂子は思い出した。

「あの人、学生時代に付き合っていた女の子にも暴力をふるったことがあるんです。私が最初じゃないってことは、いくら治療しても繰り返す可能性があるってことですよね？」

「ああ、そうだったわね、前にも同じことがあったのよね。だったら立ち直ったとは言えないかもしれない。その件について、後はどうなったか、ちょっと玲子ちゃんに調べてもらっておくわ。とにかく、相手の真意がわからないうちは不安よね」

「はい……」

「何ならしばらく身を隠す？　下仁田の農園なら誰にも知られてないし、安心だと思うけど」

　国子の言う通り、不安はある。恐怖も感じている。けれども生活もある。ようやく地に足が着いた日々を手に入れることができたのだ。じきに伊原や杏奈との暮らしも始まる。ベーカリーの仕事もある。今の生活を壊したくない。しばらく迷って、可穂子は答えた。

「もう少し様子を見ることにします。もし、また雄二が現れるようなことがあったら、その時はよろしくお願いします」

「そう。でも何が起こるかわからないから、くれぐれも注意するのよ。特にひとりの時は気をつけてね。何かあったらすぐに１１０番通報すること」

「はい」

　それから、国子は少し口調を変えた。

「余計なことだけど、このこと、結婚する人には話したの？」

　可穂子は口ごもった。

「いえ、まだ……」

「難しいところね。今の暮らしに波風立てたくない気持ちはわかる。でも、もしもの時はきちんと話さないとね。一生を共にすると決めた人だもの、きっと理解してくれるはずよ。今の可穂子さんにとって、誰よりもその人がいちばん頼りになる存在なんだから」

「はい」

しかし、答える自分の声がどこか弱々しく感じられて、可穂子は唇を噛み締めた。

それから三日が過ぎ、五日がたった。

雄二は現れなかった。帰り道は何度も後ろを振り返り、店にいる時は通りを注意深く観察したが、姿も気配も感じられなかった。

一週間が過ぎ、十日がたった。

やはり雄二の姿はない。可穂子は胸を撫で下ろした。言った通り心を入れ替えたのだ、もう以前の雄二ではないのだと、ようやく雄二の言葉を信用できるようになっていた。

三月末、可穂子は伊原のマンションに引っ越した。

入籍は互いの両親に挨拶を済ませてからの予定でいる。式というほどのものではないが、落ち着いたら、身内だけで簡単な食事会でも催せたら、と考えている。

夜はいつも川の字になって眠る。杏奈が寝入ってから伊原と抱き合う。互いを確認しあうような穏やかな交わりは、可穂子をどこまでも安堵させてくれる。

一緒に暮らし始めても、今までと変わらず朝六時前にはベーカリー・住田に行く。朝食と弁当作り、杏奈を保育園に連れてゆくのは伊原の役割だ。その代わり、帰りの時間を早めてもらった可穂子が、夕方四時過ぎに杏奈を保育園に迎えに行く。ふたりでスーパーに寄り、買い物をして、帰って夕食の準備をする。家族揃って食事ができるのは夕食だけなので、できるだけ三人で食卓を囲むようにしている。夜の講義がある日は、伊原は食事後、再び仕事に向かう。可穂子は杏奈とふたりでゆったりと過ごす。

少しずつ、生活のペースも摑めるようになっていた。杏奈はいっそう可穂子に懐き、可穂子にとっても愛しさは日々強くなるばかりだ。自分の中にこんな母性が潜んでいたことに驚いてしまう。そして伊原は優しく、協力を惜しまない。幸福な毎日だった。

そんなふうに、ふた月あまりが過ぎていった。

五月最初の日曜日。

今日もワゴン販売は好調で、追加のパンを何度も運んだ。販売は新しく入ったアルバイトの女の子に任せ、最近の可穂子はもっぱら製造作業を任されている。

午後三時を回り、今日の製造はすでに終わり、可穂子はオーブンやミキサーの後片付けに取り掛かっていた。

日曜日は、食事も含め、伊原が家事のすべてを引き受けてくれる。そろそろ洗濯物を取り込んで、買い物に出掛ける頃だろう。今夜のメニューは何にするつもりだろう。

そんなことを考えていると、携帯電話が鳴り出した。液晶画面に伊原の名前が出ている。

「もしもし」

耳に当てたとたん、伊原の緊迫した声が響いた。

「杏奈がアナフィラキシーの発作を起こした」

「えっ」

可穂子は声を上げた。

「今、駅裏の救急病院にいる」

「容態は」

「今、処置しているところだ」

「すぐ行く」

可穂子は店舗にいた紀子に事情を話し、裏口に走って自転車に乗った。胸の中は不安ではちきれそうだった。ペダルを漕《こ》ぎながら、いったい何が原因なのかと考えた。日頃から、食べ物には極力気を遣っている。保育園でも、持参させたもの以外は決して口に入れないよう徹底して頼んでいる。だいいち今日は日曜日で、保育園には行っていない。朝から伊原と一緒なら、変わったものを食べるはずがない。何より、杏奈自身が自分の体質をよく理解していて、馴染みのない食べ物は、伊原や可穂子の許しが出るまで決して食べない。外でこっそり口にするようなこともない。いったい何を間違えて口に入れてしまったのだろう。

病室に入ると、点滴を受けながらベッドで眠る杏奈の姿が目に飛び込んできた。可穂子は駆け寄った。

「杏奈ちゃん」

ベッド脇の丸椅子から伊原が立ち上がった。

「処置が早かったから大事には至らなかったよ」

「ああ、よかった……」

「でも二日ほど入院になった」

「いったい何を食べたのかしら。アレルギーが出るものは、家に置いてないはずなのに」

「実はこれなんだけど」と、伊原がビニール袋を手にした。袋にはベーカリー・住田の印刷がされている。その中から出てきたのはラスクだった。焼き菓子の一種のラスクは、フランスパンとバターとグラニュー糖で作られている。

「それを食べたの？」

「どうやらそうみたいだ」

ラスクは確かに店で売られているものだ。

「ベランダで洗濯物を取り込んでいたら、近所の子と遊んでた杏奈が戻ってきたんだ。おやつにママのお菓子を食べていいかって聞かれたから、僕は、いいよって答えた。君の作るお菓子もパンも、アレルギー対策用のものばかりだから、安心してたんだ」

「ええ、そうよ。家に置いてあるのは、みんな杏奈ちゃん用に作ったものばかりだもの」

「しばらくして、異変が起きた。杏奈の全身が赤く腫れ上がって、呼吸困難に陥った。すぐにアナフィラキシーだとわかった。慌てて救急車を呼んだんだけど、その時、テーブルにこのお菓子を見つけたんだ」

「でも、ラスクを家に持ち帰ったことなんて一度もない。杏奈ちゃんが食べられないものを家に置いておくはずがない」

「ああ、わかってる」

「じゃあ、これはいったいどこから」

「もしかしたら、事情を知らない近所の人から貰ったのかもしれない。ずっと前にもそういうことがあったんだ。おやつだと言って渡された。悪気はないんだろうけど、アレルギーっていうのがなかなか理解してもらえなくてね。杏奈には貰ったものは必ず見せるように言い聞かせているんだけど、いつものベーカリー・住田の袋に入ってたから、つい油断したのかもしれない」

可穂子は杏奈を見下ろした。まだ顔は腫れている。全身に蕁麻疹《じんましん》も広がっているようだ。それでも呼吸は落ち着いていた。大事に至らなかったことだけが救いだった。

その日、可穂子はずっと杏奈に付き添った。

完全看護なので泊まることはできないが、翌日もベーカリーを休んで、杏奈のそばにいた。容態は安定したようだ。杏奈の表情にも元気が戻ってきている。

「ねえ、杏奈ちゃん」

枕元に座って、可穂子は杏奈の顔を覗き込んだ。杏奈が甘えた目を向ける。

「なに？」

「あのお菓子なんだけど」

「うん」

「どうして誰かから貰ったお菓子を食べたりしたの？　いつもはそんなことしないでしょう。必ずパパかママに見せてくれてたじゃない」

「ごめんなさい」

叱られると思ったのか、杏奈が泣きそうに顔を歪めた。

「ううん、怒ってるんじゃないの。ただ、どうしてなのかなって」

「ママからだっていわれたから」

可穂子は目をしばたたいた。

「ママからって……、誰がそんなこと言ったの？」

「おかしをくれたひと。ママにたのまれて杏奈におやつをとどけにきたって」

不意に、胸の中に不吉な影が広がっていった。

「だからね、杏奈、うれしくてついたべちゃったの」

「杏奈ちゃん、その人、男の人だった？」

「うん」

「どんな人？」

「どんなひとって……うーん。ただ、そのひと、ママとすごくなかのいいおともだちだっていってたよ」

可穂子は病室の窓の向こうに目をやった。

太陽はすでにビルの向こうに消え、町中は薄ぼんやりした気配に包まれている。伊原はさっき顔を出し、夜の講義に出掛けて行った。朝から晩まで一緒にいられるのがよほど嬉しいらしく、杏奈はまるで赤ん坊に戻ったように甘えてくる。可穂子も好きなだけ甘やかしている。

杏奈にラスクを与えたのが誰なのか。否定しようとしても、悪い予想は容赦なく広がっていた。

雄二には、可穂子の勤め先を知られた。でも知られたのはベーカリー・住田だけで、前に住んでいたアパートも、伊原や杏奈と暮らし始めたマンションも知らないはずだ。だから、雄二にそんなことができるはずがない。

そう思いながらも、調べようと思えば難しいことではない、との察しもつく。たとえば、気づかないまま尾行されていたとしたら、たとえば興信所や調査事務所に依頼していたとしたら、簡単に情報は得られるだろう。住所ばかりではない、いずれ伊原と結婚することも、娘となる杏奈にアレルギーがあることもわかるはずだ。雄二がそれをしないとどうして言えるだろう。

杏奈を標的にしたのも、雄二なら合点がゆく。可穂子を追い詰めるためなら手段は選ばない。いちばん大切なものから奪ってゆく。雄二はそんな男だ。そんな男だと、あの結婚生活で嫌というほど思い知らされたではないか。

しかし、それでもまだ違う誰かの仕業であって欲しいと願う自分がいた。杏奈の体質を知らない近所の誰かが間違ってラスクを与えたということであってくれれば、その方がどれだけ救われるか。

絵本を読み聞かせているうちに、杏奈は寝息を立て始めた。ナースセンターに顔を出し、可穂子は病院を出た。携帯電話の電源を入れると着信の知らせがあった。玲子からだった。すぐに折り返した。

「可穂子です」

「連絡が遅くなってごめんなさい。国子さんに頼まれてた件、昔のことだから調べるのにちょっと手間取っちゃって」

「すみません、お忙しいのに」

「いいのよ、これだって私の仕事なんだから。それで、あの男が学生時代に暴力をふるった女性に、その後もつきまとったりしていなかったかっていう件だけど」

「はい」

「それがね」と、答える玲子の声に緊張が含まれた。

「その女性、行方不明になってた。家族から捜索願が出されていた。見つからないまま、もう十五年になるそうよ」

「え……」

全身に鳥肌が広がった。

「私もびっくりだった。それでね、思い切ってその女性のご両親に連絡を取って訪ねてみたの」

「ご両親は何て？」

可穂子は電話を握り締めた。

「私のこと、最初は警戒していたんだけど、事情を話したらわかってくれてね、いろいろ話してくれた。やっぱり永尾雄二を疑ってた。それ以外に娘さんが姿を消す理由はどこにもないって。永尾と別れてから、つきまとっていたような具体的な事実はなかったけど、娘さんはずっと怯えていたそうよ。いつも永尾に見張られているような気がするって。そんな中で突然姿を消したんだもの、疑って当然だと思う。ご両親は警察に何度も足を運んで、調べて欲しいと訴えたらしい。実際、署員が永尾に事情を聞きにも行ったようだけど、関与している証拠は何も見つからなかったとのことだった。そうなると警察はそれ以上、手出しはできない。捜索願も出したけど、事件性がはっきりしないのだから特別な捜査をしてくれるわけじゃない。結局、そのまま十五年がたってしまったわけ」

「それは、やっぱり……」

「一概には言えない。何も見つかってないし、何の証拠もない。あの男が関係している根拠は何もない。でも、彼女はいなくなった。その事実だけは確か」

可穂子はあの目を思い出す。人間のものではない、動物でもない、生き物ですらない、むしろ冴え冴えと澄み切ったようにさえ見える目。

雄二は何も変わっていない。昔のままだ。そして何も終わってはいないことを、今、可穂子ははっきりと理解する。

駐輪場に入ったところで、可穂子は再び携帯電話に目を落とした。

してはいけないのかもしれない。そうすることで、更に悪い方へと向かう可能性もあるだろう。けれども、この状況に決着を付けられるのは自分しかいない。それだけはわかっていた。

思い出すつもりはなくても、その数字が頭に浮かぶ。あれから四年以上がたっている。番号が変わっている可能性は十分にある。どこかで繋がらなければいいと思いながら、非通知で番号を押すと、三回目のコールで雄二の声がした。

「もしもし」

雄二の声は落ち着いていた。可穂子はすぐには声が出なかった。

「可穂子だね」

口の中が乾いている。

「やっと掛けてきた。いつでも連絡してこられるように、番号は変えないままにしておいたんだ。ずいぶん時間がかかったけど、でもいいよ、こうして掛けてきたんだから許してあげるよ」

「杏奈ちゃんにラスクを渡したのはあなたね」

「ああ、あれね。僕も食べたけど、なかなかおいしかったよ」

「あの子にアレルギーがあるとわかっていて、わざと渡したのね」

「へえ、あの子、アレルギーがあるのかい？」

可穂子は声を荒らげた。

「とぼけないで、よくそんなひどいことができるわ。命に関わったかもしれないのよ。もしものことがあったらどうするの。あの子は関係ない、巻き込むのはやめて」

「巻き込む？」

そして、雄二は淡々と付け加えた。

「それはちょっと違うんじゃないかな。あの子を巻き込んだのは僕じゃない、可穂子だろう」

可穂子は言葉に詰まった。

「どうして僕たちの間に、あんな父娘を介入させたんだ」

「何を言ってるの、私たちはとっくの昔に離婚したの。もう何の関係もないの。赤の他人なの」

「忘れたのかい？　僕たち、結婚式で永遠の誓いをしたじゃないか。僕は今も可穂子を妻と思ってるよ」

「やめて、そんな話聞きたくもない。二度と私の前に現れないで。私たちのことは放っておいて。もし今度何かしたら、警察に通報するから」

「警察か」

「告訴もする。何があっても絶対にするから。そうなったら社会的立場も家族の信用もみんな失うのよ」

　電話の向こうで雄二が小さく笑った。

「もう失ってるよ。会社ではひどい部署に回されているし、家族にも見放された。両親や兄や姉とも何年も会ってない。僕にはもう失うものなんて何もないんだ。警察に訴えたいなら、そうすればいいさ。保護命令による接近禁止命令は六ヶ月の期限付き。親告罪だと六ヶ月以下の懲役または五十万円以下の罰金。禁止命令違反となると一年以下の懲役または百万円以下の罰金。ま、そんなところだよ。それくらいで、僕はまた戻って来られるんだ」

　可穂子は戦慄《せんりつ》する。雄二の言葉が恐ろしいほどの現実味を持って聞こえた。

「お願い、あの父娘に近づかないで」

「それは僕が決めることじゃない、可穂子次第だよ。簡単な話さ。僕のところに戻って来ればいいんだ。あんな父娘と暮らしているからこんなことになるんだよ」

何を言っても通じない。雄二の心は理解しがたい論理で占められている。

「可穂子、忘れたのかい、おまえはもともと僕のものなんだってこと。どこに行こうと、必ず捜し出してみせる。一生、離れないからね」

何も答えず、可穂子は電話を切った。

駅から、たくさんの人が吐き出されてゆくのが見える。人波はバス停へ、駐輪場へ、タクシー乗り場へ、横断歩道へと散ってゆく。目線を上げると、初夏の柔らかな空気の中に、細い月が浮かんでいた。

しばらく立ち尽くしていた。身体の中は重苦しさに満ちていた。これからどうなってゆくのか、それはわからなくても、何をしなければならないのか、それだけははっきりとわかっていた。


伊原が夜の講義から帰ってくるのは十一時過ぎだ。講義が終わってからも個人の質問に応対するなどして、更に遅くなる夜も多い。

結局、帰って来たのは零時を少し回ったところだった。伊原の姿がリビングに現れると、可穂子は床に手を突いて、頭を下げた。

「申し訳ありません」

「えっ、杏奈に何か？」

伊原が慌てた声を出した。

「いいえ、杏奈ちゃんは順調よ。予定通り、明日には退院できるって」

「何だ、びっくりした」

伊原は可穂子の向かいに腰を下ろした。

「じゃあ、何でそんなに改まって謝ったりするんだい？」

「杏奈ちゃんに、ラスクを渡したのは、私の別れた夫だった」

「え……」

顔を上げると、伊原が惚けたように唇を薄く開けていた。

「あなたに話してなかったけれど、三ヶ月ほど前、店頭販売をしていた時に元夫が現れたの。でも、その時はとても冷静だったし、態度も普通で、過去のＤＶを謝っていった。それから姿を見せることは一度もなかったから、私も終わったと思ってたの。でも、そうじゃなかった。あの人は少しも変わっていなかった。私があなたと結婚することや、杏奈ちゃんという子供がいることを知って、あんなことをしたんだと思う」

しばらく沈黙があった。

「本当に君の元夫の仕業なのかい。君の思い過ごしってことはないのかい」

「さっき本人に確認した。渡したことを認めたわ。アレルギーは知らなかったととぼけていたけれど、そんなわけはない。知っていてわざとやったに決まってる」

伊原は息を吐き出し、自分の気持ちを落ち着けるように眉根に力を入れた。

「話には聞くけれど、やはりしつこくつきまとうものなんだな」

「ごめんなさい、みんな、私のせい」

謝る声が震えた。

「君のせいじゃないよ、悪いのはその元夫だ。わかった。警察に行こう。これは明らかに犯罪行為だ。一歩間違えば、杏奈は死んでいたんだ。殺人未遂にもなるはずだ」

「アレルギーなんて知らなかった、それを通すに決まってる」

「それでも、警察が介入したとなれば、そうやすやすと僕たちにも近づけなくなるだろう。警察もきっと対処してくれるさ」

可穂子は視線を膝に落としたまま、ひとつ息を呑んだ。

「そうね、そうなってくれることを祈りたい。でも、そんなにうまくはいかないかもしれない。何の証拠もないのに、警察に訴えても守ってもらえるか、実際のところはわからない。現実に、助けを求めながら命を失った人もいるってニュースでも聞くわ。どちらにしても、わかっていることはひとつ、私があなたや杏奈ちゃんと一緒にいる限り、これからも何が起こるかわからないということ。もう杏奈ちゃんを危険に晒すことはできない。もし、あなたや杏奈ちゃんに何かあったら、私、生きてゆけない……」

「大丈夫だ、僕が何とかする。その男に直接会って話を付けたっていい」

その言葉は嬉しいが、伊原はまだ雄二の本当の姿をわかっていない。あの狂気じみた執着心を、普通の感覚の人間が理解できるはずがない。

「いいえ、話が通じるような相手じゃないの。もしかしたら、あなたの職場に中傷メールを送り付けるかもしれない。生徒さんやその親にまで送るかもしれない。故郷のご両親にだって迷惑を掛けるかもしれない。あの男ならやりかねない。そういう男なの。生活をめちゃくちゃにされてしまう」

可穂子は自分にされたことを思い出す。アダルトサイトに載ったいかがわしい写真。故郷の兄や友人たちに送られた謂《いわ》れのない内容のメール。

伊原の眼差しに戸惑いが滲んでゆく。

「そんなことまでやるのか……」

「やるわ、あの男なら、きっと」

伊原は黙った。その胸の中で今、どんな葛藤が繰り広げられているのか、可穂子にも想像がつく。

「私、ここを出ます」

「えっ？」

「もう、荷物はまとめたの」

伊原は目を見開いた。

「短い間だったけど、幸せだった。ありがとう。あなたと杏奈ちゃんのことは一生忘れない」

「何を言ってるんだ。君が出てゆく必要がどこにある。僕たち結婚するんだよ、家族になるんだ。杏奈を悲しませないでくれ。僕だってそんなのは嫌だ」

ある意味、伊原も不運だったと言えるだろう。杏奈の母親は育児ノイローゼになり、次に結婚しようとした可穂子にはとんでもない元夫がいた。

「これが今できるいちばん確実な方法なの。何かあってからでは遅過ぎる」

「いいや、こんな時だからこそ一緒にいなくちゃいけないんだ。厄介な相手かもしれないけど、僕たちの問題としてふたりで解決していこう。きっといい方法があるはずだ」

その言葉に伊原の誠意が感じられた。男としての覚悟を通したいとの思いも伝わってきた。嬉しくないわけではない。しかし、可穂子の気持ちはそれで覆されはしなかった。

「いいえ、これは私たちの問題じゃない、私の問題なの。あなたや杏奈ちゃんには関係のないことなの」

「可穂子……」

逡巡《しゅんじゅん》するように、伊原はしばらく言葉を途切らせた。もし伊原と自分のふたりだけなら、別の選択もあるかもしれない。しかし杏奈がいる。杏奈を守るという思いを優先すれば、道は当然決まる。すべては自分のせいなのだ。伊原や杏奈を巻き込めない。雄二という男と結婚したのは自分なのだ。

「お願い、そうさせて」

ずいぶんと長く黙り続けた後、ようやく伊原は口を開いた。

「でも、ここを出て、いったいどこに行くつもりなんだ」

「大丈夫、何とかなるから」

「何とかなるって」

「こういう時に力になってくれる人を知っているの、そこにしばらく厄介になるつもり」

「しばらく、なんだね？」

伊原が確認するように尋ねた。

「ここを出るのはしばらくの間と考えていればいいんだね？」

曖昧に可穂子は頷いた。

「だとしたら、それもひとつの方法かもしれないな。可穂子がいないとわかれば、相手もさすがに諦めるだろう。しばらく様子を見て、落ち着いたらゆっくり対処を考えよう。三人でどこか遠いところに引っ越したって構わない」

もしかしたら、ほとぼりが冷めるまで身を隠す、伊原はその程度に考えているのかもしれない。そう思われているなら、むしろその方がいいと可穂子は思った。伊原に、可穂子を見捨てた、というような負い目を感じさせたくなかった。

マンション前を、新聞配達のオートバイのエンジン音が通り過ぎてゆく。まだ外は暗いが、夜明けは近かった。

「じゃあ、私」

ボストンバッグを手にし、可穂子は立ち上がった。

「もう、行くのか」

「始発の電車に乗るつもりだから」

「落ち着いたら連絡をくれるね？」

「ええ」

「必ずだね？」

「そうする」

「杏奈には何て言えばいいんだろう」

「ごめんなさい、それはあなたに任せる……」

玄関先で靴を履き、可穂子は振り返った。

「退院は午前十時の予定だから、杏奈ちゃんを迎えに行ってあげて」

「わかった」

伊原が腕を伸ばし、可穂子の身体を引き寄せた。

「僕も杏奈も待ってるから。また三人で一緒に暮らせる日を待っているから」

可穂子は目を閉じ、伊原の匂いを吸い込んだ。泣きそうになる自分を必死にこらえた。

それから身体を離し、外に出て後ろ手でドアを閉めた。


駅に着いてから、可穂子はベーカリー・住田の紀子に連絡を入れた。

手短に事情を話し、辞めさせて欲しいと告げると、紀子は責めるような言葉はひとつも言わなかった。

「そう、わかったわ。うちのことは気にしないでいいから、今は自分のことだけを考えて」

と、落ち着いた口調で返してくれた。可穂子はただただ、すみません、と謝るしかなかった。

東京駅から始発の長野新幹線に乗り、高崎に向かった。窓を流れる風景を眺めながら、可穂子はぼんやりしていた。頭の中は茫々として、何も考えられなかった。それでも、自分が生きてゆける場所は裕ママの農園しかないということだけはわかっていた。

高崎には七時十五分頃に到着した。下仁田に向かうために上信電鉄の乗り場に向かおうとしたが、ひどく疲れていて、そのまま待合室のベンチに腰を下ろした。ラッシュ時間と重なって、目の前を足早に会社員や学生たちが通り過ぎてゆく。自分には無縁となった日常がそこにあった。

その時、携帯電話が鳴り出した。バッグの中から取り出すと、伊原の名が出ていた。きっと心配してくれているのだろう。もしかしたら、やっぱり戻って来いと言うつもりかもしれない。嬉しくないわけではない。どころか、伊原と杏奈が恋しくて、たまらず上りの新幹線ホームへと走ってゆきたい衝動にかられそうになる。しかし可穂子は電源を切り、携帯電話を胸に抱いた。できない。できるはずがない。自分には化け物が取り憑いている。

どれくらいそうしていただろう、やがて可穂子はベンチから立ち上がり、駅前に向かって歩き始めた。どこかに携帯ショップがあるはずだ。そこに行き携帯電話を解約するつもりだった。伊原と繋がるものは、すべて断ってしまいたかった。それが伊原と自分のためと思えた。

駅前の交番で場所を尋ねると、若い警官が親切に教えてくれた。ショップに行ってみたが、まだ店は閉まっている。可穂子はシャッターの前に立った。

ふと、雄二の顔が浮かんだ。伊原と別れたことを雄二は知らない。このままでは、雄二はまた伊原か杏奈に危害を加えるかもしれない。それだけは何としても止めなければならない。それが最後の自分の責任でもあるはずだ。

可穂子は携帯電話を手にし、電源を入れた。コールが三度鳴って、やがて雄二の声があった。

「はい」

自分から掛けておきながら、それでも、すぐに返せない。

「可穂子だろ？」

気持ちを落ち着かせるように、可穂子は小さく息を吸った。

「私、マンションを追い出されたから」

「そう」

「そんな厄介な元夫がいるような女とは一緒に暮らせないって、相手に捨てられたの」

しばらく間があって、雄二の薄い笑い声が聞こえた。

「それは大変だったね。でも、本当の話なのかい？　あの父娘を守るために、わざとそんなことを言ってるんじゃないのかい？」

「どうとでも好きに取ってくれて構わない。もうマンションは出たし、パン屋も辞めた。東京も離れたから」

ふうん、と言ってから、雄二はしばらく黙った。

「でも、どこに行っても、僕は必ず可穂子を捜し出してみせるよ」

「私、死ぬの。誰も知らないところでひとりひっそり死ぬの。もう、あなたに怯えて生きてゆくのは疲れた。こんな生活、耐えられない。だから捜しても無駄よ。もうすぐこの世からいなくなるんだから」

「だったら、僕のところに来ればいい。僕が君の望みを叶えてあげるよ。可穂子を死なせることができるのは僕だけだ」

「あの人にもそうしたの？」

尋ねる声に、いっそう緊張が含まれる。

「あの人？」

「あなたが学生時代に付き合ってた人、十五年前から行方不明になってる人よ」

「ああ、彼女」

「あなたが――」と、言ってから、可穂子は唾を飲み込んだ。

「殺したの？」

雄二は笑った。

「それはとんでもない妄想だね。何を根拠にそんなことを言うのかな。僕がそんな馬鹿なことをするわけがないだろう。ただ、これだけは言える。彼女は愚かな子だった。自分が取るべき行動を間違えたんだ。きっと、そんな自分に失望して姿を消したんじゃないのかな」

可穂子は唇を噛み締めた。

「わからない……」

「何が？」

「何度も何度も考えた。でも、どうしてもわからない。あなたの心の中にあるものがわからないの。人間なら思いやりとか優しさとか、そういうものがあって当然でしょう。こんなことをして満足なの？ これは意地なの？ 復讐なの？ こんなふうにして一生を終えるつもりなの？」

「愛してるからさ」

さらりと、まるで口ずさむように雄二は言った。

「僕は今も可穂子を愛してる。これからもずっと愛し続ける。それだけさ」

「愛なんて……どうして言えるの？」

「何と言われてもいいんだ。これは確かに、僕の愛なんだから」

「あなたは、やっぱり狂ってる」

可穂子は電話を切って、その場にしゃがみ込んだ。

いったいどうして雄二のような人間が存在するのか。両親との確執があったとはいえ、それで苦しむ人間はいくらでもいる。そのすべての人間が雄二のようになるわけではない。雄二は間違って生まれてきたのか。これは神様の過ちなのか。

しかし、考えても埒はあかない。いる、という現実から逃れることはできない。

携帯ショップのシャッターが上げられた。外でしゃがみ込む可穂子の姿に驚いたように、店員が慌ててドアを開け「お待たせしました」と、愛想のいい笑顔を向けた。

第四章　ホーム

1

可穂子は作業の手を休めて空を仰いだ。

春の日差しが白く降り注ぎ、土と森の匂いが鼻腔に広がってゆく。息を吸う。息を吐く。こうしていると、その繰り返しこそが、失ったものを蘇らせてくれるように思う。

可穂子はキャベツの根元に鎌を入れた。手にしたキャベツは驚くほど重みがある。巻きがいい証拠だ。外側の余計な葉を落とし、傷つかないよう丁寧にかごに入れてゆく。農作業から三年近く離れていたが、手順は身体が覚えている。

「さあ、そろそろお昼にしましょうか」

佳世の声に、みな作業を中断して腰を上げた。佳世、史恵、真沙子、みちる、そして可穂子。体調を崩している裕ママを除いて、今はこの五人で農作業を行っている。

家に戻り、座卓を囲んで昼食を摂った。大皿に盛られた惣菜はシンプルだが、えるあみファームと同じく、新鮮な野菜がふんだんに使われていて、それだけで十分においしい。かつてより人数は減ってしまったが、食卓は以前と変わらず賑やかなお喋りと、明るい笑いが絶えなかった。

すっかり痩せて、今は背もたれ椅子を使うようになった裕ママだが、その笑顔の明るさもまた以前のままだ。乳がんはステージ4まで進行しているが、緩和ケアがうまくいっていて、痛みや苦しみは感じられないという。けれども、それは緩和ケアだけではないように可穂子は思う。かたかご農園で信頼し合ったみなと暮らし、一緒に食事を摂ることがいちばんの治療になっているように感じる。

「ねえ、可穂子さん、ちょっと思ったんだけど」と、言い出したのは史恵だ。

「パンを出荷してみない？」

可穂子は箸を持つ手を止めて、顔を向けた。

「可穂子さんの作るパン、すごくおいしかったもの。米粉パンなんてヘルシーだし、需要があるんじゃないかと思うのよ」

「うん、それいいじゃない」

みちるがクレソンサラダを口にしながら頷いた。

「せっかくパン屋さんで技術を習ったんだもの、生かさないのはもったいない。それに、うちも他の農家と違ったものを出さないと、なかなかお客さんの目を引かないのよね」

収穫した野菜は、主に下仁田の直売所に持ち込まれている。以前のような宅配やレストランへの納入はないが、代わりにお土産用として漬物、ピクルス、ジャムなどを民宿やペンション、ドライブインに納めている。しかし、どの農家も同じようなものを出しているので重なる商品も多い。

どう？　と聞かれて、可穂子は迷った。

「確かにやってみたい気持ちはあります。ここで採れた野菜を使って作ったら、きっとおいしいパンができるだろうなって。でも……」

「でも、なに？」

「作るとなると、いろいろ必要なものも出てくるんです」

「そりゃあ、調理用具とかはいるでしょうけど」

「何よりオーブンが必要なんです」

「ああ、そうね」

「オーブンも業務用になると結構な値段がするし、ガスを使うにしても電気にしても、設置するのに工事も入れなきゃならないから、かなり大がかりになります。燃料費も馬鹿にならないし」

「やっぱり、そう簡単にはいかないものなのね」

「ええ、まあ」と、答えてから、可穂子はふと考えた。何もガスや電気を使うだけのオーブンしかないというわけではない。

「別の方法もあるにはあるんですけど」

「別の方法って？」

「石窯《いしがま》です。平たく言えばイタリアンレストランのピザ窯に似たようなものです」

自分で思いついておきながら、可穂子は目をしばたたいた。ベーカリー・住田はガスを使っていたが、もちろん石窯でパンを焼くことはできる。というより、そちらの方が人気があるくらいだ。

「あら、それいいじゃない。石窯だったら燃料は薪《まき》でしょ？　薪ならこの辺りにたくさんあるし、安上がりよね。石窯って業者さんに作ってもらうの？」

「もしかしたら、自分でも作れるかもしれません」と、可穂子は答えた。

「石窯は、構造としてそんなに難しいものじゃなくて、基本的には耐火煉瓦《れんが》を積み重ねればいいはずです。趣味で庭に作ったりする人もいるくらいですから」

「なあんだ、だったら問題はないじゃない。石窯、みんなで作りましょうよ。土間の奥にスペースもあるし、何だか楽しそう。ねえ裕ママ、どう思います？」

裕ママは目を細めた。

「可穂子さんはやってみたいと思ってるの？」

「はい、できるなら」

「だったら、やりましょうよ。やりたいことは何でもやってみなくちゃ。尻込みしてるだけじゃつまらないわ。私も可穂子さんの焼いたパン、すごく好きよ。毎日食べられるなら嬉しいわ」

「じゃ、決まりね」

まさかそんな話になるとは思ってもいなかった。しかし、可穂子は久しぶりに気持ちが浮き立つのを感じていた。ベーカリー・住田で働いていた時、いつかパン職人としてひとり立ちできるようになれたら、という夢を描いたことがある。あの夢が、ここで叶えられるなんて信じられない思いだ。

食事の途中ということも忘れて、どんな石窯を作ろう、どんなパンを焼こう、と、すでに可穂子の頭の中にはさまざまな思いが広がっていた。天然酵母を使って、ここで採れる野菜や果物を使って、ペストリーやデニッシュ、バゲット。それから、ドイツパンのような、大きくてしっかりと歯応えがあって、旨みの詰まったパンも作ってみたい。

「よかった」と、そんな可穂子を見ながら、佳世が口元を緩めた。

「やっぱり何か夢中になるものがなくちゃね。じゃないと、余計なことばかり考えちゃうから」

その時になって、ようやく気づいた。さり気なく持ち出されたような提案でいて、実は可穂子を気遣ってのことだったのだ。みなの前では明るく振る舞っているつもりだったが、心の翳りはやはり感じ取られていたのだろう。

ひと月前、この家の玄関に立った可穂子を見た時の、みなの困惑した表情が忘れられない。去年の秋に訪ねた時は結婚すると告げた。それが再び戻って来た。可穂子も辛かったが、みなも同じように落胆したに違いない。かたかご農園のみなばかりではなく、国子や玲子も同じだったろう。そして、山形の両親にもまた辛い思いをさせてしまった。いつも自分は周りに迷惑ばかり掛けている。

可穂子は胸が熱くなった。

「ありがとうございます。頑張ります。おいしいパンをいっぱい焼きます」

みなの思いやりが心から嬉しかった。

準備はすべて可穂子に任された。

それ以来、可穂子は暇さえあれば石窯の製作方法や調理器具の調達など、インターネットで調べたり、本を読んだりしている。石窯は、耐火煉瓦を使い、耐熱モルタルで固めるというやり方をするのが一般的のようだ。特殊な資材ではないので、町のホームセンターで両方とも手に入る。設置は土間の奥。今は台所の隣に風呂場があるが、ずっと前、そこに薪を燃やして湯を沸かした五右衛門風呂があったという、そのおかげで地面は硬く締まっているし、壁に打ち付けられた板を剝《は》がせば、煙突が通る穴も開いている。

石窯はそんなに大きくなくてもいい。日に五、六十個ほど焼ければと思っている。どうせなら焼きたてを食べてもらいたいが、店舗がないのでそれは難しい。ドライブインに置くことを考えると、家に持ち帰ってから電子レンジで温めれば限りなくできたてに近い状態になるようなパンを作りたい。

あれもこれもと考えているのが楽しかった。その時だけは何もかもを忘れられた。パン作りを任されたことは、可穂子の気持ちの支えにもなってくれていた。

夕食後は、それぞれ好きに過ごすのもえるあみファームと同様だ。

最近、佳世と史恵はパッチワークに凝っている。真沙子は推理小説にはまっていて、みちるはイヤホンで英会話の勉強をしている。

それでも、十時半には布団に入る。

一階の十畳間には、ベッドを使うようになった裕ママと、佳世と史恵が寝ている。二階の八畳間を真沙子、みちる、可穂子の三人が使っている。他にも階下を含めて部屋は三つあるが、誰も個室を欲しがらない。

布団に入ると、家の裏側を流れる川のせせらぎがよく聞こえた。風が木々を揺らし、フクロウや山鳩の鳴き声も耳に届いた。今日もまた、穏やかに一日が終わってゆくのを感じてホッとする。

それでも、目を閉じて脳裏に浮かぶのは、やはり伊原と杏奈の顔だった。

今頃、ふたりはどうしているだろう。夕食はちゃんと食べただろうか。今夜も伊原は夜の授業に行ったのだろうか。杏奈は寂しがっていないだろうか。

寝付かれぬまま可穂子は思いをめぐらす。それは愛しさや恋しさだけではなかった。可穂子の胸を覆うのは、ふたりを巻き込んでしまったことへの罪悪感だった。

伊原もそうだが、杏奈への思いは更に深かった。幼い杏奈を苦しい目に遭わせてしまったこと、あれほど自分を慕ってくれた杏奈の前から唐突に姿を消してしまったこと、その申し訳なさでいっぱいになる。杏奈のママになりたかった。杏奈の成長を伊原と共に見届けてゆきたかった。でも、もうそれは叶わない。自分にできるのは、こうして遠くからふたりを思い、祈ることだけだ。

石窯作りが始まった。

町のホームセンターで耐火煉瓦と耐熱モルタルなど、資材を買い込んだが、かなりの量になり、軽トラで運ぶのもひと苦労だった。強度のために鉄芯も使う。見よう見まねで引いた設計図を基に、煉瓦を積み上げてゆく。歪みが出ないよう、慎重に耐熱モルタルで固めてゆく。

午前中は畑に出るが、午後は製作にかかりきりになった。みなも手の空いている時は快く手伝ってくれた。不格好ながらも、少しずつ石窯らしい形になってゆく。

完成にはひと月ほどかかった。早速火を入れてみたが、なかなか温度が上がらない。どうやら接着で使ったモルタルの水分が残っていたらしい。何度も火を入れ、乾燥させるまでに更に半月かかった。最初のパンが焼けたのは、すでに梅雨が明けようとした頃だった。

座卓で待っていたみなに、可穂子はできあがったパンを運んだ。農園で採れた野菜を混ぜ込んだもの、干したいちじくやぶどうが入ったもの、シンプルなバゲット、どれも米粉を使っている。石窯で薪を使って焼き上げられたパンは、香ばしい木の香りも含まれている。

みな、いくらか緊張した面持ちでパンに手を伸ばした。口に入れ、咀嚼《そしやく》する。その様子を可穂子は食い入るように眺めた。

「おいしい」と、最初に言ってくれたのは裕ママだった。

「外はぱりっとしてて中はもっちりしてて、食感がとてもいい」

「うん、それにすごく香ばしい」「野菜もちゃんと生きてる」「焦げたところがまたおいしい」「きっと評判になるわよ」

と、反応も上々で、可穂子はホッとした。

「これから試作を重ねて、もっとおいしい米粉パンを作ります」

できるなら夏の行楽シーズンまでには店頭に並べられるようにしたい。


それから半月後、可穂子はドライブインの片隅で、米粉パンの試食会を行うことにした。準備をしていると、ドライブインのオーナーが顔を出した。

「そんなの、売れるのかい？」

オーナーは可穂子の父親ぐらいの年齢だ。

「頑張りますので、よろしくお願いします」

「パンなんて、コンビニでもスーパーでも、安くてうまいのをたくさん売ってるだろ。どんなもんだかね」

オーナーの表情は渋かった。ここでは、客は気に入った土産物をかごに入れレジに持ってゆくシステムになっている。手数料は売り上げの二十五パーセント。人気のある商品、そうでない商品、情報はすぐにオーナーの耳に入る。このオーナーはなかなかの商売人で、売れ行きが悪ければ容赦なく入荷を止め、逆に、売れ行きがよければ売り場スペースを目立つところに移す。時には、自らポップやのぼり旗を作ってアピールしたり、特別コーナーを設置したりする。

だからこそ、試食には力を入れた。可穂子は小さく切ったパンをかごに入れ、かたかご農園で作ったジャムやマーマレードをつけ、来店した客に振る舞った。地元の食材を使っていること、米粉であること、アレルギー対応でもあるということ、それを珍しがって足を止める客も少なくなかった。

「これは今日は買えないのかい？」と、試食した老婦人が言った。短髪で白髪の小柄な女性だ。

「すみません。まだ試作品なんです」

「そうなのか、残念だね。米粉パンって初めて食べたけど、こんなにおいしいんだね。びっくりしたよ。じゃあしょうがない、販売が始まったら、また来よう」

「ありがとうございます。その時はよろしくお願いします」

嬉しかった。確かな手応えも感じていた。

二時間ほどで、用意した分のパンはすべてはけた。気持ちよく後片付けをしていると、ドライブイン前の芝生から、大音響で音楽が鳴り始めた。客や販売員たちがいっせいに目を向けると、まだ二十歳そこそこに見える三人の若者が芝生に寝転がり、何やらふざけ合っていた。酒を飲んでいるようにも見えた。

髪を染め、ズボンを腰まで下げ、半袖のシャツから覗く腕にはタトゥーが見えた。誰もが眉を顰めながら、ため息混じりに目を逸らした。迷惑この上ないが、下手に注意して、逆上され、こちらが危害を受けてしまうかもしれない。それでつい見て見ぬふりをしてしまう。そういう対応が、ああいった若者をのさばらせてしまうとわかっていても、できるなら関わりたくないというのが本音だ。

何も言われないのをいいことに、若者たちはますますテンションを上げてゆく。その時、ひとりの女性が近づいて行くのが見えた。さっきパンの試食をしていった老婦人だった。

ここからは聞こえないが、老婦人は若者たちに注意しているようだった。ひとりの若者が立ち上がって、何か言い返している。凄んでみせる表情が、ここからでもはっきりと見て取れた。それでも老婦人は臆《おく》することなく、堂々としている。

誰もがはらはらしながら様子を窺っていた。どう考えても無謀な行為に思えた。何も起きなければいいが、と思っていると、案の定、若者が老婦人に向かって手を伸ばし、その胸倉を摑んだ――、と思った瞬間、どういうわけか若者は宙を舞っていた。目をしばたたく間もなく、その身体は芝生に叩き付けられていた。

何が起こったのか、すぐにはわからなかった。別の若者が慌てて立ち上がり、老婦人に向かっていった。老婦人より三十センチは身長が高いだろう。老婦人は表情ひとつ変えなかった。足を一歩後ろに退き、向かってくる相手の手首を摑むと、するりと身体を半回転させた。その若者もまた、まるで自らそうしたかのように芝生に転がっていた。すべてがあっという間の出来事だった。

老婦人が、最後の若者に向かって何か言っている。若者は慌てて音楽を消し、芝生に転がっているふたりを引き摺るようにして車に連れて行った。

見物していた誰もが感嘆の声を上げていた。可穂子も同じだ。武術の心得があるのだろうか。そうだとしても、あの年齢で、あんな若者たちを簡単に撃退できるなんて驚きだ。

老婦人は何事もなかったように居住まいを正し、それから駐車場に向かい、停めてあった軽自動車に乗って走り去って行った。

2

夏野菜の収穫はピークを迎えていた。行楽シーズンとあって野菜や土産物の配達も増え、誰もが毎日を目まぐるしく過ごしていた。商品化された米粉パンの評判はよく、可穂子は今、毎日二回に分けて百個あまりのパンを焼いている。最近は、民宿やペンションからも注文が来るようになった。すべてが順調だった。

ただ、ひとつ気になるのは、最近、裕ママがベッドで横になっている時間が増えたことだ。顔色もあまりすぐれない。食欲も落ちている。夏の暑さがこたえているのかもしれなかった。

二週間に一度、裕ママの薬を下仁田の病院に受け取りに行く。治療のためではなく、痛み緩和のための薬である。この日はドライブインにパンを納入した帰りに、可穂子が受け取りに行った。

待合室で処方箋《せん》が出るのを待っていると、老婦人が近くのベンチに腰を下ろした。すぐにあの時の老婦人だと気がついた。可穂子は思わず声を掛けていた。

「この間はありがとうございました」

老婦人が怪訝な目を向けた。

「私、ドライブインで米粉パンの試食会をしていた者です。あの時、褒めていただいて、とても嬉しかったです」

「ああ、あんたかい」と、老婦人は目を柔和に細めた。

「それで、もうパンは売り始めたのかい？」

「はい、おかげさまで店頭に並べられるようになりました」

「そうかい。だったら今度、買いに行かなきゃね」

「よろしくお願いします。こちらにお住まいだったんですね」

「そうだよ。あのドライブインには、スーパーで売ってないものもあるから、時々、出掛けるんだ」

「そうだったんですか――。それから、あの、びっくりしました。若い人たちを相手に、あんなに簡単に投げ飛ばすなんて」

「いやだね、見てたのかい？」

老婦人が苦笑している。

「ドライブインにいた人、みんな見てましたよ。すごいですね」

「別にすごくもないけどね」

老婦人はさらりと答える。

「空手とか柔道とか、そういうのですか？」

「合気道だよ。知らないのかい？」

その時だけは、老婦人は呆れたように言った。

「すみません。でも、名前は聞いたことあります」

「まあ、最近はあんまり人気のある武術じゃないからね。私はずっと合気道をやってきたもんでね」

「だから、あんなに若くて大きい相手でも簡単に投げ飛ばせるんですね。合気道ってすごいんですね」

「合気道は戦う武術じゃないんだ。むしろ、戦わないための武術と言った方がいいかもしれないね」

「戦わない？」

可穂子は聞き返した。

「そう。基本は、力の弱い人間がいかに相手の攻撃から身を守るか、そういうことなんだ。ひらたく言えば護身術さ」

戦うのではなく自分の身を守る。

その時思い出されたのは、暴力に怯えるしかなかったかつての自分だった。なすすべもなく、ただ雄二の暴力を受け入れていた。それしか方法を持っていなかった。自分にできるのは、早く雄二の興奮が収まるのを祈ることだけだった。しかし、そうやって暴力に打ちのめされたのは身体だけではなかった。精神も同様だった。いや身体以上に打ちのめされていた。

あの時、もし自分に、自分を守る力があったら――。

「合気道って、誰にでもできるんですか？」

「おや、興味があるのかい？」

老婦人がちらりと目を向けた。

「いえ、私は運動はまるきし駄目なんですけど」

「合気道は運動神経でも腕力でもないんだ。基本は呼吸。呼吸法さえ習得できれば、老若男女、誰にでもできる武術だよ」

「じゃあ、私にも？」

「もちろん」

言ってから、老婦人は手提げ袋の中から紙を取り出した。

「これは道場のチラシ。気が向いたら見に来ればいい。ま、小さい道場で、生徒は小学生ばっかりだけどね」

「ありがとうございます、いただきます」

「さてと、じゃあ行くよ。知り合いの見舞いに来たんだけどちょうど回診中でね。もう、終わってるだろう」

「はい、失礼します」

老婦人が立ち去ってから、可穂子はチラシに目を落とした。手作りの素朴なチラシだった。生徒募集の下に略歴が書かれてある。師範・田辺静子《たなべしずこ》。生年月日から計算すると現在七十四歳だ。あの身のこなしからは考えられない年齢だ。合気道歴六十年。女子高の体育教師を定年退職後、道場を開いたと書いてある。さらに読み進めてゆくうちに、興味深い一文があった。競技試合がない、というものだ。合気道は勝ちを競うのではなく、静子の言った通り、あくまで身を守るための武術なのだった。

身を守る。

それはもしかしたら、自分への責任なのかもしれない。

国子から電話があったのは、夏も終わりに近づいた頃だった。

「実はね、さっきベーカリー・住田の紀子さんから連絡を貰ったの。可穂子さんに伝えるべきかどうか迷ったんだけど、やっぱり知らせておいた方がいいんじゃないかと思って」

「何かあったんですか？」

瞬く間に心が塞ぐ。こういう電話は、いつも不吉なことばかり予想してしまう。

「伊原さんって、可穂子さんが結婚しようとしていた人でしょう？」

「はい……」

「その伊原さんがね、仕事を辞めて、故郷に帰ることになったんですって」

可穂子は言葉に詰まった。

「伊原さん、可穂子さんにそれを伝えたかったらしいんだけど、どこにいるのかもわからないし携帯も繋がらないし、もしかしたら紀子さんが知ってるんじゃないかって、ベーカリーに来たらしいのよ。それで、紀子さんが私のところに連絡してきたってわけ」

伊原が仕事を辞めて故郷に帰る。何かあったのだろうか。雄二がまた何かしたのだろうか。たちまち不安が満ちてゆく。

「でも、伝えない方がよかったかしら？　だとしたら余計なことをしてごめんなさいね」

「いいえ、わざわざありがとうございました」

電話を切って、可穂子はパン作りに戻った。最近は、畑仕事よりもっぱらパン作りに専念している。早朝五時には起きて、生地を作り、焼いて、包装し、ラベルを貼り、午前中には配達を済ませる。午後は翌日の仕込みで手一杯だ。頑張っているのは、みなの期待に応えたい一心からだった。少しでも売り上げを伸ばしたい。収入を増やしたい。それが、自分を受け入れてくれたかたかご農園への恩返しになると思っていた。

それでも今日は、どうにも上の空だった。伊原が仕事を辞め故郷に帰る、それが頭から離れなかった。

伊原とはもう会うことも連絡を取ることもないと思っていた。それでも、そうまでして自分に伝えようとしてくれた伊原の思いを考えると、このまま聞かなかったことにしていいものか、判断がつきかねた。

どうしようか迷った。何度も電話に手を伸ばし、引っ込めた。このまま互いに忘れてしまうのがいちばんだと思いながら、心は揺れた。それが伊原や杏奈のためだと自分に言い聞かせても、胸の中がざわついた。連絡を入れる決心がついたのは三日後だった。

「可穂子です」

緊張しながら名を告げると、懐かしい伊原の声が耳に届いた。

「ああ、よかった、もう連絡は取れないのかと思ってた」

その声が可穂子の胸を締め付ける。

「元気でいたかい？　ずっと心配してたんだ」

「ごめんなさい……。塾を辞めたって聞いたの、故郷に帰るってことも。本当なの？」

「ああ」

「どうして？　何があったの？」

しばらく間があって、伊原は言った。

「会えないか」

可穂子は唇を固く結ぶ。

「頼む。場所はどこでもいい。指定してくれたらどこにでも行く。短い時間でいいんだ。一時間、いや三十分でも構わない。会って、直接話がしたいんだ」

伊原の声が胸に刺さる。


平日というのに、大宮駅は人で溢れていた。

その朝は三時に起き、午前中の仕事を早めに終え、昼過ぎに家を出て、高崎から一時半頃の長野新幹線に乗った。今は二時を少し回ったところだ。東京を避けたのは、やはり誰かに見られるかもしれないという恐れがあったからだ。

改札口に近づくと、手を挙げる伊原の姿が目に入った。およそ半年振りに会う伊原は、少し疲れているように見えた。

「久しぶりだね」

「ええ」

「ずっと会いたかった。顔色もよくて安心した」

「あなたも元気そう」

しかし、ふたりを包むのは当惑でしかない。

「今日はわざわざ出てきてもらって悪かった」

「いいの。杏奈ちゃんは？」

「保育園に預けて来た」

「そう」

ふたりで近くのカフェに入った。昼時を過ぎた時間帯で空《す》いているのが助かった。互いにコーヒーを注文してから、ようやく顔を見合わせた。

「急に故郷に帰るなんて、何があったの？」

可穂子は尋ねた。

「まあ、いろいろだ」

「まさか、また杏奈ちゃんに何か？」

「いや、それはないよ。杏奈はあれから元気にしてる。今日も、連れて来ようか迷ったんだけど、君を見たら、もう離れないって駄々をこねるのはわかっていたから、やめたんだ」

「そう……」

可穂子は再び杏奈に対する切なさでいっぱいになる。

コーヒーが運ばれてきて、伊原はカップを手にした。

「君の言った通りだったよ」

可穂子は顔を向けた。

「塾にメールが送られてきた。塾だけじゃない、どこで調べたのか生徒の両親にもね」

「メールには何て？」

尋ねる声が震えている。

「事実無根ばかりさ。僕に生徒を強姦《ごうかん》した前歴があるとか、前の会社を辞めたのは使い込みがバレたからだとか、離婚は妻に暴力をふるったからだとか。そんな男を講師にしておいていいのか、……まあ、そんなところだ」

喉の奥で、悲痛な叫びが広がる。可穂子は打ちひしがれる。やはり雄二は、伊原への攻撃をやめなかったのだ。

「ごめんなさい、ごめんなさい、ごめんなさい……」

可穂子はうなだれながら謝った。また、何の関係もない伊原を傷つけてしまった。ここまで追い詰めてしまった。

「みんな、私のせい。私みたいな者と関わったばっかりに、あなたをそんなひどい目に遭わせてしまった。何て謝っていいのかわからない。本当に、ごめんなさい」

伊原と杏奈を犠牲にしてしまったことにいたたまれなくなる。

「警察には届けた。ちゃんと調べてくれるはずだ」

でも、雄二のことだ。足がつかないよう、策をめぐらせているだろう。

「それで塾を辞めることになったのね……」

「でも、理由はそれだけじゃないんだ。正直言って、杏奈とのふたり暮らしに少し疲れていたのもあるんだ。それで思い切って、田舎の兄貴に相談した。そしたら、快く賛成してくれてね。兄貴のツテで何とか仕事も見つかったし、杏奈も両親に頼める。これで、保育園に預けっぱなしってこともしなくて済む」

「故郷にはいつ帰るの？」

「来週には」

「そう……」

「君が居場所を明かせないのはわかってる。君と同じような立場の人たちと一緒に暮らしているんだろう。だから、無理に聞き出すつもりはないんだ。ただ、僕の居場所だけは知っておいて欲しいと思って」

伊原はテーブルにメモを置いた。

「これが住所だから」

それを手にしていいのか。可穂子にはわからない。その資格が自分にあるとも思えない。

「受け取って欲しい」

伊原の言葉に促されるように、可穂子はメモを手にした。

「いつか必ず一緒に暮らせる日が来る。僕はそれを信じてるから」

伊原が目を細める。可穂子の心は揺れる。このまま一緒に伊原と行ってしまいたい。伊原が愛しい。伊原が恋しい。別れがたい思いが、衝動のように可穂子の身体を揺らしている。

「悪かったね、わざわざ出て来てもらって。でも、会えてよかった」

伊原が伝票を手にした。可穂子は視線を膝に落としたまま「もう少し」と、呟いた。

「もう少し、一緒にいたい。ふたりだけになりたい……」

伊原がまっすぐな眼差しを向ける。

翳り始めた日差しが、柔らかくふたりを包んだ。

3

米粉パンの売り上げは順調に伸びていた。

それと一緒に、ジャムやマーマレードも買ってくれるのが有難い。時には、地元の客もわざわざ買いに来てくれる。

いつものように陳列台に並べていると、ドライブインのオーナーが上機嫌で声を掛けてきた。

「それ、評判いいみたいだね。地元の食材を使った米粉パンっていうのが、受けてるようじゃないか」

「おかげさまで」

前に言ったことなど、すっかり忘れているようだ。

「うまく宣伝すれば、それ目当てのお客さんも増えるんじゃないかな。もっとたくさん作れないのかい。陳列台を広げたっていい」

「今はこれで精一杯なんです」

「せっかくなんだから頑張ってよ」

「はい」

「考えたんだけど、下仁田特産の葱やこんにゃくなんかを使うっていうのはどうかな」

「そうですね、それも考えてみます」

「何とかもっと評判を呼ぶよう、こっちもいろいろ策を練るからさ」

可穂子ももう少し量産したい思いはある。パンの種類も増やしたい。試作もしてみたい。明日からもう二時間早めに起きようか。午前三時から取り掛かれば、今の一・五倍の量が作れる。

忙しくしていたかった。そうすれば、伊原のことも杏奈のことも考えなくて済む。

あの日、大宮の素っ気無いビジネスホテルの一室で、言葉もないまま伊原と抱き合った。吐息とため息と、繫がり合う生々しい音だけが、無機質な部屋を満たしていった。可穂子はその時何者でもなく、伊原を求める牝《めす》でしかなかった。そして、伊原もまた可穂子を貪《むさぼ》り尽くす牡《おす》でしかなかった。追い詰められた二匹の獣が、暗い洞窟《どうくつ》の中で、生きていることを確かめるような交わりだった。

別れ際、伊原は言った。

「僕の気持ちは変わらないから。いつまでも待っているから」

その言葉が今も耳の奥で繰り返される。それは自分に残されたただ一本の蜘蛛《くも》の糸であるように思えた。しかし、その糸に望みを託せば、今度こそ奈落《ならく》に落ちてしまうのではないか、伊原と杏奈を道連れにしてしまうのではないか、その恐怖も拭えなかった。

何も考えたくなかった。考えても、その先にあるのは、もっと深い迷路でしかなかった。

配達から戻って居間に入ると、縁側に座った裕ママが景色を眺めていた。

そのあまりに小さくなった後ろ姿に、可穂子は胸を衝《つ》かれてすぐに言葉が出なかった。

「裕ママ、お茶でも淹れましょうか」

ようやく、可穂子は声を掛けた。

「ああ、可穂子さん。お茶はいいの。それよりちょっとここに座らない？」

みなは畑に出ている。可穂子は裕ママの隣に腰を下ろした。縁側からは、山々の美しい稜線が見える。木々の葉先が少し色づき始めている。

「いい季節になったわね」

「はい」

「秋にはまだ早いけど、でももう夏とは呼べなくて、風がほのかに香ばしいの。私、今頃の季節がいちばん落ち着くわ」

それから、裕ママはゆっくりと顔を向けた。

「ねえ可穂子さん、最近、少し頑張りすぎじゃない？」

可穂子は目をしばたたいた。

「ここのところ、ずいぶん朝早くからパン作りを始めてるでしょう」

「すみません、うるさくならないよう気をつけていたつもりなんですけど」

「そういうことじゃないのよ。あの時間から始めてたんじゃ、寝る時間も四、五時間でしょう？　疲れてるんじゃないかと思って」

「平気です。朝の早いのには慣れてるし、少しでも仕事をはかどらせたいんです」

「でもね、何だか最近、笑顔が減ってるような気がするのよ」

「そんなことは……」

「可穂子さんが頑張ってくれてるのは、みんなもよくわかってる。商品の評判もいいし、売り上げもいいし、とても有難いと思ってる。でもね、その頑張りが義務とか責任になってない？　ひとりで全部背負おうとしていない？　だとしたら、それは違うから。みんなもそんなことは望んでないから」

可穂子は黙った。

「ねえ、可穂子さん、パン作りの他にも何か楽しみを持ったらどう？」

「楽しみですか」

「自分を解放できる楽しみ。そういうのを持たないと、いっぱいいっぱいになっちゃうんじゃないかなって心配なの。何かない？」

可穂子は考える。佳世と史恵が楽しんでいるパッチワークのような、真沙子が夢中で読んでいる推理小説のような、みちるが熱心に勉強している英会話のような。でも、何も思いつかない。

「今のところは、パン作りがいちばんの楽しみなんです」

「あらあら、困ったわね」と、裕ママは苦笑した。


朝食の用意をしていると、史恵が慌てた様子でみなの前に新聞を広げた。

「ねえ、これ、由樹さんじゃない？」

顔を寄せ合って、みなで記事に見入った。社会面の隅にある小さな記事だった。『かつての交際相手に殺害される』、その見出しに、一瞬、息を呑んだ。記事の横に小さく載った写真は確かに由樹だった。

『東京のマンションの一室にて首を絞められ殺された。かつても日常的に暴力をふるわれ、身を隠していたとの証言もある』

背中が硬くなった。殺される。その恐怖は、ＤＶを受けた者なら誰もが一度は経験している。

「犯人、由樹さんがえるあみファームに来た時に、逃げてきた相手なのかな」

「そうかもしれないね……」

「執念深い男だったら、どこまでもどこまでもつきまとうもの、それこそ奈落の底まで」

その言葉に、みな黙るしかなかった。

裕ママに相談したのは、その日の午後だった。

いつものように、裕ママは縁側にひっそりと座り、景色に見入っていた。

「あの、裕ママ、ちょっといいですか？」

裕ママが振り向く。

「あら、可穂子さん、どうしたの？」

「先日の話なんですけど」

「何だったかしら」

「何か、楽しみを持った方がいいって裕ママに勧められた話です」

「ああ、あれね。何か見つかったの？」

「合気道なんです」

裕ママが首を傾げた。唐突すぎて、意味がわからないようだった。

「合気道っていう武術なんです。武術といっても戦うんじゃなくて、自分を守るためにあるものなんです。腕力とか年齢とか男も女も関係なくて、呼吸法で相手を制するらしいです」

「へえ」

「それ、ちょっとやってみようかなって」

裕ママが目を細めた。

「戦わない武術なんてちょっと面白そうね。興味があるなら習いに行けば？」

「いいんですか？」

「もちろんよ」

「ありがとうございます。じゃあ一度道場を覗いてきます。もし習うようになっても、パン作りに支障が出ないようにしますから」

「ほら、またそれ。パン作りだけが、可穂子さんの生活のすべてじゃないのよ。人生は楽しまなきゃ。後悔しないように生きなくちゃね」

後悔、その言葉を裕ママの口から聞くと、いつもとは違う重さが感じられた。

「裕ママは、後悔してますか？」

つい尋ねていた。しかし、すぐに不謹慎な質問だったと慌てた。

「すみません、私ったら」

「いいのよ。もちろんしてるわよ。——大きなのをふたつ」

「あの、それは何か、聞いてもいいですか」

ふたりの間を、涼やかな風が通り抜けてゆく。裕ママの表情に濃い翳りが浮かんだ。

「そうね、ひとつは美鈴を守ってやれなかったこと。その後悔だけは今も拭いきれない……」

その思いは可穂子にも痛いほどわかる。杏奈という存在を得たことで、あの自身を引き裂かれるような苦悩を知っている。

「そして、もうひとつは」

可穂子は緊張しながら答えを待った。

「刑務所に入ったこと」

意外な言葉に、可穂子は改めて裕ママを見た。

「刑務所に入って、私、初めて気づいたの。服役するってことは、罪を償うことなんだって。でも、私は罪なんて感じてないし、償う気持ちもなかった。だったら、刑務所になんて入るべきじゃなかったわ」

可穂子は裕ママの顔を凝視した。見つめ返す裕ママの目は、思いがけず強い現実の色を帯びていた。

「もし、いつか、可穂子さんに何かが起きた時、それが罪だと思わないなら、償う必要もないのよ。だから、刑務所なんかに入っちゃ駄目。そのためにも、しっかり考えて行動するのよ」

その意味をすぐには理解できなかった。ただ気圧《けお》されたように可穂子は頷いた。

裕ママはすぐにいつもの穏やかな表情に戻り、景色に目をやった。

な気がするわ」

「ああ、本当に気持ちがいい。こうしていると、山や木や風とひとつになってゆくよう

裕ママの容態が悪化したのはそれからしばらくしてからだった。

食欲が失せ、ベッドから起き上がれなくなり、時折、意識が混濁した。

往診を頼んだ医者は入院を勧めたが、裕ママは首を横に振るばかりだった。かねてから裕ママはこの家で最期を迎えたいと言っていた。みなもその意思を尊重していたし、望みを叶えることが自分たちの務めのように思っていた。国子も賛成してくれていた。

夜は交代で付き添った。真夜中、可穂子は裕ママの隣に敷かれた布団で、繰り返される呼吸にじっと耳を傾けながら考え続ける。

すべて裕ママのおかげだった。あの時、雄二の暴力から逃れ、シェルター、ステップハウスと居を変えながら、自分はもう二度とまっとうな生活ができないのではないかと追い詰められていた。あの時、裕ママと出会えなかったら、今頃どうしていただろう。故郷にも戻れず、行き先のないまま路頭に迷い、もしかしたらすべてを諦めて、雄二の許に帰っていたかもしれない。そうしたら、きっと今頃、自分はこの世に存在していなかったような気がする。えるあみファームがなくなった後に、社会に戻り、伊原と結婚することになった時も、あれほど喜んでくれたのに、結局叶わず、再びここに戻って来

た。裕ママがどれほど心を痛めてくれていたかも知っている。感謝の気持ちは深い。それなのに何も恩返しができなかった。恩返しなど、裕ママがそんなものなど何ひとつ求めていないということを知っているだけに、可穂子は却って心苦しさに包まれてしまう。

可穂子は目尻を伝う涙を拭う。

裕ママの呼吸だけが、夜を静かに震わせている。

息を引き取ったのはそれから一週間後だった。

その間際、薄く目を開け、取り囲むみなの顔を眺めて、裕ママはかすかに笑った。満ち足りた笑みだった。それが最期だった。

覚悟していたとはいえ、みなの落胆は大きかった。大きな柱を失った現実に、誰もが涙を落とし、唇を噛み締めた。玲子や梢、千津や真美も駆け付け、一晩、みなと一緒に裕ママと過ごした。誰もが口を噤んだまま裕ママを囲んでいた。

翌々日、葬儀がかたかご農園でしめやかに執り行われたのち荼毘《だび》に付され、白い骨壺に入った裕ママが家に戻って来た。朝からの曇天が少し晴れて、雲の隙間からいく筋もの細い光が降り注いでいた。

「ちょっと飲みましょうか」と、言ったのは国子だ。

「辛気臭いの、姉さんは嫌いだった。ここでみんなと一緒に笑って過ごしているのがいちばんの幸せだったの。いつもと同じように、賑やかにしましょうよ。それが何よりの供養になると思うのよ」

「そうですね、そうしましょう」と、佳世が言い、みないっせいに腰を上げた。畑から新鮮な野菜を採って来て、冷蔵庫の中にある食材を取り出し、手際よく肴《さかな》を作り始める。果実酒とグラスも用意され、食卓は瞬く間に賑やかになった。

いつも裕ママが使っていた座椅子に骨壺を置き、みなで献杯した。ぐずぐずとずっと泣き通しだった真美もようやく笑顔を見せた。そうやってしばらくは和やかな雰囲気になっても、ふと、裕ママの永遠の不在が身に沁みて、また涙ぐんでしまう。泣いて、笑って、また泣いて、その繰り返しだった。

その夜、みながまだ居間で裕ママの思い出話に浸っている時、可穂子は石窯の前にいた。

翌日から米粉パンを出荷する予定だ。弔事だからとはいえ、そう休んではいられない。準備をしなければ、と思うのだが、何もする気になれず、ただぼんやり座っていた。

「可穂子さん、いい？」

その声に振り向くと、果実酒の入ったグラスを二個手にした玲子が立っていた。

「あ、どうぞ」

「裕ママがいなくなったなんて、まだ信じられないな」

「ほんとに……」

可穂子はスツール代わりに、近くに積んであった野菜用のプラスチック箱を勧めた。

「ありがとう」

玲子がグラスを差し出し、それを受け取って、ふたりは腰を下ろした。

「そうそう、聞いたよ、米粉パン、とても評判がいいんだってね」

「おかげさまで注文も増えていて、もう少し生産量を増やさなきゃって思ってるところなんです」

「よかったね。裕ママもすごく喜んでたものね。あの時、とても心配していたから」

可穂子は足元に視線を落とした。あの時——それは結婚すると言った可穂子が、かたかご農園に戻って来た時のことだとわかっている。

どう答えていいかわからず、可穂子は曖昧に頷いた。

「裕ママには、ううん、裕ママだけでなく、あの時はみんなにもすっかり迷惑を掛けてしまって」

「迷惑なんてあるわけないじゃない、裕ママはみんなの母親みたいなものだし、この農園は実家みたいなものだもの。ただ、やっぱり残念って思いは強かったと思うのよ。いい人と新しい家庭を築いて欲しいっていうのが、みんなの願いだったもの。そりゃあ簡単にいかないことはわかってる。ここにいる誰もがＤＶ経験者だし、相手との関係に苦労してきたんだもの。可穂子さんも離婚して四年以上もたっているから、さすがにもう大丈夫と思ってたんだけど」

「正直言って、私も思ってました」

「そうよね……」と呟いてから、玲子はため息と共に、グラスを口に運んだ。

「あの執着心っていったい何なんだろうね」

可穂子は顔を向けた。

「誰にだって執着心はあると思うのよ。相手の気持ちを取り戻したい一心で、つい、しつこく電話したり、待ち伏せしたりするって、私も理解できないわけじゃない。それでも、相手の気持ちがもう二度と戻らないとわかったら、普通は、自分の自尊心のためにも諦めるじゃない。これ以上、みじめになりたくないとか、自分を貶めたくないとか、そういう自制心を持ち合わせていると思うの。でも世の中には、それが欠落している人間がいる。自尊心のために更に相手に執着してしまう。時には、自尊心を満たそうとして、相手を殺してしまう。弁護士としていろんな事例を見てきてわかったんだけど、気持ちの持ち方次第とか、とことん話し合えばわかるとか、そういうのとは別の次元の問題なの。思考の構造がまったく違うの。実際、懲役刑を食らって、出所したその日からストーカーに戻ったって話も聞くくらいだもの。懲罰なんて何の意味があるんだろうって思ってしまう」

玲子の言う通りだ。世の中の常識や法規などとは関係なく、自分の中に揺るぎない観念を持った人間がいる。それがどんなに歪んだ観念であろうと、絶対的であり、他の人間には計り知れない。

「その異常行動が日常生活すべてにおいて現れるわけではない、というところがまた難しいところよね。そういう人間って、近所からは真面目で礼儀正しいなんて評価をされている場合も多いから。となると、社会生活には適応していることになって罪も軽くなる。顔の使い分けがうまいというか、外でいい人を演じることで帳尻を合わせようとしているのかもしれないけど」

言ってから、玲子は首をすくめた。

「ああ、ごめん。こんな話、却って怖がらせちゃうよね」

可穂子は首を振った。

「わかってます。私もこれで終わったとは思ってないんです。いつかきっとまた、雄二が現れるような気がしてならないんです」

「そっか……」

玲子は口を噤んだ。

「雄二が生きている限り、一生、その恐怖に怯えていかなくちゃならないんでしょうね」

「理不尽な話よね」

暗い沈黙がふたりの間に横たわる。

「その理不尽に対して、戦えるものは何だろうって、ずっと考えてました」と、可穂子は言った。

「結論は出た？」

「結局、同じ理不尽しかないいんじゃないかって」

それから、ゆっくりと玲子に顔を向けた。

「もし、いつか、その時が来たら」

玲子と目が合った。

「その時って？」

「自分でもよくわからないんです……。でも、いつかその時が来たら、玲子さんにまた面倒を掛けてしまうかもしれません」

玲子は真顔になった。可穂子の胸の奥にあるものを見透かしているような目をしていた。

「わかった。その時はいつでも連絡して。遠慮なんか決してしないで。私にできることは何でもするから」

遠くで、秋雷の鈍い響きが広がった。

初七日、四十九日と慌しく過ぎていった。

木々は葉を落とし、空はいっそう高く澄み、朝晩の冷え込みがきつくなってゆく。霜が降り、山々は冠雪し、里の初雪もそう遠いことではないだろう。

人参、大根、白菜の収穫を終え、来春の野菜の種付けを済ますと、農園は冬の間、しばらくゆったりした日常になる。もちろん、漬物やピクルスなどの加工食品の作業はあるが、畑仕事はしばらくお休みだ。

みなの手が空いた分、パン作りを手伝ってもらえるようになった。料理上手な史恵は驚くほど手際がよく、センスもある。ひとりだと三時間はかかる下準備も一時間で済み、袋詰めやラベル貼りもあっという間だった。

時間に余裕が持てるようになり、それを機会に、可穂子は合気道の道場を訪ねることにした。

下仁田の駅から仲町本通り商店街を抜けると小学校がある。その近くに道場はあった。

「あら、あんた」

顔を覗かせると静子が驚いたように出迎えた。

「こんにちは。覚えていてくださったんですね」

「当たり前だろ、まだボケちゃいないさ。でも、まさか本当に来るとはね」

「時間が取れるようになったので思い切って来てみました。これから習いに来ますのでよろしくお願いします」

静子が苦笑した。

「どこまで続くもんやら。まあ、やってみるだけやってみるといいさ」

その日から週に三回、午後三時から五時までの二時間、可穂子は小学生に交じって汗を流すようになった。

道場の広さは二十畳ほど、生徒は十二、三人といったところだ。静子は刺子《さしこ》の上衣と濃紺の袴という、正式な道着を着ているが、小学生たちはみなトレーニングウェアで、可穂子もジャージ姿で参加している。子供たちのほとんどは合気道というより、礼儀作法を身に付けるために、親に勧められて来ているらしく、あまり真剣味があるとはいえない。子供にとってはあくまで遊びの延長なのだろう。

道場に入ると、まずは「礼」から始まる。正座して、床に手を突くだけなのだが、ぴしゃりと静子の声が飛ぶ。

「腰が浮いてる。背が丸まってる。首が垂れてる」

ただ礼をするだけでも、身体のいたるところを意識しなければならない。

十分にストレッチをして、練習開始となる。まずは正しい立ち方。それも簡単そうでなかなかできない。目線を水平にし、顎を引く。身体に余計な力を入れず、重心のバランスを取りながら、リラックスした姿勢をとる。「丹田《たんでん》に力を入れる」と、これまた静子に注意される。

とにかく今は基本の構えと、あとは受け身を繰り返し行っている。

左右の足を前後に開き、半身の姿勢をとる。前に出す足の膝は軽く緩め、前足にやや重心をかける。両手は少し伸ばして胸の前に平行に置き、指をしっかりと広げる。身体の中心線となる体幹を安定させ、どのような動きをしてもそれを崩してはいけない。直線の動き、回転の動き、重心の移動が基本三動作だ。その動作の繰り返しだけで汗びっしょりになった。

合気道は、筋力や腕力の差とは関係なく技を習得できるという。しかし、ないよりあった方がいいに決まっている。最近、可穂子は腹筋運動や腕立て伏せをこまめにしている。パンを焼いている間も、つま先立ちをしたりスクワットをしたりする。教室のない日は、習った基本姿勢を土間で繰り返している。

平穏な日々が続いていた。

年が明けて、可穂子は久しぶりに故郷の母に電話を入れた。

伊原との結婚が駄目になったと告げた時の、母の落胆は大きく、それからしばらく声を聞くことさえできなかった。連絡するのは半年振りだった。

「私、可穂子」

「ああ、どう、元気にしとるか」

母はホッとしたように答えた。

「うん、大丈夫。そっちもみんな変わりない？」

「元気に暮らしとるよ。お兄ちゃんちの上の子、今年は中学校に入るんだ」

「へえ、もうそんなになるんだ」

可穂子が結婚した頃、甥《おい》は可穂子のことを「おばちゃん」ではなく、たどたどしく「おんちゃん」と呼んでいた。あの子がもう中学生になる。もうそんなに時間がたったのだと実感する。

「それより、あんた、下仁田に住んどるのか？」

突然言われて、可穂子は声を上げた。

「えっ、どうして知ってるの？」

もしものことを考えて、母には今も住所や連絡先は教えていない。

「この間、知り合いの人から聞いたんだ。国道沿いの土産物屋で働いている人なんだけど、その店の系列店のホームページとかいうので、あんたの名前と写真を見たって。下仁田店で、あんたの作った米粉パンが紹介されてたそうだ」

確かにドライブインはフランチャイズとなっている。関東甲信越から東北にかけて四十店舗ほど展開されているのも知っている。しかし、すぐには信じられなかった。

電話を切って、可穂子は急いでパソコンを開いた。果たして母の言った通りだった。ドライブインのホームページに「人気沸騰！　かたかご農園の島田可穂子さん手作り米粉パン」と、名前入りで紹介されていた。いつの間に撮られたのか、陳列台にパンを並べる可穂子の写真まで載っていた。

「そんな……」

思わず血の気が引いた。ここに暮らしているのをひた隠しにしてきたのに、こんなにもあっさりと公開されてしまっている。こんな勝手なことを、まさかドライブインのオーナーがするとは思ってもいなかった。

翌日、可穂子はすぐさまオーナーに会いに行った。もちろん、記事の削除を依頼するためだ。

「何で、駄目なんだ」

店舗の奥にある事務所で、オーナーは不機嫌そうに眉を顰めた。

「とにかく困るんです。すぐ削除してください」

「せっかく厚意で宣伝してやってるのに、文句を言われる筋合いはないはずだ。今は信用できるってことで、生産者の名前や顔を出すのが当たり前になってるんだ。他の商品もみんなそうなってるだろう。パンの売れ行きも好調だろ？　あの記事のおかげもあるはずだ」

「宣伝はありがたいと思ってます。でも、写真と名前だけは消してください」

「出されて何かまずいことでもあるのか？」

「いろいろ事情があるんです……」

「つまり、かたかご農園は、世間に顔や名前を出せないようなやばい事情がある人間を使ってるってわけか」

可穂子は黙った。

「そんな信用できないところとなれば、今後の取引もちょっと考えなくちゃな」

オーナーの声に威圧が混じった。

「かたかご農園は関係ありません。私個人の問題です」

元の夫から逃げている、と、事情を説明すれば理解してもらえるかもしれない。しかし、可穂子は話す気にはなれなかった。オーナーに対して信頼はない。ただ好奇心を煽《あお》るだけのようにも思えた。可穂子は腰を折るようにして、深く頭を下げた。

「ご迷惑をお掛けして申し訳ありません。パンを宣伝していただいたことは本当に感謝しています。ただ、名前と写真だけは消してください。無理をお願いしてすみません。そこだけ、どうかよろしくお願いします」

可穂子の様子に、少しオーナーも態度を和らげた。

「あの記事は、業者に金を払って作ってもらってるからな。削除するとなると、また手数料がかかるんだ。しょうがないな、まあ、近いうちに何とかするから」

「ありがとうございます。助かります」

事務所を出て、可穂子はドアの前で息を吐き出した。ああは言っていたが、オーナーは本当に名前と写真を削除してくれるだろうか。たとえ削除されたとしても、もし転載があれば、それを消すことはできない。雄二に知られる可能性がないとは言えない。

そして、可穂子は暗澹《あんたん》となる。

いったいいつまで自分は逃げ続けなければならないのだろう。このまま一生、犯罪者のように身を潜め、自分を消して生きてゆかなければならないのだろうか。もう、そんな人生しか残されていないのだろうか。


その日、合気道の練習を終えてから、可穂子は静子に申し出た。

「お願いがあります」

「何だい？」

静子が振り向く。子供らが帰った道場は静まり返っている。

「実践を教えてもらいたいんです」

静子はわずかに眉根を寄せた。

「実践だって？　段位を目指したいってことかい？」

「いえ、型ではなく、実際に身を守るための技を教えていただきたいんです」

静子は呆れ顔をした。

「まだ始めたばかりだろう。そういうのは基本をしっかり身に付けて、それからの話だ」

「それでは遅過ぎるんです。お願いです。教えてください」

可穂子の切羽詰まった表情に、静子は改めて顔を向けた。

「何か事情があるのかい？」

返事の代わりに、可穂子は目を伏せた。

「お茶を淹れよう」

そう言って、静子は玄関横にある小部屋に可穂子をいざなった。

窓に打ち付けられた水滴がゆっくりと流れてゆく。雨かと思っていたが、霙《みぞれ》のようだ。もうそんな季節になったのだ。小部屋の石油ストーブに載せられたやかんから、白い湯気が立ち上っている。

三杯目のほうじ茶を口にして、静子は小さく息を吐いた。

「なるほど、そういうことだったのか……」

可穂子は座布団に正座している。

「まだ始めたばかりなのに、無謀なお願いだとわかっています。でも、もしかしたら元の夫が現れるかもしれません。その時、かつてのように無抵抗のままでいたくないんです。自分の身を自分で守りたい。それが、自分への責任じゃないかと思うんです」

「その気持ちはよくわかるよ」それから遠い昔を眺めやるように、静子は視線を宙に漂わせた。

「私も、嫌な思い出があってね。それで自分を守りたくて、合気道を始めたんだ」

可穂子は改めて静子に目を向けた。

「まだ初潮も迎えてない子供の時、親戚の男にいたずらされてね。でも、怖くて、抵抗どころか声も出せなかった。男に、親に言ったらただではおかないと脅されて、それが口封じの手口だということもわからずに胸の奥にしまい込んだんだ。自分がひどく汚れてしまったように思えたよ。自分はもう他の女の子と同じようには生きられないんだってね。その時、強くなろうと決めたんだ。自分を守るために強くなろうって。それから夢中で合気道の練習をした。段位も取って、何かあった時の護身術も身に付けたけど、でも、男に対する恐怖を払拭するのはやっぱり難しかったね。幼い頃の残酷な記憶は容赦ないもんだ。夫となる人に出会って、結婚をして、ふたりの子供に恵まれても、記憶が消えることはなかったよ。今だってそうだ。若いあんたにしたら驚くかもしれないけど、こんな老人になっても、胸の奥底に巣くう恐怖は消えていないんだ」

静子の話に、可穂子は唇を引き締めた。

「だから、あんたの気持ちはわかるよ」

可穂子は静子の次の言葉を待った。

「わかった、手を貸そう」

「本当ですか」

可穂子は声を上げた。

「これから、いつもの練習の後に一時間、特訓だ。それでいいね」

「はい、よろしくお願いします」


腹部を殴られそうになった時、羽交い締めにされた時、前から髪を摑まれた時、壁に押し付けられた時、蹴りかかられた時、さまざまなケースを想定して練習が始まった。

必要なのは、呼吸を整えること、身体の中心線をブレさせないこと、間合いの取り方。それは投げ技、関節技、当て身技のすべてに共通している。

特訓の相手をしてくれたのは、静子の孫の知佳《ちか》である。ショートカットがよく似合う利発そうな目をした女の子だった。中学二年生だが身長は可穂子とさほど変わらない。

二段の腕前だという。

「まずは相手が正面から殴りかかってきた場合だ。知佳、頼むよ」

「はい」

目の前に知佳が立つ。向き合うと、子供ながら迫力が感じられた。

可穂子は基本の姿勢をとった。

「身体に余計な力を入れるんじゃない」

静子の声が飛んで、可穂子はリラックスを意識する。

「元の亭主は右利きか？」

「はい」

「じゃ、知佳、右の拳を上げて殴る姿勢をとってごらん」

知佳が言われた通りにした。静子は可穂子の脇に立ち、手取り足取り説明した。

「こういった状態になった時、まずは左足を斜め前に出すんだ。それから振り下ろされた相手の腕を左手で受ける。ああ、そうじゃなくて左手を返して受ける。そうそう、それだ。次に重心を左足において、相手の腕を押さえるように左腕を下げる」

可穂子は静子の言葉通りに、必死に身体を動かす。

「駄目駄目、身体の軸がブレてる。背筋を伸ばすと言ってるだろう。それから顎を引く。相手の腕を下げたところで、右手で相手の手首を摑む。腕じゃない、手首だ。そう、そこで左手を添えて、左足を軸に身体を回転させる」

静子の指導に従っていると、最後に知佳は仰向けになって畳に倒れていた。

「そう、そういうことだ。わかったかい？」

「いえ……」

「わかるわけないか。さあ、もう一度やろう。流れるような動きができるようになるまで、何度も繰り返すんだ」

「はい」

言われるまま、同じ動作を繰り返した。腕を受ける、左手を下げる、相手の手首を摑む、後方に身体を回転させる。知佳が仰向けに倒れるまで、何度も、何度も繰り返した。

一時間が過ぎ、ようやく練習が終わった。畳に座って礼を交わすと、知佳は中二の女の子に戻っていた。

「ありがとう。下手だから、相手をするのも大変よね。ごめんなさいね」

可穂子の言葉に、知佳は肩をすくめていたずらっぽく首を振った。

「いいんです。おばあちゃんから、こういう経験をしないと強くなれないって言われてるから。ただ、あの、ひとつ思ったんですけど」

「なに？」

「目、合わせないようにしてますよね」

「え……」

「絶対に合わせた方がいいです。目を見ていると、自然に相手の動きが読めるようになってきますから」

「はい」

可穂子は背筋を伸ばし、敬意を込めて頷いた。

練習は週に三回だが、それがない時も、可穂子は常に頭の中で動きをイメージトレーニングしている。パンの焼き上がりを待つ間や、夕食後に手が空いた時は、実際に身体を動かしてみる。身体を安定させるための腹筋や腕立て伏せも欠かさない。身体が安定すれば、力が一点に集約され、大きな力を発揮することができる。あとはタイミング、そして相手の目を見る。

可穂子は何度も何度も繰り返す。飽きることなく、毎日繰り返している。

4

長い冬もようやく終わりを迎え、畑は活気を取り戻し始めた。

特産の下仁田葱をはじめ、さまざまな夏野菜の種の直蒔《じか》き、苗作りと、誰もがみな待ちかねたように作業に没頭していた。

その日も午前の仕事を終え、みなで一緒に昼食を摂っていた。春ののんびりした日差しが縁側から差し込み、いつものように賑やかなお喋りが、食卓の上を飛び交っていた。

「今年は新しい野菜も作ってみたいと思ってるのよ」と、みちるが言った。

「どんなの?」真沙子が尋ねる。

「スティックセニョールっていう茎ブロッコリーでしょ、苦味がないっていうフルーツピーマン、それとアンデス原産のヤーコン。やっぱり変わり種も必要じゃないかと思って」

「そうね、結局どの農家も同じような野菜ばっかり卸してるものね」と、史恵が頷く。

「米粉パンに入れる野菜も、いろいろあった方が面白いでしょ?」

みちるに問われて、可穂子は頷く。

「そうなんです、最近マンネリ化してて、私も何か工夫しなきゃと思ってたところなんです」

そんな話をしていると、玄関先から「ごめんください」との呼び声が聞こえた。はーい、と、佳世が立ってゆく。

「真美のところ、ハーブだけじゃなくて、いろんな種や苗も扱ってるっていうから、近いうちに連絡してみようかな」

「そういえば、真美、ハーブ検定に合格したんだって。インストラクターを目指すらしいよ」

「へえ、あの真美がねえ」

笑いが起こる。真美は今もまだ、みなにとって可愛い末っ子だった。

佳世が戻って来た。「可穂子さん」と呼ぶ声が震えている。顔を向けると、その頬は強張っていた。

「永尾って男の人が来てる」

「え……」

「もしかして、可穂子さんの前のダンナさんじゃない？」

みなの表情がいっせいに緊張に包まれた。

「そうなの？」と、真沙子が問う。可穂子が頷くと、「逃げて」と史恵が言った。

「ここは私たちに任せて、すぐに庭から逃げて」

「いいえ」

可穂子は首を横に振った。

「私、会います」

「何言ってるの。そんなことしたら、何をされるかわからない」

「警察に電話しよう。もしかしたら刃物を持ってるかもしれない」

「いいえ、いいんです」

「どうして」

悲痛な声が飛ぶ。みなは可穂子以上に混乱し、恐怖に怯えていた。

「いつかこの日が来るのは覚悟していました。たとえ今逃げたとしても、あの人はまた必ず追って来る。その繰り返しになるだけです」

「でも、だからって……」

引き止める声を背にして、可穂子は玄関に向かって行った。覚悟していたとは言ったものの、足は震え、指先は冷たく痺《しび》れている。

玄関の土間に、午後の日差しを背後から受けながら雄二が立っていた。表情がすぐには見えなくて、可穂子は目を細めた。

「やあ、久しぶり。元気そうでよかった」

雄二は穏やかな口調で言った。

「捜したよ。ドライブインのホームページに君の姿を見つけた時、どんなに嬉しかったか」

可穂子はただ雄二を見ている。

「用件は何ですか？」

可穂子は一語一語を自分自身で確かめるように、事務的な口調で返した。

「決まってるだろう。一緒に帰ろう」

「どこに？」

「僕たちの家にさ」

「僕たち？」

「僕と可穂子の家だよ」

「もう、私は関係ありません。あなたとは離婚したんです」

それでも、雄二は口元から歯をこぼれさせた。笑っているのだった。

「君は断れないよ。断ったらどうなるか、わかってるから。今度は僕も容赦はしない。一緒に暮らしている人たちに迷惑を掛けたくないだろう？　大切な仲間なんだろう？　僕だって、関係ない人たちまで巻き添えにしたくない」

雄二なら何をしても不思議ではない。あらぬ噂をたてるのも、個人情報をばらまくのも、この家に火をつけるのも。

「さあ、帰るんだ」

可穂子はまっすぐに雄二を見た。どこに逃げても同じだ。雄二は必ず現れる。

「わかりました。用意しますから少し待ってくれますか」

雄二を玄関に残し、可穂子はいったん居間に戻った。会話が聞こえていたのだろう、顔色を失ったみなが息を吞むように待っていた。

「可穂子さん、まさか一緒に行くつもりなの？」

「やめて、そんなことしたら殺される。私たちであの男を引き止めておくから、その間に逃げて」

「はい」

「いえ、大丈夫です」

「大丈夫のわけがないじゃない」

「もう逃げ続けるのは疲れました。自分でケリを付けたいんです」

「ケリって何なの？」

「それは私にもまだわかりません。それより、これから米粉パンが出荷できなくなってしまうので、そのこと、ドライブインのオーナーに伝えてくれますか。せっかく石窯も作らせてもらったのに、結局こんなことになってしまって」

「そんなことはどうでもいいの」

「よろしくお願いします」

それから、可穂子は電話に手を伸ばし、静子に連絡を入れた。

「申し訳ありません。道場に通えなくなってしまいました」

「どういうことだい？」

静子の怪訝そうな声が耳に届く。

「以前お話しした、元の夫が現れました」

一瞬、静子は言葉を詰まらせた。

「いろいろと教えていただいて、ありがとうございました」

「呼吸を整えて、身体の軸をブレさせない。相手の目を見る。あとは間合いだ。いいかい、それを忘れないように」

「はい」

電話を切って、二階の部屋に入った。身の回りのものをボストンバッグに詰めて、玄関に向かう。雄二は外で待っている。みなが出て来た。可穂子は三和土《たたき》で振り向き、深く頭を下げた。

「お世話になりました」


その日の夕方、可穂子は東京に戻って来た。

雄二は今も前のマンションに住み続けていた。部屋もあの頃とほとんど同じだった。テーブルも椅子もソファも、食器棚も食器も、カーペットもカーテンも、ドアが開け放たれた寝室のベッドカバーもそのままだった。

そんなわけはない、と可穂子は目を疑う。雄二が暴れた時に壊したものもあるはずだ。捨てたり処分したりしたものもあるはずだ。そんな可穂子の思いを察したかのように雄二は言った。

「驚いたかい？　あれからいろいろ探し回って、前と同じものを揃えたんだ。可穂子がいつ帰って来てもいいようにね。やっぱり元のままの方が落ち着けるだろう。クローゼットや引き出しの中には、あの頃のまま、ちゃんと可穂子の服も入ってるよ」

雄二は機嫌よく言う。

可穂子は錯覚しそうになる。ここを飛び出してからの年月は夢だったのではないか。裸足で逃げ出したあの夜は、昨夜のことではないのか。

「座って。コーヒーを淹れるから」

言われるまま、可穂子はソファに腰を下ろした。部屋の中は整っている。壁の時計も、窓際の花瓶も、可穂子の傍らにあるクッションも同じだ。

コーヒーを淹れながら、雄二が言った。

「戻ってくれて嬉しいよ。きっと神様がやり直すチャンスをくれたんだ。あれからいろいろ考えた。僕も悪いところがたくさんあったと反省してる。もう二度と可穂子を悲しませるようなことはしない。だから、これから力を合わせてふたりで生きて行こう」

可穂子は黙っている。

やがて、雄二がコーヒーカップを持って来た。受け取ったカップもまた、以前使っていたペアのものだった。

雄二は可穂子の隣に腰を下ろした。

「可穂子」と、手を伸ばし、髪に触れた。可穂子の身体は硬直し、全身に鳥肌が立った。

「髪型、変えたんだね。僕は長い髪の方が好きだな。そっちの方がよく似合う。これから伸ばしてくれるよね」

顔も近づいて来そうで、可穂子はソファから立ち上がった。

「やだな、そんなに緊張することはないじゃないか。リラックス、リラックス。前みたいに普通でいようよ。これから僕は風呂に入るけど、その間に夕食を作ってくれるかい？」

仕方なく可穂子は頷く。

「じゃ、頼んだよ。可穂子の手料理は久しぶりだ」

雄二が風呂に入っている間に、可穂子は冷蔵庫の中にある有り合わせの食材で、チャーハンとスープとサラダを作った。それをダイニングテーブルで向かい合って食べた。雄二はバラエティ番組を観ながら笑っている。可穂子はまたわからなくなる。雄二のこの日常そのものの在り方はいったいどこから来るのか。この五年半余の年月はどんな意味を持っていたのか。

夕食の片付けを終えると、雄二から「君も風呂に入ったら」と、言われた。とてもそんな気にはなれなかった。風呂に入るというのは、セックスに繋がる気がした。それからもしばらく雄二はテレビを観ていたが、やがて「そろそろ寝るか」と、ソファを立った。十一時半を過ぎていた。

「可穂子は？」

可穂子は首を振る。

「どうして？」

「まだ、眠くないから」

「じゃあ、先に寝るよ」と、雄二は寝室に入っていった。

可穂子はしばらくじっとしたまま寝室の気配を窺った。やがて雄二が寝入った気配を確認して、ボストンバッグからジャージを取り出し、素早く着替えた。それから小さなソファに身体を折り曲げて横になった。眠れるはずもなかった。眠ってしまうのが怖かった。

ここに戻って来た判断は正しかったのか。その選択に正直なところ自信はなかった。けれども、かたかご農園を知られてしまった以上、どんな方法があるというのだ。

それでも少しうとうとしてしまったらしい。寝室のドアが不意に開いて、可穂子は咄嗟に身体を起こした。

「そんなところで寝ると風邪をひくよ。ベッドで寝ればいいじゃないか。心配しなくても僕は何もしないさ。可穂子の気持ちが落ち着いて、そういう気になるまで絶対に手を出したりしない。約束するよ。もう以前の僕じゃないんだ。そんなことをしたらまた可穂子を失ってしまうとわかってるからね。だから安心して」

「でも、ここで眠らせて」

それだけ言うのが精一杯だった。

「そうか……。じゃあ毛布を持って来よう」

雄二は寝室からそれを持って来て、可穂子に手渡した。それから、おやすみ、と笑顔を向けて、寝室に戻って行った。

騙されてはいけない、と、可穂子は胸の中で呟く。あんな言葉に騙されてはいけない。雄二が心を入れ替えられるはずがない。あの頃も、何度も悔いの言葉を口にし、土下座し、二度としないと誓いながら、結局は同じことを繰り返したではないか。杏奈にラスクを食べさせ、伊原を窮地に追い詰め、かたかご農園までつきとめたではないか。

警戒心で、その夜は一睡もできなかった。

翌朝、雄二は起きてくると「コーヒーとトーストをお願いするよ」と言った。新聞を読みながら、可穂子が用意した朝食を食べ、スーツに着替えて玄関に向かってゆく。

「そうだ、お金を渡しておかなきゃね。いろいろ買い物もあるだろうし。夕食、頼めるよね」

可穂子が頷くと、一万円札を差し出し「なるべく早く帰って来るよ」と、嬉しそうに目を細めた。

雄二のいない間に可穂子が出てゆくとは考えていないのか。いや、たとえ出て行っても、必ず捜し当てるという自信があるのか。もう、可穂子は従属したものと信じているのか。

鍵を掛け、ドアチェーンをして、可穂子はようやく息をついた。

昼近くまで眠ってから、ボストンバッグの中から下着を取り出し、風呂に向かった。洗面台には、ひとつのコップに二本の歯ブラシが差し込んであった。可穂子がかつて使っていたのと同じものだった。シャンプーの銘柄も、スポンジの色も同じだった。雄二の中では時間が止まっているのかもしれない。

風呂から上がり、髪を乾かして、寝室を覗いてみた。すでにベッドは整えられていた。かつて可穂子が使っていたドレッサーも、その横に置いてあるゴルフバッグも同じだった。チェストとクローゼットを覗くと、雄二の言った通り、あの時持ち出せなかった可穂子の服や下着がきちんとしまわれていた。雄二がそうしたかと思うと、触れる気にもなれなかった。

最後にベランダに出てみた。ハーブの植わったプランターも残してあった。フェンスに近づくと、ここから突き落とされそうになった記憶が蘇って、全身が粟立った。おそるおそる下を覗くと、硬質なコンクリートが広がっている。そこに手足を不自然に曲げ、血だらけになった自分の姿が見えるような気がした。

午後になって、買い物に出た。スーパーで、陳列台を覗き込みながら、夕食のメニューを考えている自分は何なのだろうと思った。それでも、まるで昨日までそうしていたようにかごの中に食材を入れた。

マンションに戻り、エントランスに入ったところで、隣の部屋の奥さんと顔を合わせた。

「あらぁ、永尾さんじゃない。戻ってらしたの」

彼女は目を丸くして可穂子を眺めた。どうも、と、軽く頭を下げてすり抜けようとしたのだが、隣の奥さんは興味津々に話し掛けてきた。

「お久しぶりねえ、五、六年ぶりかしら？」

「ええ、まあ……」

「今までどうしてらしたの？」

どう答えていいかわからない。

「そうそう、あの時ね、弁護士さんが来ていろいろ聞いていったのよ」

彼女は辺りを憚《はばか》るかのように声を顰めた。

「ダンナさんが暴力をふるってたんじゃないかって聞かれたわ。あのね、今だから言うけど、私もちょっと変だなと思ってたのよ。でも、奥さんに聞いても、慌て者だから自分でぶつけた、なんて言ってたでしょう。やっぱり確信のないことは口にできないじゃない、それで弁護士さんには知りませんって答えたんだけど、それでよかったのかしらって、ずっと気にかかってたの」

「そうですか……」

「でも、こうして元の鞘《さや》に収まったんだから、やっぱりあの時、下手なことを言わなくてよかったわ」

隣の奥さんの顔を見ながら、可穂子は改めて思う。自分を追い詰めた最初の原因がここにあった。方向性を見失ったプライドが、誰かに助けを求める自分を押し留めた。あの時、雄二に殴られる自分を、どうしてあれほど恥じていたのだろう。

「じゃあ、また」と、隣の奥さんは話を締め括《くく》ろうとした。

「いえ、あの頃、確かに暴力をふるわれていたんです」

可穂子は引きとめて言った。

「え……」

隣の奥さんは目をしばたたいた。

「周りには誤魔化《ごまか》していましたけど、ずっとそうだったんです。顔も身体も、傷はみんな夫から受けたものなんです」

「まあ……」

その表情に狼狽が浮かんでいる。

「でも、ほら、こうして帰っていらしたってことは、もう問題は解決したってことでしょう？　よかったじゃないの」

「本当に解決したのか、私にはわかりません。本人は二度と暴力をふるわないと言ってますけど、人間の性格ってそう簡単に変わるものでしょうか」

「さあ……。でももうずいぶん前の話でしょう、時間もたったことだし、さすがにもうそんなことはないんじゃないかしら」

しどろもどろに、隣の奥さんは答える。

「今もとても不安なんです。もしかしたら、また、前と同じことをされるんじゃないかって」

隣の奥さんの顔には困惑の表情が広がるばかりだ。好奇心で話しかけてみたものの、面倒なことには関わりたくない、それが本心だろう。可穂子を引き止めたことを後悔しているようだった。

「困ったわ、私、そういう話には疎いからわからないわ。やっぱり警察とか役所とかに相談した方がいいんじゃないかしら。ごめんなさい、これから買い物に行かなくちゃならないの。そういうことで、申し訳ないけれど失礼するわね」

隣の奥さんは、話を打ち切って、足早にエントランスを出て行った。

『とうさん、かあさんへ。

この手紙が届く時、私はもうこの世にはいません。

すでに雄二に殺されているからです。

私は間違った結婚をしてしまいました。すべてはそこから始まりました。

そのために、とうさんとかあさんにどれほど迷惑を掛けてしまったか。

親孝行もできないまま、こんな形でお別れをすることになり、申し訳ない気持ちでいっぱいです。

とうさん、かあさん、身体を大事にして、長生きしてね。

兄さん、とうさんとかあさんをよろしく頼みます。

かたかご農園のみなさんにも、感謝の気持ちを伝えてください。

ごめんなさい。

可穂子』

手紙は封をした状態で玲子に送った。何かあったら母に渡してもらうことになっている。玲子も国子も、どんなに心配してくれているかわかっているが、それでも可穂子の決心は変わらなかった。
決心――。

理不尽と戦えるものは、理不尽しかない。

一週間が過ぎた。

平穏な毎日が続いていた。可穂子は今もソファで寝ている。一度、雄二はベッドに誘うようなそぶりを見せたが、黙っているとあっさり引き下がった。以前の雄二なら力ずくで欲望を満たしただろう。

可穂子はだんだんと、自分がいったい何のためにここに戻って来たのか、わからなくなっていた。もしかしたら、雄二は本当に変わったのだろうか。言葉通りもう二度と暴力をふるわないと決めたのだろうか。

いや、そんなわけはない。いつか必ず本性を見せるはずだ。雄二があの爆発的な感情を抑えられるはずがない。決して気を抜いてはいけない。

家の中でも合気道の練習は欠かさなかった。静子の指導を思い出し、すべてのケースを想定し、身体を動かしている。

それでも緊張と睡眠不足のせいで、つい頭がぼんやりした。その朝、食事の後片付けをしている途中、手が滑ってコーヒーカップを落としたのもそのせいだ。シンクの中で割れたカップを見ながら、可穂子は混乱していた。

もし、このままの状態が続けば、ここで一生暮らしてゆくことになるのだろうか。

まさか。考えられない。そんな人生を送るつもりで戻ったわけじゃない。では、逃げるのか。今ならいつでも逃げ出せる。しかし、どこに逃げても雄二は追って来る。果てしなく追い続けられる恐怖より、むしろ今のこの生活の方に安堵している自分もいるのだった。自分自身もまた少しずつ狂い始めているのかもしれない。

その夜、夕食を終えてから、コーヒーを淹れるために雄二がキッチンに立った。しばらくして「あのカップは？」と、雄二が尋ねた。

「あ……ごめんなさい、割っちゃって」

「割った？」

「洗っている時に手が滑って」

雄二はしばらく黙った。

「そうか、あのカップ、割ったのか。いや、いいんだ。破片で怪我したりしなかった？」

「ええ……」

「じゃあ客用のカップに入れよう」

コーヒーを飲み、雄二は風呂を使い、やがて寝室に入って行った。可穂子はジャージに着替えて、部屋の明かりを消し、いつものようにソファに横になった。遠くの幹線道路から、波のようなエンジン音が聞こえていた。

いつの間にか眠ってしまったようだった。可穂子は夢を見ていた。目の前にえるあみファームの畑が広がっていた。裕ママがいる。真美もいる。佳世も史恵もだ。みなの顔が揃っていた。賑やかなお喋りと笑い声。みな手や顔は泥だらけだが、誰も少しも気にしない。畑の土を掘り返し、大根を、人参を、ほうれん草を、玉葱を、次から次へと収穫してゆく。今夜の夕食もご馳走よ。裕ママが満足そうに笑っている。みな子供のような歓声を上げる。土の匂い、風の流れ、里山は深く、空からは溢れんばかりの陽が降り注いでいる。可穂子は作業の手を休め、太陽に手をかざした。

ああ、眩しい……。

そして、ハッと目が覚めた。部屋に明かりが点いていた。目の前に可穂子を見下ろすように雄二が立っていた。

「あのカップ、誰から貰ったと思ってるんだ」

可穂子は身体を起こした。

「誰から貰ったか、聞いてるんだ」

その声は硬い。返事の代わりに、可穂子は首を横に振った。記憶はない。

「忘れたのか。あれは僕の両親が結婚祝いにくれたんだ。僕のために、わざわざ海外から取り寄せてくれたんだ。兄さんや姉さんも、すごくいいカップだって羨ましがってた。ただのカップじゃない。特別なものなんだ。それを割るなんてどういうつもりだ」

雄二の目にはあの冷ややかさが広がっていた。

ついにその時が来たことを、可穂子は知った。

「黙ってないで、何とか言えよ！」

雄二は声を張り上げた。かつての恐怖が胸を過《よぎ》り、全身が強張った。可穂子は自分に
「落ち着け」と言い聞かせた。

「謝れ、謝るんだ。割って申し訳なかったと、僕と、僕の両親に土下座して謝れ」

可穂子は黙っている。ただ黙って雄二を見ている。

「謝れって言ってるだろ！」

業を煮やしたかのように、雄二はダイニングセットの椅子を手にした。それを力任せに床に打ち付ける。激しい音をたてて椅子はばらばらになり、背もたれや脚が飛んで壁に当たった。

「何で謝らない」

それでも、可穂子はじっと雄二を見つめている。

「何だ、その目は」

雄二は再び声を荒らげた。

「何で、そんな目で僕を見る」

言ったかと思うと、雄二は可穂子に近づき、顔面をいきなり殴り付けた。頬に熱い衝

撃が走った。身体が倒れ、額がソファの肘掛けに打ち付けられた。痛みで息が止まりそうになった。雄二は更に覆いかぶさろうとした。そのぎりぎりのところで可穂子は身をかわし、雄二から逃れた。

「僕に逆らうつもりなのか」

可穂子を見据える雄二の目は、すでに我を失っていた。おとなしく殴られようとしない可穂子に、いっそう敵意を剝き出しにしている。

「こっちが下手に出れば付け上がりやがって。僕を舐めてるのか、馬鹿にしてるのか」

打ち付けた額から出血したらしい。目に血が入ってきた。可穂子はジャージの袖で拭った。

「もう、殴らないって言ったわ」

「殴らせるように仕向けているのは可穂子だろ」

「何も変わらない。やっぱりあなたは何も変わっていない」

可穂子はまっすぐに雄二を見た。雄二が唇の端を震わせている。

「僕のせいにするな、みんなおまえのせいだ！」

可穂子は目を逸らさないまま呼吸を整え、慎重に構えの姿勢をとった。

自分の意思が明確な形を持っていることを、今、可穂子ははっきりと自覚する。

殺すか、殺されるか。

それでしか、この地獄は終わらせられない。

「何のつもりだ。僕に歯向かう気なのか」

雄二が殴りかかって来た。可穂子は一歩足を前に進め、その腕を振り払った。すかさず手首を摑み、身体を回転させて、後方に押し倒そうとした。しかし、完璧な形にはならなかった。息が詰まる。雄二は身体を捩《よ》じって体勢を立て直し、逆に可穂子の脇腹を足で蹴り上げた。息が詰まる。可穂子はバランスを崩し、床に膝を突いた。痛みが身体を駆け巡った。脇腹を押さえながら立ち上がり、可穂子は寝室に逃げ込んだ。しかし、追ってきた雄二に後ろから羽交い締めにされた。勢いをつけて雄二の足を踵《かかと》で踏みつける。雄二は怯《ひる》み、腕の力がわずかに抜けた。その隙に素早く身体を入れ替えて、雄二の顎に手を当て、もう一度後ろに倒そうとした。しかし、これもうまくいかなかった。逆に腕を摑まれベッドに叩き付けられた。

「そんな子供騙しの技で、僕を倒せるとでも思っているのか」

息がぜいぜいいっている。脇腹の痛みが強くなる。それでも起き上がってベランダに向かおうとした。それを、背後から雄二に髪を鷲摑みにされ、引き戻された。耳元で雄二が言った。

「なぜなんだ。なぜ僕の気持ちがわからないんだ。僕は可穂子を愛してる。それなのに、なぜ僕を怒らせるようなことばかりするんだ」

力任せに抵抗してはいけない。そんなことをすれば却ってこちらが不利になる。可穂子は雄二に身体を預けるように背中を密着させた。予想外の動きに雄二が戸惑う。そこを狙って、後ろ向きのまま肘で顔を突き上げた。雄二が顔を押さえて後ずさる。鼻から出血していた。雄二は手を染めた血を見て、逆上の度をさらに深めたようだった。

「殺してやる」

雄二はドレッサー脇に置いてあったゴルフバッグからアイアンを抜き出した。可穂子はベランダのサッシ戸を開けて外に出た。外は闇に包まれていた。フェンスを背にして振り返ると、アイアンを手に雄二が仁王立ちしていた。

「今度こそ、殺してやる」

雄二がアイアンを振り上げた。可穂子は雄二の目だけを見ていた。雄二の動きがはっきりと感じられた。振り下ろされるアイアンを間際でかわした。アイアンはフェンスにぶつかり、強い金属音を立てて跳ね返り、雄二の手を離れて宙を飛んで行った。

アイアンを失った雄二は、今度は正面から可穂子をフェンスに押し付けた。あの時と同じだった。ここから突き落とすつもりなのだ。雄二を押し返すだけの力は可穂子にはない。苦しい。息ができない。ようやくのことで可穂子は雄二の両手の間から手を出し、喉元を突いた。それから壁となるフェンスを支えにして、身体を右へと回転させた。

可穂子の動きに雄二は虚をつかれたように、力の行き場を失った。前のめりとなり、プランターに足を引っ掛け、フェンスに覆いかぶさるような姿勢になった。待っていたのはこの時だった。可穂子は素早くしゃがみ込み、雄二の足を持ち上げた。ほんの一瞬の出来事だった。雄二の身体がふわりと浮き上がり、フェンスを乗り越えた。

雄二の叫び声が耳に届いた。

しかし、雄二は落ちてはいなかった。指がフェンスを摑み、向こう側にぶら下がっている。

「助けてくれ……」

雄二が絶え絶えに言った。

「可穂子、助けてくれ」

可穂子はフェンスに近づき、雄二を見下ろした。

「お願いだ、助けてくれ。愛してるんだ、君を心から愛してる。だから、助けてくれ……」

雄二は懇願する。そこには死を目の前にして、怖れ、怯える目があった。今まで見たことのない雄二の目、これこそが雄二の本当の目なのかもしれない。

可穂子はフェンスを摑む雄二の指に手を伸ばした。雄二の目に安堵が広がってゆく。

「ああ、ありがとう、可穂子」

しかし、雄二の期待はすぐに恐怖に変わっていった。可穂子はフェンスを摑む雄二の指を一本ずつはがしていった。

今、自分はあの目をしている、と可穂子は思った。人間のものではない、動物でもない、生き物ですらない、獰猛を通り越し、感情など何もなく、冷たく凍った、むしろ、冴え冴えと澄み切ったようにさえ見える目。

「可穂子、何をする、やめてくれ、可穂子……」

「さよなら」

やがて、雄二のすべての指はフェンスから離れ、身体が宙に舞った。そして糸を引くような叫び声と共に、暗闇の中に消えて行った。

エピローグ

解放されたのは二ヶ月後だった。

事情聴取、現場検証、供述調書作成のため警察に拘束され、一週間後には検察に送致された。そこで再び事情を聞かれ、検証され、起訴の判断を待つ身となった。雄二は勢い余って、自分からフェンスを越えて落ちていった、その主張が認められて、正当防衛が立証されたのは玲子のおかげである。玲子は、過去に雄二から受けた暴力の診断書や、隣の奥さんの「真夜中にダンナさんの怒鳴り声がした」との証言や、落ちていたアイアンに雄二の指紋しかなかったこと、可穂子自身がかなりの傷を負っているという状況などを提示し、検察に働きかけてくれたのだった。そして可穂子自身、考えてもいなかったが、両親に宛てた手紙の存在が大きかったとのことだった。それが認められての解放だった。

「本当にそれでいいんでしょうか」

可穂子は玲子に問うた。罪に問われる覚悟はしていた。それだけのことをしてしまったという強い自覚もあった。

「自分を責める必要はないのよ。いい、可穂子さん、反撃しなかったらあなたは確実に殺されていた。あなたは自分の命を守るためにやむを得ず行動を起こしたの。それは自己防衛のための行為に他ならない。間違いなく正当防衛よ」

「でも……」

フェンスを摑む指をはずしたのは可穂子だ。

「お願いだから、もう何も言わないで。そしてみんな忘れて。あの男のために罪を償う必要がどこにあるの」

可穂子は唇を嚙む。

「裕ママ、言っていたよね」

玲子の言葉に、ふっと顔を上げた。

「世の中には、生きていてはいけない人間がいるって」

可穂子はゆっくりと瞬きする。

「確かに、どんな人間でも命の重さは同じ、生きている価値が必ずあるのかもしれない。でも、そんなことを言えるのは、死ぬほどの恐怖を味わったことがない人間だからよ」

山形の両親にはすぐに連絡を入れた。電話口で、父も母も泣くばかりだった。帰って来いと言ってくれたが、事件が起きて以来、田舎で両親がどんなに肩身の狭い思いで暮らしているかわかっている。罪に問われたかどうかではなく、平和な町に異質な存在は戸惑いの対象でしかない。可穂子自身がその中に身を置いて生きてゆく自信はなかった。

そして今、可穂子は島根に向かう列車の中にいる。

伊原と杏奈が暮らしている町がある。まだ連絡はしていない。ここまで来ていながら、可穂子の中には今も深い迷いがあった。

罪に問われなかったとしても、雄二を殺したのは間違いない。それは誰よりも自分が知っている。後悔はなくても、その重さをこれから一生背負って生きて行かなければならない。そんな自分に、伊原と杏奈の前に姿を現す資格があるのか。幸福を手にするなど許されるのか。その葛藤を捨てられずにいた。

駅に降り立ち、住所を頼りにようやくマンションを探し当てた。大通りから一本入った閑静な住宅街。三階建ての古びたマンションは、かつて三人で暮らしたそれと少し似ていた。ここで伊原と杏奈が暮らしている、そう思うと、沸き立つような高揚感に包まれた。それでも、ドアの前に立つ決心はつかなかった。

気持ちを落ち着かせようと、いったん大通りに戻って、目に付いた喫茶店に入った。ドアにカウベルが付いているような古い店だ。午後三時を少し回った時刻で、喫茶店は空いていた。窓際の席に腰を下ろし、コーヒーを頼んだ。もしかしたら、目の前の交差点にふたりが現れるのではないか、と、外に目を凝らしている自分がいた。

どれくらいそうしていただろう。通りの先から母子《おやこ》連れが歩いて来るのが見えた。母親はスーパーの袋を下げ、子供は保育園用らしきバッグを持っている。いったん手元に視線を落としたが、ふと心が騒いで、可穂子は再び目をやった。

子供は杏奈だった。そして、杏奈の手を引く女性に見覚えがあった。はっとした。あの人だ。伊原のマンションの、クローゼットの奥に押し込められていた段ボール箱、可愛いおくるみやソックスの下にあった封筒の中の写真の人物。杏奈の母親だった。

杏奈の嬉しそうにはしゃぐ顔が、ここからでもはっきりと見て取れた。母親も目を細めながら、杏奈を見下ろしている。ふたりは笑顔で言葉を交わしながら、やがてマンションに続く角を曲がって行った。

可穂子はじっとしていた。ただじっと、テーブルに載るコーヒーカップを見つめていた。

どんな経緯があって母親が戻って来たのか、考えてもどうしようもない。ただ、杏奈の満ち足りた表情がすべてを物語っていた。幸せに暮らしているのだろう。足りないものなど何もないのだろう。そこに大人の都合や思惑など入る余地などあるはずもない。

これでいいんだ、と、可穂子は思った。

伊原を責める気など毛頭なかった。

新幹線で高崎に向かい、上信電鉄に乗り替えて、下仁田の駅からタクシーに乗った。

空が違う。風が違う。匂いが違う。木々の緑は濃く深く、迫り来る山々は力強さを見せ付けている。鳥の鳴き声、川のせせらぎ。

可穂子は窓を開けて、それらを味わう。

長い長い旅をして来たようだった。いや、実際、そうだったのだと可穂子は思う。私は遠く知らない国をひとりで彷徨《さまよ》っていた。心細さに何度も泣き、不安に押し潰されそうになりながら、もう二度と光溢れる場所には帰り着けないのだと打ちひしがれていた。けれども、旅は終わったのだ。私は確かに帰って来た。ようやく自分の家に帰って来られたのだ。

家の前でタクシーを降りると、そのまま畑に向かった。今の時間、みな泥だらけになりながら、手入れに励んでいるはずだ。トマト、茄子、胡瓜、瑞々しい香りの夏野菜が収穫の時を待っている。

可穂子は呼吸がひどく楽になっているのに気がついた。強張っていた身体の細胞ひとつひとつが、柔らかく溶け出してゆくように感じる。

ここだ、と思う。

ここが、自分の生きる場所なのだと確信できる。
ここでもう一度、一からやり直そう。すべてをリセットして新しい人生を始めよう。
そしていつか、自分らしい幸せを手に入れるのだ。
やがて、みなの姿が見えてきた。懐かしい笑い声が風に乗って聞こえてくる。
降り注ぐ初夏の日差しと、山間《やまあい》を吹きわたる風。
植物の、動物の、すべての生き物たちの息遣いが伝わってくる。
可穂子はいつか走り出していた。

参考文献

『ドメスティック・バイオレンス　絶望のフチからの出発』道あゆみ　監修／実業之日本社
『ヘルスワーク協会西尾和美講演会記録5　ドメスティック・バイオレンス――被害者と加害者の癒し』西尾和美／ＩＦＦ出版部ヘルスワーク協会
『全図解　セクハラ・ＤＶ・ストーカー・ちかん　被害者を救う法律と手続き』中野麻美・飯野財／自由国民社
『シェルターから考えるドメスティック・バイオレンス　被害女性と子どもの自立支援のために』特定非営利活動法人かながわ女のスペースみずら　編／明石書店
『住田裕子の離婚相談所　離婚のすすめ方と手続きがすべてわかる本』住田裕子／現代書林
『確実に上達する合気道入門』塩田泰久　監修／実業之日本社
『ＤＶＤで見て、学ぶ　身体づかいの「理」を究める！〈実践〉合気道入門』佐原文東／永岡書店
『あしたも、こはるびより。　83歳と86歳の菜園生活。はる。なつ。あき。ふゆ。』つばた英子・つばたしゅういち／主婦と生活社
『ビオファームまつきの野菜塾　手をかけすぎずに有機でおいしく』松木一浩／角川ＳＳコミュニケーションズ
『とっておきのやさしいハーブ生活　３６５日すぐにできるプチガーデニング』プチガーデニングクラブ　著・押尾洋子　監修／誠文堂新光社
『農家が教える発酵食の知恵――漬け物、なれずし、どぶろく、ワイン、酢、甘酒、ヨーグルト、チーズ』農文協　編／農山漁村文化協会

解説

押切もえ

ずっと、怖かった。主人公の可穂子が逃げて逃げて、辿り着いた「シェルター」「ファーム」や「ベーカリー」で安らかな生活を取り戻し、出会った人々があたたかいことに安堵しても、それでもずっと雄二の動向に怯《おび》え、怒り、愕然《がくぜん》とし、憎み続けながら私は頁《ページ》をめくり続けた。

物語は、可穂子が夫・雄二のもとから脱出する場面より始まる。身に余るような贅沢を望んだわけでもなく、いわゆる普通の幸せを願って結婚した一年半前は、住んでいた家を裸足のまま全力で逃げ出すことになるなんて想像もしなかった。

優秀な兄弟へ劣等感を抱き、両親からも認めてもらえなかった心の闇を、自分よりも力の弱い可穂子を痛めつけることで解消しようとする雄二の歪《ゆが》んだ愛。最初の頃は話し合いこそできたものの、雄二の暴力がエスカレートする中で、可穂子の精神も恐怖に支配され、まともな判断が出来ないほどに壊れていく。

「誰かに強制されたわけじゃなくて、自分の意思で結婚したんです。そんな夫を選んだという責任が私にはあるんじゃないかって思えるんです」可穂子はそう言って自分を責める。

「DVの被害者って、そういう人が多いのよね」

「第三者には想像できない、ううん、本人さえも気づいてない、心の在り方っていうのがあるの」

玲子がそう説明するように、被害を受けた人の多くは、身体的だけでなく、精神的、性的な苦痛を長期にわたって反復的に強いられるため、うつ状態を引き起こしたり、正常な意識や感情、感覚でなくなるという。自分の存在意義さえねじ曲げられてしまう家庭内暴力の怖さを、この作品からより深く考えさせられた。

もっとも、そこまでの窮地に立たされるまでの間、可穂子自身にも思い当たる行動がある以上、自責の念は拭いきれないのかもしれない。

二十八歳、いつ契約を切られるかわからない派遣の立場で、目の前に期待を寄せられるほどの仕事の転機はなく、不安定で先細りの未来しか見えない。山形にある実家には、「今帰ったら負け犬になる」と意地を張って帰らなかった。雄二と結婚して暴力を振るわれるようになっても、「見栄があった」「不幸な結婚をしていると思われるのが嫌だった」と、近所にも被害を隠してきた。「夫はきっと、私が暴力を受け入れたと思い込んだ」と省みて話せるようになるのは、雄二のもとから遠く離れ、国子や玲子という強い味方と出会ってからの話だ。

私自身、深刻なＤＶの経験はない。ただ二十代前半の頃、長くつきあっていた当時の恋人と滅多にしない口喧嘩でお互いに熱くなり、身体を軽く押されたようなことはあった。彼は五歳ほど年上で、誠実で芯が強く、明るいけれどいつも冷静で優しい人だった。遠距離恋愛であまり会えない中、何かの話のはずみで、私がわがままを言ってしまったのが原因だった。ふだん抑えていた感情に勢いがつき、怒らせてしまう、とわかっていながら発した言葉もある。未熟だった。厄介で面倒で、幼かった。

押された瞬間、私はもちろん、相手もはっとして冷静になったのがわかった。軽い力だったのに、手が離れた肩に哀しさが残った。それからすぐに彼は、こちらが申し訳なくなるほど何度も謝り倒した。私も、自分が悪いのだと深く反省して謝った。以降は、その人とも他の誰かとも、熱くなって言い合うようなことはなく、手をあげられたこともない。

いくら本人が愛を建て前にしたって、暴力を振るうのは違うんじゃないか、とはっきり意識したのは、さらにずっと若い頃だ。

十七、八の頃だった。当時、ティーン雑誌の読者モデルをしていた私は、撮影を通じてたくさんの同世代の女の子と出会った。みんなおしゃれで垢《あか》抜《ぬ》けていて、年下や同い年に見えないほど大人っぽい子もいた。地元も学校も違い、人気によって呼ばれる企画やカット数が違ったため、どこかお互いライバル心も持っていた私たちだったけれど、恋愛話が始まるとたちまち身を寄せ合った。背伸びしたファッションに身を包んでいても、所詮《しょせん》中身は十代、みんな恋愛に対してはもちろん経験も少なく、純粋だった。

よく撮影で一緒になるメンバーの一人に、毎回、体中に大きなあざを作ってやってくる女の子がいた。私より年下で、張りがあってきめの細かい肌と小さな顔、同性から見てもため息が出るような女性らしい曲線を描く身体や、すらりとした手脚の持ち主だった。性格は少し大雑把なところもあったものの、朗らかで、自分の失敗話を元にみんなの笑わせ役を買って出るような子だった。

薄いその皮膚に、拳大の紫がかったあざがいくつも浮かんでいるのを初めて見た時、思わずこちらが身を硬くしてしまった。にきびひとつないつるんとした顔が、赤黒く腫れていたこともあった。「PLAZA」に並ぶコスメブランドのコンシーラーをぺたぺたと塗り重ねながら、「またあいつにやられたわ」と、周りを心配させないよう自嘲《じちょう》気味におどけた顔を向ける彼女へ、私たちも、「そんな人、もうやめればいいのに」とは言えず、彼女を真似た作り笑顔をした。

「こんな目に遭っても離れられないんだ」と繰り返す彼女の携帯電話には、彼との写真がプリントされたシールが貼ってあった。彼の顔は隣に並ぶ彼女よりずっとずっと子供っぽく、どこまでも貧弱に見えた。

　恋愛の仕方は人それぞれ、という考えは今も昔も変わらないし、共依存、なんていう言葉も当時の私は知らなかった。けれど、なんとなくその二人のつきあい方が本来あるべき愛の形から逸れていることには気づいていた。それは少なからず自分にも覚えのある、恋愛経験が少ないゆえの「恋している自分に恋する」自己陶酔のような感情だとも察することはできた。けれどきっと彼女だって最初からそんな関係を求めて彼を好きになったわけではない。

　それはわかっていても、細い二の腕をぐるりとひと回りしそうな青あざを見て、思わずにはいられなかった。この先どんなに誰かを好きになって、その相手も自分を愛してくれるとしても、どこかで線を引かなくてはいけなくなる場合もあるのだ、と。愛だと信じていたものが歪んだ形へ変化したり、お互いを傷つけるような状況になってしまった時は、きっと冷静になって関係を見直そう、と。それぐらい、目に焼きついた彼女の傷の色は深く濃かった。

　流産までさせられ、一度は自分の命まで諦めた可穂子が外の世界へ飛び出し、これまで耐え続けるばかりで直視できなかった自分の弱さにも目を向け、そして立ち上がる姿には大きな勇気をもらえた。

可穂子はどんどん強くなっていく。ＰＴＳＤの影響もあっていきなり外で働くことは敵わないが、雄二の目に留まらないよう気を配り、気持ちを整理しながら、少しずつ、でも着実に前へ進んでいく。身の安全を守ってもらう「シェルター」から一層の自立を目指す「ステップハウス」へ、さらには自らの意思で「ファーム」へ身を移す。そこは同じような傷を負った女性たちと手を取り合って大地を耕し、たくさんの命を生み出すことができる農園だ。しっかりと地に根を張り、太陽の光の下、新鮮な空気を吸ってのびのびと自由に育つ野菜や植物の描写を読んだ時、雄二との住まいのベランダで枯れ果てたハーブのプランターを思い出した。

やがて可穂子はある街で独り暮らしをしながら、多くの人たちへ自分のアイデアと愛情の籠ったパンを手渡せる「ベーカリー」へ。住む場所の変化とともに、自分ができることを模索し、社会とのかかわりを手に入れていく。伊原親子との出会いも、成長していく可穂子がいつか本当の幸せを摑むだろう、という兆しに思えた。

けれど、唯川作品は決してそこでは終わらない。あの雄二が可穂子の前へと姿を現す。警察に届けたり、伊原を頼ったりしたとしても、これまでの雄二の執拗さを思えば、きっとどんな手も一時の時間稼ぎにしかならないだろう。

それまで逃げることが最善の策だと考え、愛する人との別れまで厭《いと》わなかった可穂子が、雄二に背中を見せることをやめようと決意してから、私の気持ちも軽くなり、頁をめくる手が一層速まった。結末は伏せるが、「理不尽には理不尽で戦うしかない」という言葉には強く共感した。それまで可穂子とともに味わった哀しみや怒り、後悔や憎しみが晴れ、心の底からすっきりした。

主人公はあのような形でDV被害を解決できたけれど、作品中でも繰り返されるように、DVを受けた女性の心の傷は深く、他者に相談できないでいる方も多いと聞く。またシェルターのための予算が足りていない、などという記事も読んだ。社会の理解や援助が、これからより深まることを願う。

タイトルの『手のひらの砂漠』とはどんな意味なのだろう。

手のひらの主は可穂子か、裕ママのような優しくて偉大な存在の手なのか。または家族や家庭の象徴的なものなのか。その手が大切に守る中には、途方もなくどこまでも広がる砂漠がある。きっと呼吸さえ困難で、目的がなければ路頭に迷ってしまいそうな、渇ききった砂の世界。

可穂子はこの先も手のひらに砂漠を湛えて生きるのだろうか。それとも、厳しさに耐えて必死に道を切り拓こうとしている世界そのものが、所詮は誰かの手のひらのような小さな空間、という暗示なのだろうか。

ある文学賞の候補に私の書いた作品が選ばれた時、選考員の唯川さんから激励と期待がこめられたありがたい選評のお言葉をいただいた。そして、改善したいと悩みつつどうしたらいいのかわからずにいた点を、ずばり、「優等生」と指摘してくださった。目の前の靄《もや》が晴れたような気持ちだった。

唯川さんからはまた「優等生」と言われてしまうかもしれない。けれど、どんなに小さくてもいい、可穂子の生きる未来、広がる砂漠の中に、彼女が最後の場面で見つけたような楽園、オアシスがあると信じたい。

（おしきり・もえ　モデル、作家）

初出誌　「小説すばる」二〇一一年九月号〜二〇一二年八月号
この作品は二〇一三年四月、集英社より刊行されました。

唯川恵の本

肩ごしの恋人

女であることを最大の武器に生きる「るり子」と、恋にのめりこむことが怖い「萌」。対照的なふたりの生き方を通して模索する女の幸せとは……。第126回直木賞受賞作。

彼女の嫌いな彼女

仕事一筋の35歳の瑞子と、恋愛第一の23歳の千絵。反目し合う二人が、同時に27歳のエリートビジネスマンに恋をした。最後に笑うのは？女性の悩みや葛藤を軽快に描く恋愛小説。

集英社文庫

唯川恵の本

今夜は心だけ抱いて

47歳バツイチの柊子と幼い頃に別れた17歳の娘、美羽。久しぶりに再会した二人は、事故で心と体が入れ替る。青春時代に戻った柊子と、大人の世界に放り込まれた美羽の運命は？

天に堕ちる

出張ホストを買う独身女、自殺願望を持つ風俗嬢、8人の女性と共同生活を送る中年男に安らぎを覚える女など、幸せを求めるだけなのに、歯車がずれてしまう10人を描く傑作短編集。

集英社文庫

集英社文庫

手《て》のひらの砂漠《さばく》

2016年9月25日　第1刷　　定価はカバーに表示してあります。

著　者　唯川《ゆいかわ》　恵《けい》

発行者　村田登志江

発行所　株式会社　集英社
東京都千代田区一ツ橋2-5-10　〒101-8050
電話　【編集部】03-3230-6095
【読者係】03-3230-6080
【販売部】03-3230-6393（書店専用）

印　刷　凸版印刷株式会社

製　本　凸版印刷株式会社

フォーマットデザイン　アリヤマデザインストア　　マークデザイン　居山浩二

ISBN978-4-08-745488-8 C0193